Przystojny Doktor Bernadette

KSIĘGARNIANE PIĘKNOŚCI

KSIĄŻKA CZTERY

CATHERINE BILSON

EBONY OATEN

SHENANIGANS
· PRESS ·

Ostrzeżenie dotyczące treści

- Emocjonalna przemoc ze strony rodziny
- Sceny medyczne z krwią i złamaną kością
- Krótka scena medyczna z nacięciem czyraka
- Zioła używane do przerywania ciąży
- Powszechna niesprawiedliwość i seksizm, ponieważ kobiety uważano za obywatelki drugiej kategorii
- Niepohamowane rozmnażanie kotów, ponieważ zabiegi sterylizacji/kastracji zwierząt domowych nie były jeszcze znane

Catherine i Ebony stanowczo odradzają czytelnikom przygotowywanie lub spożywanie jakichkolwiek ziołowych specyfików wspomnianych w tej książce. Choć maści, napary i pastylki Bernadette luźno bazują na mieszankach, które ludzie mogli stosować dawniej, mogą również okropnie rozchorować. Niektóre są trochę przydatne, ale obrzydliwe (jak napar z goździków), inne zaś mieszczą się w spektrum od bezużytecznych po wprost niebezpieczne. Zwłaszcza specyfiki przyjmowane w celu wywołania miesiączki, z jakiegokolwiek powodu. To, że coś jest zrobione z naturalnych składników, nie oznacza, że jest bezpieczne czy skuteczne.

Chcemy też przeprosić za to, co we współczesnych oczach może wyglądać na złe traktowanie kotów w tych książkach. Nasze rozumienie opieki nad nimi i wzbogacania środowiska zwierząt domowych bardzo się zmieniło przez ostatnie 200 lat. Odpowiedzialni opiekunowie trzymają je w domu albo mają w ogrodach wybiegi, żeby koty nie zabijały dzikich zwierząt. Obydwie autorki mają koty, które są wysterylizowane/wykastrowane i żyją wyłącznie w domu. Dostają karmy przeznaczone dla kotów, a Ebony ma nawet fontannę wodną dla swojej kici, bo naśladuje ona naturalny strumień. Oba koty Cath zostały adoptowane z RSPCA, gdzie przez kilka lat pracowała jako wolontariuszka. Zabiegi sterylizacji/kastracji zwierząt domowych nie były dostępne co najmniej do lat 30. XX wieku. A fontanny zasilane przez USB pojawiły się oczywiście dużo później.

ROZDZIAŁ 1

Mieszanie kłopotów

Początek marca 1815
Hatfield, Hertfordshire

Bernadette Baxter, najmłodsza i bez dwóch zdań najbardziej pomocna z czterech córek Baxterów, prowadzących księgarnię Baxter's Fine Books w Hatfield w hrabstwie Hertfordshire, pilnie doglądała garnka z bulgoczącą mieszanką miodu i cytryny na kuchence. Wrzuciła do środka tuzin całych goździków, uważając, by nie zbliżać dłoni zbytnio do skwierczącego płynu. Doświadczenie nauczyło ją, że poparzenie po pomyłce boli piekielnie. Syrop pachniał rozkosznie słodko, gdy mieszała go trzy razy w jedną stronę, potem trzykrotnie w przeciwną, wdychając wonną parę. Goździki oddadzą swoje intensywne, lecznicze olejki, pozostając w całości, by mogła je pęsetą wyjąć z pastylek, zanim zastygną.

Dzwonek u drzwi księgarni zadźwięczał i usłyszała, jak siostra Louise podaje przybyłemu wskazówki, by wszedł do kuchni.

Po schodach podstukały lekkie kroki, a po chwili ukazał się szczupły chłopiec z kędziorem rozczochranych, brązowych włosów.

— O, świetnie, Brutus, jesteś! — Bernadette ucieszyła się na widok młodszego kuzyna — ulubionego, choć w tej konkurencji nikt nie miał zbytnich szans — który przyszedł jej asystować.

— Pachnie o wiele lepiej niż klej introligatorski, który gotuje Louise! — rzucił z radosną miną.

— Już prawie można nalewać. Chcesz dokonać zaszczytu? — Ostrożnie zdjęła garnek z kuchenki i postawiła go na żelaznym podkładzie na kuchennym stole.

— Poproszę! — zawołał, podchodząc skwapliwie.

Szybko się uczył i chciał się przysłużyć, zawsze gotów podać rękę, choćby robota była brudna czy śmierdząca. Co więcej, Bernadette była wdzięczna, że Brutus jej towarzyszył po mieście. Był na tyle młody, że nie onieśmielał kobiet, którym pomagała. Trzymał się z boku, lecz co najważniejsze, pomagał jej nieść płody rolne, którymi klienci płacili. Nieraz jej kosz był tak wypchany owocami, miodem, mięsem i innymi darami od wdzięcznych pacjentek, że ledwie mogła go sama unieść.

Brutus był skrupulatnym chłopcem i szybko nabrał wprawy w wylewaniu chłodniejącej mieszanki na pergamin według jej wskazówek. Po kolei nakładał łyżeczką porcję wielkości orzecha na każdy kawałek papieru, po czym przechodził dalej, a Bernadette postępowała za nim z pęsetą, starannie wyjmując całe goździki. Ledwie kilka chwil i mieli już blat pełen pojedynczych cukierków.

Bernadette lekko wachlowała je jedną z wachlarzyków, by

szybciej stygły. Gdy zastygną, wystarczy szybki skręt, by zamknąć pergamin, a pastylki będą gotowe do zaniesienia do aptekarza, pana Lennoxa.

— Mogę jedną? — zapytał Brutus, otwierając usta i wskazując ich tył. — Chyba wyrzyna mi się z tyłu ząb.

Bernadette podprowadziła go do okna, by mieć lepsze światło, i zajrzała mu do ust. — Dziąsło rzeczywiście wygląda na zaczerwienione. Zaparzę herbatę z goździków.

Skrzywił się.

— Wiem, smakuje okropnie — zgodziła się. — Ale najlepiej uśmierza ból.

— Nie mogę po prostu dostać pastylki?

Stłumiła odruch przewrócenia oczami. Młodzi tak sobie folgują z językiem! Pominęła fakt, że dzieliło ich ledwie siedem lat, ale ona dorastała w dobrze wykształconym domu, podczas gdy o Brutusa trudno było w ogóle powiedzieć, że został wychowany — rodzice go ignorowali, a okropny starszy brat gnębił. To doprawdy cud, że wyrastał na tak porządnego chłopca; mogła przymknąć oko na pewne językowe swobody.

— Tak, na razie. — Przebiegła wzrokiem po blacie i podniosła najbardziej koślawą pastylkę, podając mu ją. — Zaparzę goździki i nim wrócimy, napar będzie już porządnie mocny.

Jego ramiona opadły, choć pastylka już wylądowała w ustach. — Dzięki — wymamrotał przez słodycz, a Bernadette się uśmiechnęła. Brutus miał miłe maniery, choć przeczuwała, że nie podziękuje jej po tym, jak każe mu płukać gardło ostrym naparem z goździków. Chętnie pomógł jej załadować kosz i dźwignął go po męsku, kręcąc głową, gdy spytała, czy nie za ciężki. Spakowała drugi, nieco lżejszy kosz dla siebie i zeszli na dół.

Machnęli na pożegnanie do Louise, mijając ją przy ladzie, po czym ruszyli przez Hatfield do apteki pana Lennoxa.

— Ach, państwo Baxterowie! Jak miło was widzieć! — Aptekarz zawsze witał ich uśmiechem. Nie podniósł się jednak i pozostał za ladą. Choć bardzo się starała, Bernadette nie zdołała przyrządzić żadnego specyfiku, który by temu zacnemu człowiekowi pomógł. Lata temu, podczas dzielnej służby w Marynarce, stracił nogę poniżej kolana i odtąd chodził na drewnianej protezie. Gdy stał dłużej niż chwilę, doskwierał mu nieustanny ból w dolnej części pleców, ale kategorycznie odmawiał laudanum, mówiąc ze ściągniętą twarzą: — ta droga nie prowadzi tam, dokąd chciałbym iść — i to nie raz, gdy Bernadette sugerowała, że mogłoby ulżyć.

Pozdrowili jego pomocnika, którego wszyscy nazywali — Young Devon —, uśmiechem i machnięciem ręki, ale nie przeszkadzali mu, gdy obsługiwał klientów.

Oczy pana Lennoxa zalśniły na widok kosza. Szybko sprawdził ziołowe saszetki, pastylki i maści, które Bernadette rozłożyła na ladzie, po czym jej zapłacił.

Bernadette podziękowała i rzekła: — Choć żal mi, że straciliśmy doktora Rasleya, muszę wyznać, że dawno nie byłam tak zajęta.

— Zgadzam się — odparł pan Lennox z odpowiednio smutnym wyrazem twarzy. — Straszna strata dla miasteczka. Ale teraz mam tyle roboty, że Young Devon musi być tu codziennie.

Bernadette pochyliła się i szepnęła: — W zeszłym tygodniu nastawiłam złamany nadgarstek. — Była z siebie całkiem dumna. Młody urwis, co włazi na drzewa, zemdlał, ale była pewna, że wykonała dobrą robotę i zagoi się bez kłopotów.

Pan Lennox zachichotał. — Brawo. Człowiek uczy się całe życie, prawda?

— Ależ owszem! — przytaknęła ochoczo. — Szkoda, że najbliższy lekarz jest w St Albans — jest w miasteczku parę osób z dolegliwościami, które naprawdę wymagają umiejętności prawdziwego lekarza, a nie są w stanie do niego dotrzeć.

— Doktor Edmonds nie przepada za wyprawami tak daleko — zgodził się pan Lennox. — Wkrótce dostaniemy nowego, na pewno.

Doktor Rasley tragicznie zginął w podejrzanym pożarze zaledwie kilka tygodni wcześniej. Nowego lekarza podobno zatrudniono w Londynie, lecz jeszcze nie przybył... może czekał, aż odbudują lekarską chatkę, pomyślała Bernadette. Tymczasem ona, pan Lennox i trzy położne z Hatfield prawie biegali na rzęsach.

Pożegnali się w najlepszej komitywie i pomachali Young Devonowi w drodze wyjścia.

Resztę poranka Bernadette i Brutus spędzili w biegu, chodząc od domu do domu do kobiet potrzebujących pomocy.

Każdą wizytę zapisywała w notesie, lecz używała własnego szyfru dla imion — na wypadek, gdyby książeczka wpadła w niepowołane ręce. Na przykład kuzyna Joshuy albo pastora Millingsa. Jeszcze by im się uszu zawinęło od kazania, gdyby — *on* — dowiedział się, jak szeroką działalność prowadzi.

Kobiety płaciły Bernadette płodami albo ziołami z przydomowych ogródków. Czasem jajami od własnych kur, a najlepiej — miodem z pobliskich pasiek. Nadchodząca wiosna, gdy tylko się nieco ociepli, rozwinie łąkowe kwiaty i przywabi pszczoły.

Po kilku godzinach, wróciwszy do księgarni, Bernadette i Brutus odłożyli kosze na ladę z westchnieniem ulgi. Były jeszcze cięższe niż wtedy, gdy wychodzili!

— Ależ poranek! — rzucił Brutus.

— Napar z goździków będzie już porządnie naciągnięty — uśmiechnęła się Bernadette.

— Już nie boli — szybko wypalił.

Louise parsknęła śmiechem. — Witajcie w domu, oboje. Pani Poole ugotowała zupę na obiad.

W jednym z koszy leżał świeży bochenek chleba. Wyborny był z świeżo ubitym masłem i do gęstej zupy pani Poole z pasternaku i marchwi. Bernadette jadła łapczywie, wiedząc, że całe popołudnie znów będzie miała zajęte. Miała jeszcze kilka pacjentek do odwiedzenia.

Nowy lekarz nie mógł przyjechać zbyt prędko, choć miała nadzieję, że będzie młodszy i lepiej wyuczony niż stary doktor Rasley, niech mu Pan Bóg da spokój duszy.

***

Środa była stałym dniem wizyt Bernadette u lorda Ferndale'a i panny Yates w Ferndale Hall, niemal dziesięć mil od Hatfield. Choć wyprawa zajmowała jej większą część dnia, nie przepuściłaby jej za nic — była ogromnie przywiązana do starszego rodzeństwa, które od lat przyjaźniło się z jej rodziną, a teraz było powinowatymi. Powóz przyjechał wkrótce po śniadaniu, by ją zabrać. Pomachała pani Bell, gdy wdrapywała się do środka — ta akurat wychodziła ze swego domu naprzeciwko księgarni. Pani Bell była jedną z trzech położnych w Hatfield, wszystkie miały teraz pełne ręce roboty, bo to mniej więcej dziewięć miesięcy po rozmaitych przesilenioletnich uciechach.

W drodze powrotnej mogła wstąpić do pani Bell i sprawdzić, czy któraś z kobiet nie potrzebuje wsparcia — może ziół na pobudzenie laktacji, leczenie zapalenia piersi albo połogowych zakażeń.

Miło było zobaczyć lorda Ferndale'a, który upierał się, że ma go już nazywać — dziadkiem —, odkąd jej siostra Estelle poślubiła jego wnuka, Felixa, oraz siostrę lorda, pannę Yates, w dobrym zdrowiu. Bernadette nie przestawała o nich martwić się przez mroźne zimowe miesiące, ale przeszli najgorsze bez szwanku. Lokaj Ferndale Hall, pan Thorne, i gospodyni, pani Sykes, byli wdzięczni za słoik naparu z goździków, którego Brutus ostatecznie nie zużył.

W szklarni ogrodnicy ucieszyli się na jej widok i pomogli wykopać kilka kłączy imbiru, który Bernadette posadziła tam przed paru miesiącami. Roślina kapryśna, wymagająca wiele ciepła, przez co droga i trudna do zdobycia. Za to w pierwszych miesiącach ciąży doskonała na mdłości.

— Dziadku, nie wiem, jak dziękować tobie i ogrodnikom za uprawę imbiru. Naprawdę ułatwiacie ludziom życie. — Spojrzała uradowana na mały koszyczek kłączy, który podał jej ogrodnik. — Kupno takiej ilości kosztowałoby fortunę, musiałabym brać więcej, niż większość zdołałaby zapłacić. Uprawiając własny, mogę pomóc o wiele większej liczbie osób.

— Myślałem — rzekł lord Ferndale —, wiem, że zwykle robisz z niego herbatę albo kordiał, ale co, gdybyś dodała imbir do pastylki? Czy nie byłoby łatwiej dla tych, którzy nie utrzymują płynów?

Oczy Bernadette rozszerzyły się. — To znakomite! Sama

powinnam na to wpaść! Ooo, mogłabym to nazwać — Imbirowym Ukojeniem Ferndale'a —.

— Świetny pomysł, moja droga. A teraz chodź już do środka, Florence będzie na nas czekała! — Poklepał ją życzliwie po dłoni i weszli do środka na południowy posiłek.

<hr>

Po południu, z powrotem w miasteczku, Bernadette przeszła przez ulicę do domu pani Bell, zanim wróciła do księgarni. Położna wyglądała na znużoną, trzymając nogi na podnóżku i popijając filiżankę ziołowej herbaty. Nic dziwnego, że ostatnio mało spała przy tylu porodach. Dzieci zawsze miały zwyczaj przychodzić na świat w najmniej stosownych porach.

— Czy mogę w czymś pomóc, pani Bell? — zapytała Bernadette.

— A i owszem, widziałam dziś panią Pennyrigg. — Pani Bell upiła łyk i pokręciła głową. — Pan Pennyrigg nie daje jej spokoju, obawiam się.

— Ależ ona ma już dziewięcioro dzieci, a najstarsze ledwie dziesięć lat! — oburzyła się Bernadette.

— A i owszem. — Pani Bell spojrzała na nią znad filiżanki. — Dopiero co spóźniła się jej miesiączka.

— Zajrzę do niej jutro — powiedziała bez wahania Bernadette. Choć to nie był środek niezawodny, nauczyła się od matki bardzo szczególnej mieszanki ziół, które, gdy je mocno zaparzyć i wypić w odpowiednio wczesnym momencie po pierwszym spóźnionym miesiącu, mogły zapobiec dalszemu rozwijaniu się ciąży. Biedna pani Pennyrigg potrzebowała odpoczynku od bycia w ciąży... a Bernadette znalazłaby chwilę, by powiedzieć panu Pennyriggowi, żeby dał żonie spokój na jakiś czas!

Każda kobieta w wieku małżeńskim w Hatfield wiedziała, do czego zdolne są zioła Bernadette, i żadna — nawet jej okropna kuzynka Phoebe — nie pisnęłaby o tym słowa przy mężczyźnie. To sprawa kobiet, nie mężczyzn, a taka, co zdradziłaby kobiecy kod, mogłaby się przekonać, że nagle nie ma w pobliżu żadnej położnej, gdyby zaszła potrzeba.

— Mam dla pani tonik — rzekła Bernadette, grzebiąc w sakiewce i podając pani Bell butelkę.

— Dla mnie? — Położna wyglądała na zaskoczoną. — A niby na co?

— Na te chwile, gdy w środku nocy wzywają panią do porodu, a trudno zebrać siły, by wyjść z ciepłego łóżka — uśmiechnęła się Bernadette. — Może dodać pani animuszu.

Pani Bell roześmiała się, ale schowała butelkę i podziękowała Bernadette. — Dobra z pani dziewczyna, bez dwóch zdań.

Wracając przez ulicę, Bernadette uniosła twarz do nieba, napawając się ciepłym, wiosennym słońcem. Zima była parszywa, a wczesna wiosna deszczowa; dzisiejsze pogodne niebo było miłą odmianą.

Weszła do księgarni równocześnie ze służącą Rosie, która przytrzymała jej drzwi z przyjaznym uśmiechem. Rosie bywała nieśmiała przy niektórych ludziach, ale potrafiła być wręcz gadatliwa, jeśli kogoś polubiła. Z Bernadette rozmawiała sporo; ta zaś stwierdziła, że Rosie doskonale orientuje się, co w trawie piszczy w miasteczku. Między gospodynią panią Poole, położnymi i Rosie niewiele działo się w Hatfield, o czym Bernadette nie dowiedziałaby się prędzej niż później.

— Mam dla pani wieści, panno Bernadette — rozpromieniła się Rosie. — Nowy doktor już przyjechał.

— Do miasteczka? — Bernadette przyklękła, by nie dopuścić, aby Crafty, kot księgarni, wymknął się przez otwarte drzwi.

— Dziś rano, tak jakby. Wziął pokój w Red Lion, na rachunek lorda Ferndale'a, bo jego domek jeszcze nie gotowy — Rosie kiwnęła ważnie głową, wyraźnie zadowolona, że przekazała smakowitą nowinę.

— Dobra robota, Rosie — Bernadette rozjaśniła się na te świeże wiadomości. Lekarz wreszcie w miasteczku był bardzo mile widziany. Ot, choćby Farmer Allom — jego bark wciąż nie siedział jak trzeba po upadku z dachu stodoły. Bernadette studiowała ryciny w podręczniku medycznym i znała teorię tego, co należało zrobić, ale w praktyce brakowało jej czystej siły, by wepchnąć bark z powrotem w panewkę.

Miała nadzieję, że nowy lekarz nie będzie zbyt stary i wątły do ciężkiej roboty, jaka czekała w tak sporym miasteczku jak Hatfield.

Wbiegła po schodach, powiązała świeże zioła do suszenia, odłożyła także imbir z Ferndale Hall oraz kilka smakołyków, które panna Yates koniecznie kazała jej zabrać do domu. Cytrynowe ciasteczka były szczególnie znakomite; Bernadette rozważała jeszcze jedno, ale wcześniej zjadła już trzy. Zostawi te dla Louise, Brutusa i pani Poole — tak będzie sprawiedliwie.

Gdzież to była ta lista, niemal już gotowa? Chwila grzebania i odnalazła ją.

Nie tracąc czasu, zbiegła po schodach, pomachała Louise

i panu Jacksonowi, notującemu coś w księdze rachunkowej za ladą, i ruszyła do Red Lion.

Karczmarz, pan Haye, ucieszył się na jej widok i spytał, czego sobie życzy.

— Słyszałam, że przyjechał nowy lekarz. Który to jego pokój?

Pan Haye uśmiechnął się szeroko. — A i owszem! Na górze schodów, ostatni po prawej.

Już miała wbiec na schody, gdy przystanęła, by szybko dopytać: — Jak on się nazywa?

— Przedstawia się jako Williams — odparł pan Haye.

Z tą wiedzą Bernadette ruszyła na górę i dotarła tylko lekko zasapana. Bieg od domu do domu, by nieść pomoc, przyzwyczaił ją do szybkiego tempa.

Zapukała do drzwi i zawołała: — Doktorze Williams? Jest pan?

Rozległy się kroki, po czym drzwi uchyliły się. Miała nadzieję na lekarza młodszego od Rasleya, lecz twarz, którą ujrzała, wyglądała stanowczo zbyt młodo, by należała do doktora. Może to syn lekarza? Mógł przyjechać z ojcem?

— Halo? — Mężczyzna był nieco wyższy od średniego wzrostu, o ciemnych włosach i oczach, ze skórą jakby zbyt opaloną jak na tę porę roku. Jakby wrócił niedawno ze słonecznych stron, Portugalii czy Hiszpanii.

— Szukam doktora Williamsa — rzekła. — Jestem Bernadette Baxter z Baxter's Fine Books, tuż obok.

— Ja jestem doktorem Williamsem — odparł mężczyzna.

— To niemożliwe. Ma pan najwyżej cztery i dwadzieścia lat!

— Możliwe i prawdziwe. Zresztą co do wieku ma pani

rację. Dobry strzał. — Otworzył drzwi nieco szerzej i dostrzegła za jego plecami wygodny pokój oraz ciężko doświadczoną podróżami, otwartą szafę-lekarnię z szufladkami różnej wielkości.

— O raju, jaka piękna szafka, ale czemu tak obita?

Odwrócił się i spojrzał na nią. Niektóre partie lśniły wysokim połyskiem, ale po bokach brakowało wielkich drzazg drewna, a całość trzymały w ryzach dwa sprzączkowane pasy. — Przetrwała ze mną wojnę.

— Nie sądzę, by był pan długo na służbie?

— Trzy lata — odparł, powoli mrugając tymi ciemnymi oczami, jakby przenikliwymi. Po chwili dodał: — Trzy — *bardzo* — długie lata.

Bernadette skinęła głową i wciąż nie mogła pojąć, jak może wyglądać tak młodo. Ludzie wracający z wojny z reguły wyglądali na zniszczonych i starszych, przynajmniej z jej doświadczenia! Musiał zaciągnąć się prosto ze szkolnej ławy.

Wciąż patrząc na intrygującą szafkę, rzekła: — Mamy w Hatfield wielu dobrych rzemieślników, ale są zawaleni naprawami po... ach — urwała. Doktor Williams będzie wiedział czemu. — W każdym razie przyniosłam listę pacjentów, których, jak sądzę, powinien pan zobaczyć w pierwszej kolejności.

Podała mu ją z rozmachem, wchodząc tylko o krok za próg, lecz zostając blisko otwartych drzwi.

Doktor Williams spojrzał na nią z lekkim zdziwieniem i pokręcił głową. — To wszystko dobrze, ale jestem tu z polecenia barona Ferndale'a, więc przyjmuję rozkazy tylko od niego.

Bernadette wyprostowała się na całą swoją wysokość —

co wcale nie było wiele — i rzekła: — Jestem wnuczką lorda Ferndale'a, to on poprosił mnie, bym panu przekazała tę listę.

Doktor Williams przekrzywił głowę z podejrzliwością. Głos miał oskarżycielski. — Rozumiałem, że ma tylko jednego wnuka, obecnie w Irlandii ze świeżo poślubioną małżonką.

Bernadette rozpromieniła się. — Zgadza się. Panną młodą jest moja siostra, Estelle Baxter, a teraz lord Ferndale każe nam wszystkim mówić do siebie — dziadku —.

Jego pewność siebie przygasła, ramiona nieco opadły.

W duchu odtrąbiła sukces. — Lista. Proszę się nią zająć.

— A teraz chwileczkę — zaczął.

— Nie, — *pan* — proszę zająć się listą. — Założyła ręce na biodrach i wbiła w niego spojrzenie.

Doprawdy, fatalny początek! Jeśli nowy lekarz nie będzie jej słuchał, jakże ma się dowiedzieć, czego potrzebują mieszkańcy Hatfield?

ROZDZIAŁ 2

Wścibska dziewczyna

G lynn Williams spotykał już niejednego nadgorliwca, który sądził, że wie lepiej od lekarza — najczęściej byli to pacjenci, którym próbował pomóc — ale jeszcze nigdy żadna młoda dziewczyna nie zapukała do jego sypialni i nie próbowała nim rozporządzać. Oparła dłonie na biodrach i usiłowała przebić go spojrzeniem — niemały wyczyn, skoro była od niego znacznie niższa.

— Ile ty w ogóle masz lat, mała dziewczynko? — zapytał z lekką drwiną. Mogła być wnuczką Lorda Ferndale'a przez małżeństwo albo jakoś podobnie spokrewniona, ale wątpił, by miała więcej niż szesnaście lat. Pewnie bawiono ją pielęgniarstwem, żeby miała zajęcie — jak kilka próżnujących, bogatych panien, które poznał w Londynie.

— Mam prawie dziewiętnaście lat, a nazywam się panna Bernadette Baxter, nie *mała dziewczynka* — odparła z oburzeniem.

Glynn nie zdołał powstrzymać śmiechu, co sprawiło, że jej piwne oczy błysnęły irytacją.

— Proszę się ze mnie nie śmiać, proszę pana! Nic pan nie wie o mieszkańcach Hatfield, podczas gdy ja żyję tu całe życie!

— Całe *osiemnaście* lat — powiedział kpiąco.

Przysięgłby, że niemal zobaczył, jak para bucha jej uszami. Zęby zazgrzytały całkiem wyraźnie, lecz gdy się odezwała, głos miała godnie opanowany.

— Osiemnaście lat dłużej niż pan. Czy pan w ogóle zna dolegliwości swojego pracodawcy, Lorda Ferndale'a, i jego siostry, panny Yates? Że Lord Ferndale miewa kaszel wywoływany zmianami pogody, ale łagodzony tonikiem z...

Uniósł dłoń, by ją powstrzymać. — Cóż pani może o tym wiedzieć? Nie jest pani aptekarką ani akuszerką; na jedno i drugie jest pani stanowczo za młoda.

— Moja matka była niezwykle szanowaną zielarką — odrzekła Bernadette z wielką godnością. — Jestem dumna, że mogę kontynuować jej troskliwą tradycję.

— Ach, *matka* — powiedział, nie przeoczając, że użyła czasu przeszłego. — I pewnie zostawiła pani swój zeszyt receptur?

— Tak, zostawiła. I wyszkoliła mnie w całej swojej wiedzy — oznajmiła dumnie Bernadette. — Niech spoczywa w pokoju.

— Ustalmy coś jasno. Pani igra z ludzkim życiem, jeśli próbuje pani stawiać diagnozy i leczyć bez przygotowania i kwalifikacji, a ja do tego nie dopuszczę! — Mówiąc to, Glynn uświadomił sobie, że może popełniać błąd. W końcu była wnuczką Lorda Ferndale'a, choćby i honorową, a Lord Ferndale był jego pracodawcą.

Mimo to Glynn nie cofał słów. Widział zbyt wielu ludzi,

których rozchorowano, a nawet zabito przez tych, co chcieli dobrze, lecz nie rozumieli, co czynią.

— Wezmę pani listę — powiedział pojednawczo — i rozważę pani sugestie. Miała pani rację, że nie znam ludzi z Hatfield, a lokalna wiedza jest mi potrzebna. Wolałbym jednak czerpać ją od osób rzeczywiście wykwalifikowanych. Proszę mi powiedzieć, kto tu jest akuszerką i gdzie jest apteka. I który lekarz świadczył usługi po śmierci doktora Rasleya?

— Aptekarzem jest pan Lennox; jego sklep jest za rogiem. Proszę minąć księgarnię i skręcić w następną w prawo. Akuszerki to pani Bell, mieszka niemal naprzeciwko naszej księgarni, w domu z zielonymi drzwiami, pani Tristan i pani Leywood...

— A lekarz? — ponaglił Glynn.

— Lekarza tu nie ma, odkąd zmarł doktor Rasley. Doktor Edmonds w St Albans nie dojeżdża tak daleko. Kilka osób, na tyle zdrowych i zamożnych, by podróżować, pojechało do niego, ale większości pańskich pacjentów nie było na to stać.

— Czy w ogóle stać ich na leczenie?

Spojrzała na niego. — A niby czemu mieliby panu płacić za leczenie? Panu płaci Lord Ferndale!

Glynn zawahał się, korygując tok myślenia. — Ma pani całkowitą rację. — Właśnie spędził dwa miesiące, pracując u boku innego lekarza w londyńskiej praktyce, opłacany za obsługiwanie w salonach omdlałych dam z wyższych sfer. Propozycja pana Jacksona stałej pensji i opieki nad zwykłymi ludźmi z prawdziwymi dolegliwościami była wyjątkowo kusząca. — Płaci mi Lord Ferndale, ale sądziłem, że on...

— Dużo pan zakłada, panie doktorze. Radziłabym wyzbyć się tego nawyku.

A toż to mała paniusia! Glynn na nowo się zirytował i o mało nie podarł listy na strzępy.

— Dziękuję, panno Baxter. Życzę pani dnia dobrego. — Robiło się późno, był zmęczony i głodny. Miał nadzieję, że w Red Lion podają porządną kolację.

— Do szybkiego zobaczenia, panie doktorze. — Bernadette obdarzyła go znaczącym, drobnym uśmieszkiem, po czym obróciła się na pięcie i wyszła z jego pokoju.

— Chyba że ja zobaczę panią wcześniej — mruknął pod nosem Glynn, zamykając drzwi zdecydowanie.

Wspomnienie tego wszystko wiedzącego uśmieszku towarzyszyło mu przez cały wieczór.

Nazajutrz, po solidnym śniadaniu w Red Lion, Glynn spakował neseser i szykował się do odwiedzin u pacjentów. Skrzywił się na widok listy, którą dała mu ta młoda, złośliwie uśmiechająca się pannica. Musiał przyznać, że lista była całkiem sensowna; sprawiała wrażenie ułożonej według pilności, i to w sposób wcale nieniewłaściwy. Na pierwszym miejscu był rolnik, któremu bark nie złożył się prawidłowo po zwichnięciu. Była szansa, że da się go nastawić, ale jeśli uraz wydarzył się przed tygodniami, staw mógł już nie wrócić na miejsce. Im szybciej się tym zajmie, tym lepiej. Spakował butelkę laudanum i poprosił pana Haye'a o wskazówki dojazdu. Potem odebrał konia, Canterbury, ze stajni za Red Lion. Lord Ferndale opłacał jego boks.

Dotarł do posiadłości Allomów, kawałek za miasteczkiem.

Urocze miejsce, przesiąknięte nie do pomylenia wonią tuczonych świń.

— To bardzo miło, że pan przyjechał, proszę pana — powiedziała pani Allom, wprowadzając go do krytego strzechą domku i dalej, do sypialni. Strop był niski i musiał się przygarbić, żeby nie walnąć głową w belki.

— On straszliwie cierpiał — jęknęła gospodyni, załamując ręce. — Panna Bernadette zrobiła, co mogła, ale mówiła, że nie ma dość siły, żeby włożyć go z powrotem. Ostrzegła, żeby nie ruszać, bo jakby który parobek próbował, to mógłby zrobić to źle, rozumie pan?

— Hm. — Glynn zbadał bark mężczyzny, zauważając pot na górnej wardze Alloma, gdy ostrożnie go poruszał. Niechętnie, ale musiał przyznać, że panna Bernadette trafnie postawiła diagnozę — — bark wyskoczył ze stawu — było starannie napisane na liście — i równie rozsądnie oceniła uraz jako przekraczający jej możliwości oraz zbyt niebezpieczny, by ktoś niewyszkolony próbował go naprawiać. A pan Allom i tak nie byłby w stanie jechać do St Albans po właściwe leczenie, nawet gdyby Lord Ferndale pokrył rachunek.

— No cóż, jestem już na miejscu — powiedział rzeczowo, odkładając irytację na pannę Bernadette, by skupić się na zadaniu. — Włóżmy go tam, gdzie jego miejsce. Potem mocno go usztywnię i przez co najmniej dwa tygodnie nie wolno panu używać ręki, czy to jasne?

— To już pięć dni — mruknął Allom, ale skinął głową na widok uniesionych brwi Glynna. — Aye, będę słuchał.

— Bardzo dobrze. Proszę w to ugryźć. — Glynn podał Allomowi wyściełany patyk. — Będzie boleć, ale krótko. — Ostrożnie położył dwa palce lewej dłoni na zniekształconym stawie, prawą chwycił za masywny biceps Alloma i sprawnym ruchem, skrętem i pchnięciem włożył bark na miejsce.

Allom zemdlał.

— No proszę — powiedziała z podziwem pani Allom.

— Proszę trzymać go z daleka od roboty, pani Allom. Mówię poważnie — poradził Glynn, wyjmując z torby bandaż i mocno owijając staw barkowy. — I niech nie wraca do ciężkiej pracy zaraz po dwóch tygodniach. Proszę przypilnować.

Pan Allom jęknął, dochodząc do siebie. Widok Glynna stojącego nad nim go spłoszył, ale żona szybko wyjaśniła.

— Przyszedł nowy doktor i nastawił ci bark — rzekła.

Otworzył szeroko oczy. — Nie boli!

— Ale nie wolno panu go używać, wcale, przez co najmniej dwa tygodnie — powtórzył ostrzeżenie Glynn. — Potem jeszcze przez dłuższy czas tylko lekkie zajęcia.

— Tak jest, panie doktorze — odparła za męża pani Allom.

Glynn dostrzegł w jej oku zdecydowany błysk. Ona go dopilnuje.

Z doświadczenia wiedział, że mężczyźni zdrowieją znacznie szybciej, gdy jest przy nich kobieta, która przypilnuje zaleceń lekarza. Polecił niewielkie dawki laudanum — przez kilka dni będzie go solidnie bolało — ale zaznaczył, że nie dłużej niż pięć dni; i mąż, i żona uważnie wysłuchali wskazówek, kiwając głowami.

— Mogę panu podać herbaty, panie doktorze? — zapytała pani Allom, lecz Glynn pokręcił głową.

— Mam dziś wielu pacjentów, proszę pani, dziękuję uprzejmie. Proszę przysłać męża w przyszłym tygodniu do miasta... Wkrótce zorganizuję gabinet — proszę zapytać w Red Lion, tam powiedzą gdzie.

Pani Allom przyjęła to do wiadomości, ale wcisnęła mu przy wychodzeniu pasztecik wieprzowy, który Glynn przyjął z zadowoleniem. Zawinął go w czystą chusteczkę i schował do kieszeni płaszcza. Będzie jak znalazł na obiad.

Po odwiedzeniu kolejnych chorych i rannych mieszczan — w czym nazwisko Bernadette Baxter padało często i za każdym razem w tonie pochwały — skierował się do apteki, by się przedstawić. Dobrze byłoby, gdyby potrafili się porozumieć. Jego pacjenci będą potrzebować właściwych leków i mieszanek. To też okazja, by zobaczyć, jakie przestarzałe nalewki i wywary wciąż są w sprzedaży. Przynoszą więcej szkody niż pożytku, a może zdoła przekonać aptekarza, by zdjął je z półek.

Pan Lennox był wesołym starszym jegomościem i chodził na protezie, kołysząc się nierówno. Chętnie oprowadził Glynna po sklepie i omówił asortyment, lecz syknął lekko, stawiając ostatni krok do szafki, przy której prezentował część towaru.

— Panie Lennox, widzę, że noga dokucza panu bardziej — zauważył Glynn, przekrzywiając głowę, by spojrzeć na protezę.

— Aye — przyznał Lennox. — Od jakiegoś czasu nie jest jak trzeba, ale daję radę.

— Chce pan, żebym rzucił okiem? Dopasowałem sporo nowych kończyn po amputacjach. Trudno to ustawić idealnie.

— Był pan rzeźnikiem? — mrugnął porozumiewawczo.

— Owszem, byłem chirurgiem w armii na Półwyspie.

Potem wróciłem do Anglii i skończyłem szkołę medyczną — potwierdził, oglądając aptekarza z przodu i z boku. — Zdaje mi się, że jedno biodro ma pan wyżej. Zawsze tak było?

— Nie sądzę — pokręcił głową pan Lennox. — Na początku było dobrze, ale od paru lat coraz gorzej.

— Tak być nie może — zgodził się Glynn. — Myślę, że starł pan podeszwę buta przy zdrowej nodze i teraz proteza jest za długa.

Oczy mu się rozszerzyły. — Przestałem nosić buty! To znaczy jeden but. Musiał mieć grubszą podeszwę.

— Radziłbym albo ściąć odrobinę spodu protezy, albo włożyć podpiętek do buta, żeby wyrównać — zaproponował Glynn.

— Najpierw spróbuję podpiętka i zobaczymy — odparł Lennox. — No, bardzo się cieszę, że miał pan dziś dla mnie chwilę. Fortuna uśmiecha się do Hatfield. A teraz, czy mogę panu czymś się odwdzięczyć?

— Pańska ulga to dla mnie podziękowanie, panie Lennox. Lord Ferndale sowicie mi płaci — mam nawet konia do dyspozycji. Nazywa się Canterbury, ale z natury woli chodzić.

Pan Lennox roześmiał się z gry słów. — Dobry z niego człowiek, ten Lord Ferndale, ale i tak chcę panu zapłacić. Zauważył pan coś, co doktor Rasley zupełnie przeoczył.

Poprowadził go do półki ze słoikami pełnymi zawiniętych pastylek, kosza z torebkami ziołowych mieszanek na bóle głowy i drugiego, po brzegi wypełnionego puszeczkami miodowego balsamu na popękane usta. Glynn był pod wrażeniem, jakie to rozsądne i bezpieczne składy. Nie rozpoznawał jednak żadnych opakowań. Nie od wielkich londyńskich firm.

— To jedne z moich najchętniej kupowanych wyrobów,

wszystkie robione na miejscu przez wnuczkę Lorda Ferndale'a, Bernadette Baxter.

Glynn stłumił jęk na dźwięk *tego* nazwiska po raz kolejny. Ta wścibska dziewucha najwyraźniej znała wszystkich i miała palce w każdej sprawie.

A co najbardziej dokuczliwe, używała właściwych składników, które rzeczywiście pomagały ludziom. Skąd wzięła te umiejętności? Mocno go irytowało, że przynajmniej w jednej ze swoich o niej opinii nie miał racji.

— Czy panna Baxter dostarcza panu te rzeczy od dawna? — zapytał Glynn.

— Przejęła po matce cztery lata temu, niech Pan Bóg ma ją w opiece. Michelle Baxter zapomniała więcej o leczeniu ziołami, niż ja kiedykolwiek będę wiedział — odparł Lennox z namysłem. — Bernadette też ma do tego rękę. Od dawna dobrze opiekuje się tutejszymi. Nie lubię źle mówić o zmarłych, ale doktor Rasley... cóż, nie bardzo się kwapił. Dlatego Lord Ferndale postanowił opłacać nowego lekarza stałą pensją — ludzie bez gotówki nie dostawali pomocy. Pannie Bernadette nie przeszkadza, jak ktoś płaci jajkami, miodem albo ziemniakami.

— Czyli leczyła osoby, które w normalnym porządku powinien przyjąć lekarz?

Pan Lennox wbił w niego wzrok. — Nie słuchał pan, synku? Jeśli lekarz ich nie przyjmował, bo nie mieli gotówki, to co mieli zrobić? Po prostu iść i umrzeć?

— Nie, oczywiście, że nie! — Glynn spłonął rumieńcem. — Skoro Lord Ferndale płaci mi za przyjmowanie wszystkich potrzebujących, niech pan rozgłosi, żeby odtąd przychodzili do mnie, a nie do panny Baxter.

Pan Lennox wyglądał na rozbawionego, ale skinął głową.
— Tak zrobię. Miło pana poznać i dziękuję za radę w sprawie nogi. Spróbuję podpiętka i dam znać, czy pomogło.

Glynn pożegnał się uprzejmie i wyszedł z apteki, w środku aż się gotując. Z wyrazu twarzy Lennoxa jasno wynikało, że niemało osób woli nadal chodzić do Bernadette Baxter po jej ziołowe remedia, zamiast do prawdziwego lekarza, co było doprawdy niedorzeczne. Trzeba z tym skończyć — i to prędko.

Maszerując ulicą i skręciwszy za róg, zatrzymał się przed Baxter's Fine Books. Wielu ludzi mówiło mu, że tam mieszka Bernadette — w mieszkaniu nad sklepem.

— Dam jej nauczkę — mruknął. — Powiem, żeby kierowała pacjentów najpierw do mnie i przestała wtykać nos w nie swoje sprawy!

Gdy otworzył drzwi księgarni, nad głową delikatnie zadźwięczał dzwoneczek. Glynn zamknął drzwi i na moment się zatrzymał, pozwalając oczom przywyknąć. W księgarni nie było wprawdzie ciemno, ale w porównaniu z ostrym słońcem na zewnątrz — znacznie bardziej półmrok.

— Witam — odezwał się głęboki głos, a Glynn uśmiechnął się, dostrzegłszy Shauna Jacksona, człowieka Lorda Ferndale'a. To on go przesłuchiwał i zatrudnił w Londynie. Jackson stał przy ladzie i rozmawiał z wysoką młodą kobietą, która — choć co najmniej o głowę wyższa — była tak podobna do Bernadette, że musiała być jej siostrą.

— To nowy lekarz, Louise, doktor Williams. Glynn, to panna Louise Baxter. — Głos Jacksona złagodniał przy jej imieniu i wystarczyło jedno spojrzenie, by Glynn pojął, że są w sobie zakochani.

— Witam w Hatfield — powiedziała.

— Miło mi panią poznać — odparł, kłaniając się.

— Słyszałam, że poznał pan już Bernadette. — Piwne oczy błysnęły figlarnie.

Glynn uśmiechnął się sztywno. W głowie zabrzmiała mu stara prawda — — nie wchodź między siostry —. — Owszem. Czy jest może w pobliżu? Chciałbym zamienić słowo.

Jackson cicho się zaśmiał. — Mam nadzieję, że życzliwe.

Najwyraźniej Bernadette nie zwlekała z wyrażeniem o nim opinii. Glynn wziął powolny, głęboki oddech, doskonale świadom, że Jackson również pracuje dla Lorda Ferndale'a. Musiał ważyć słowa, żeby nie zrazić do siebie całego miasteczka.

— Radziła sobie całkiem nieźle, opiekując się ludźmi — powiedział szczerze, choć niechętnie — przy oczywiście ograniczonych środkach, jakimi dysponowała, ale teraz jestem tutaj. Wolałbym, żeby leczenie zostawiła mnie.

— Doprawdy? — odezwał się za nim lekki głos, a Glynn odwrócił się, zaskoczony. Bernadette pojawiła się jak spod ziemi i stała ze skrzyżowanymi ramionami na piersiach, zadzierając do niego głowę z tym irytującym uśmieszkiem. — Na pewno przekażę paniom z dolegliwościami kobiecymi, że nowy lekarz okaże wielkie zrozumienie.

— Jeśli zajdzie potrzeba — wycedził Glynn przez zęby — choć to chyba jednak domena akuszerek?

— Może zechce pan to omówić z nimi. — Uśmieszek Bernadette poszerzył się. — Pani Bell mieszka naprzeciwko, dom z zielonymi drzwiami.

— Tak, wspomniała pani o tym wczoraj wieczorem. — Glynn zorientował się, że lepiej będzie odejść, zanim straci panowanie i powie coś, czego pożałuje. Jackson patrzył na

niego z ostrożnością. Szarpnął drzwi, skinął dość sztywno. —
Życzę państwu dnia dobrego.

— Crafty, nie! — wrzasnęła Bernadette, a Glynn
mrugnął, zdezorientowany.

— Słucham?

Rzuciła się do przodu, nurkując nisko — do jego kolan?
— a Glynn spojrzał w dół w samą porę, by zobaczyć czarną
futrzaną smugę, jak wymyka się spomiędzy wyciągniętych rąk
Bernadette, przeskakuje nad jego stopami i pędzi na ulicę.

Wypuścił cholernego kota.

ROZDZIAŁ 3

Eskapady

Bernadette w gruncie rzeczy całkiem dobrze się bawiła, drażniąc nowego lekarza, który był zdecydowanie zbyt sztywny jak na tak młodego mężczyznę. Dr Williams wyraźnie próbował trzymać nerwy na wodzy, a jednocześnie mu się to nie udawało, więc postanowił odejść, zanim powie coś, czego będzie żałował.

Niestety, stanął w progu, przytrzymując drzwi i składając wąskousty ukłon grzeczności, a Crafty skorzystała z okazji, by dać nogę. Była wiosna, a Crafty od dwóch dni miauczała w rui, wielce wszystkim uprzykrzając życie.

I choć zioła Bernadette działały na ludzi, nie znalazła jeszcze nic, co by pomogło na kota.

Bernadette była po prostu zbyt wolna, by złapać kotkę, gdy Crafty zerwała się do biegu ku wolności, a dr Williams stał jak cielę i gapił się, kiedy Bernadette o mało nie wyłożyła się jak długa prosto u jego stóp.

I wtedy — o zgrozo! — rozległ się pisk spłoszonego konia, głośny stukot kopyt, potem trzask i krzyki tuż za progiem.

Wszyscy jak jeden mąż popędzili do drzwi — Louise, Bernadette, pan Jackson i doktor — by stanąć oko w oko z okropnym widokiem. Crafty najwidoczniej przebiegła tuż przed powozem jadącym ulicą, zaprzężonym w dwa konie; przynajmniej jeden z koni się spłoszył i ściągnął powóz w poprzek ulicy, wprost pod kopyta jeźdźca jadącego z naprzeciwka, który spadł z siodła.

Pan Jackson, były żołnierz, od razu przeszedł do działania i pochwycił teraz już luźnego konia. Woźnica powozu opanował swoje konie, a pan Thomas, stajenny, pośpiesznie wybiegł z Red Lion, żeby ująć je za uzdy.

Dr Williams bez zwłoki podbiegł do leżącego jeźdźca, a Bernadette depczyła mu po piętach. Mężczyzna był niewątpliwie ranny — z głowy lała się na bruk jaskrawa krew, a jedna noga wygięta była w połowie goleni w potwornym kącie.

— Spokojnie, proszę się nie ruszać — powiedział krótko dr Williams, klękając na środku ulicy. Ściągnął płaszcz, zwinął go i wsunął pod głowę rannego. — Jestem lekarzem.

Zaledwie kilka kroków dalej z domu wyszła pani Bell, najwyraźniej zwabiona hałasem, rzuciła okiem i zniknęła z powrotem w środku. Bernadette wiedziała, że rozsądna akuszerka wróci za chwilę z bandażami, ale chwila mogła być zbyt długa, sądząc po ilości krwi. Zerwała więc fartuch, zwinęła go w kłąb i przycisnęła mocno do rany na głowie mężczyzny.

Dr Williams rzucił na nią krótkie spojrzenie, po czym skinął głową. — Proszę trzymać ucisk — rozkazał. — Jak pan się nazywa?

— Ned — wymamrotał mężczyzna, mrugając nieprzytomnie. — Ned Fellowes.

— Złamał pan nogę, Ned, a z głowy leci krew. Proszę się nie ruszać, zajmiemy się panem. — Dr Williams ściągnął usta, zerkając na nogę Neda. — Nie podoba mi się to. Panie Jackson, potrzebujemy dużej deski. Starych drzwi? Musimy go przenieść.

— Przecież on się do tego w ogóle nie nadaje... — zaczęła z przerażeniem Bernadette.

— Jeśli nie zoperuję tej nogi, i to szybko, straci ją. A to nie jest miejsce na operację. — Dr Williams rzucił szybkie spojrzenie na zgromadzonych gapiów.

Ned krzyknął z przerażenia, próbując się odsunąć.

— Trzeba go przytrzymać — powiedział stanowczo dr Williams i zaraz z pomocą pośpieszyły chętne ręce.

Pani Bell przyklękła obok Bernadette. — Trzeba go wnieść do mnie — zaproponowała. — W pierwszym pokoju stoi duży, płaski stół.

— To pani Bell, akuszerka, panie doktorze — wtrąciła pośpiesznie Bernadette.

— Potrafi pani szyć? — Dr Williams nawet nie podniósł wzroku.

— Tak — odparła Bernadette.

— Nie mówiłem do pani, panno Baxter.

No to już było niegrzeczne! Zatkało ją z oburzenia.

— Panna Bernadette szyje znacznie drobniejszym ściegiem niż ja — zganiła go pani Bell.

Bernadette zobaczyła, jak zaciskają mu się szczęki, ale skinął bez słowa. Pan Jackson wrócił, niosąc sam stare drzwi, a dr Williams pokierował przenoszeniem Neda na drzwi, a potem do domu pani Bell.

Ned zemdlał w trakcie, co przynajmniej uniemożliwiło mu szarpanie się.

Biedak leżał blady i nieruchomy, gdy drzwi ułożono na stole pani Bell.

— Teraz proszę się odsunąć — rozkazał dr Williams — z wyjątkiem pani Bell, panny Baxter i pana, panie Jackson, jeśli pan zostanie? Może się przydać ktoś, kto przytrzyma Neda, gdy odzyska przytomność.

Mimo że była na niego zła, Bernadette nie mogła nie podziwiać jego spokojnej, władczej postawy. Sprawiał wrażenie człowieka całkowicie kompetentnego i pewnego swoich umiejętności. Pozostawało mieć nadzieję, że naprawdę wie, co robi. Noga Neda wyglądała potwornie.

— Czy może pani nastawić gorącą wodę, pani Bell? — Dr Williams podwinął rękawy koszuli i otworzył neseser, który niósł, wyjmując zwinięty kawał skóry. Rozwinął go, odsłaniając zestaw narzędzi chirurgicznych.

— Co pan zamierza zrobić? — zapytała Bernadette, z przerażeniem patrząc na ostrza i piły.

— Złamany koniec kości przebił skórę i może być odłamany. Zgładzę poszarpane fragmenty, potem nastawię i usztywnię całość, ale najpewniej będę musiał naciąć mięsień, żeby wszystko wróciło na miejsce. — Urwał, spojrzał na nią, po czym podszedł do głowy Neda. — Rzućmy szybkim okiem na tę ranę.

Ciepła dłoń spoczęła na dłoni Bernadette, tam gdzie cały czas przyciskała zmięty fartuch do głowy biednego Neda, i podskoczyła lekko, puszczając. Dr Williams odjął fartuch i skinął głową.

— Tak jak przypuszczałem: to nic bardzo groźnego. Proste rozcięcie, ale rany głowy bardzo krwawią. Najlepiej będzie założyć jeden czy dwa szwy po uprzednim przemyciu alkoholem. Poradzi sobie pani z tym, podczas gdy ja zajmę się nogą?

Jego oczy były bardzo ciemne, zauważyła Bernadette, tak ciemnobrązowe, że ledwo można było dostrzec granicę między źrenicą a tęczówką. Był niewiarygodnie spokojny, znacznie bardziej niż ona po ujrzeniu koszmarnego kąta, pod jakim wisiała noga Neda. Skinęła głową.

— Czy wykonywał pan już podobne operacje? — zapytała, gdy podał jej igłę już nawleczoną nicią.

— Więcej razy, niż chciałbym liczyć. — Na jego twarzy przemknął ironiczny uśmiech. — Mój ojciec był chirurgiem w armii. Poszedłem z nim jako czeladnik, gdy miałem dwanaście lat, a sam operowałem już w wieku szesnastu.

— Och! Ale... jest pan *lekarzem*? — Większość doktorów uważała chirurgów ledwie za rzeźników, Bernadette o tym wiedziała.

— Owszem. Zupełnym przypadkiem jeden z moich pacjentów w Hiszpanii okazał się... nazwiska nie wymienię, ale kimś skrajnie majętnym i wpływowym. Uznał, że uratowałem mu życie, i równie mocno postanowił objąć mnie protekcją. Sfinansował mój powrót do Londynu i studia medyczne.

Bernadette miała rację, zakładając, że wstąpił do wojska prosto ze szkolnej ławy — mniej więcej to potwierdził — ale nie było czasu roztrząsać jego kwalifikacji czy doświadczenia, gdy zabrała się do oczyszczania najgorszej rany na głowie Neda i zszywania cienkich płatów skóry. Zrobiła trzy szwy, nie żeby popisać się kunsztem, lecz by były równomiernie rozstawione i pod jednakowym napięciem.

Wpatrywanie się w to drobne rozcięcie pozwalało nie rozpraszać się tym, co działo się przy drugiej nodze biednego Neda.

Jak przewidziano, ocknął się, a pan Jackson uspokajającym tonem do niego przemawiał, przytrzymując go. Pani Bell podała whisky na ból, a Bernadette skropiła czystą ściereczkę i przetarła zaszytą ranę.

Kiedy było już na szczęście po wszystkim i noga Neda została opatrzona i mocno usztywniona, biała koszula doktora Williamsa była cała we krwi.

— Trzeba będzie załatwić panu kule — powiedział do Neda — i proszę nie stawiać nogi wcale. Pani Bell, czy Ned może zostać u pani na noc, żeby się nie ruszał? Mieszkam naprzeciwko, w Red Lion. Szybko się przebiorę i wrócę, żeby posprzątać pokój.

— Mogę go popilnować — zaoferował pan Jackson — mój pokój jest tylko na górze.

Światło wlewało się przez okna i Bernadette pomyślała, że ten pokój byłby idealny, by doktor przyjmował tu pacjentów. Podpyta panią Bell, kiedy trafi się spokojna chwila.

— Mamy pompę na podwórzu za księgarnią — powiedziała, ogarniając wzrokiem opłakany stan ubrań doktora. — Mogę panu dać jedną ze starych koszul ojca, jeśli trzeba.

Spojrzał na siebie i skrzywił się, najwyraźniej zdając sobie sprawę, jak wygląda. — Będę zobowiązany. Lepiej żebym nie wracał do zajazdu w takim stanie.

— Zimna woda świetnie schodzi z krwi — dodała, bardzo

się starając nie uśmiechnąć na myśl, jak zimna potrafi być woda z pompy.

Bernadette dostrzegła gromadzący się tłum za oknem i szybko narzuciła na doktora płaszcz pana Jacksona, żeby zakryć krew.

— Po co to?

— Żeby pana osłonić, zanim tamci nie zemdleją — powiedziała Bernadette, wskazując okno.

— Och! Słusznie. — Wsunął się w ciemny płaszcz, który na szczęście zakrył całą krew na koszuli.

— Dziękuję państwu za szybkie działanie — zwrócił się do tłumu, kiedy odchodzili od domu pani Bell.

Jak przewidywała Bernadette, gapie odsunęli się od domu i najwyraźniej poszli za nimi. Dobrze — Ned będzie miał odrobinę ciszy i spokoju.

— Noga Neda jest paskudnie złamana, ale uraz głowy nie jest poważny i powinno być dobrze — powiedział dr Williams spokojnym, równym głosem. Miał bardzo dobry sposób bycia z pacjentami, uznała Bernadette; szkoda, że postanowił być dla niej takim nieznośnym bucem!

Z tłumu dobiegły słyszalne westchnienia ulgi. Ludzie zaczęli mu dziękować, kiedy próbował odejść, ale on uniósł dłonie, by ich powstrzymać. — Rozumiecie państwo, muszę to opisać w dokumentacji medycznej i powinienem zrobić to, póki mam wszystko świeżo w pamięci.

Po czym oboje wsunęli się do Baxter's Fine Books i odetchnęli z ulgą.

— Umyjmy pana. Przyniosę mydło na plamy — powiedziała Bernadette, prowadząc go na podwórze. Louise podniosła się zza lady i skinęła głową; obie rozumiały się bez słów, że Bernadette opowie jej szczegóły później. Albo zrobi to Shaun, jeśli wróci wcześniej.

Ręce Bernadette też były nie najczystsze, a fartuch musiała zostawić u pani Bell. Na przodzie sukni widać było plamy krwi.

Zostawiła dr Williamsa, by zajął się sobą, i pognała do kuchni, gdzie umyła ręce. Potem w swoim pokoju odnalazła świeżą suknię i przebrała się w nią z małą pomocą Rosie.

— Wypiorę to jak nowe, panno Bernadette — oznajmiła Rosie, zwijając poplamioną.

— Dziękuję — odparła i poszła do pokoju ojca, skąd wzięła jedną z jego koszul. Chwilę później weszła na podwórze, zupełnie zapominając, że lekarz, spierając z koszuli ślady krwi, najpewniej zdejmie ją z siebie.

Stał, szorując materiał, nagi od pasa w górę — i aż zaparło jej dech.

Widziała już mężczyzn bez koszul. Niezliczonych — daleko więcej, niż przystałoby niezamężnej kobiecie — bo spędzała mnóstwo czasu, opatrując ich rozmaite dolegliwości i rany. Ale jakoś żaden z nich nigdy nie sprawił, żeby jej oczy o mało nie wyszły z orbit tak, jak właśnie teraz.

Dr Williams nie był szczególnie wysoki, ledwie nieco powyżej średniej, ani przesadnie barczysty, ale wyglądał na wyjątkowo sprawnego i silnego — sam ścięgien i suchego mięśnia. Bicepsy napinały się i pracowały, gdy szorował zakrwawioną koszulę, a Bernadette nie mogła oderwać wzroku.

— Och, dziękuję. — Zobaczył, że stoi, i podszedł, by przyjąć koszulę, najwyraźniej zupełnie nieporuszony swoim stanem rozebrania.

— Yyy, jeśli chciałby pan zostawić swoją koszulę, nasza służąca Rosie doskonale radzi sobie z wywabianiem krwi. Upierze ją i panu odeśle — wyrzuciła z siebie Bernadette, pospiesznie odwracając wzrok, kiedy doktor wsunął się w czystą koszulę, przez co mięśnie jego klatki poruszyły się w sposób niezwykle niebezpieczny dla jej spokoju ducha.

To głupstwo. Przecież on mi się nie podoba. Czemu nie mogę przestać się na niego gapić?

Zrobiła w tył zwrot i prędko odeszła, zanim zorientuje się, że wytrącił ją z równowagi.

⊱⊰

Nazajutrz rano Crafty miauknęła pod frontowymi drzwiami, by ją wpuścić. Bernadette przewróciła oczami na myśl, że domowa łapaczka myszy najpewniej wróci w ciążę z kolejnym miotem. Otwierając drzwi na High Street, zaklęła w duchu, gdy Crafty otarła się o jej nogę. — Dobrze, że przynajmniej świetnie polujesz — burknęła pod nosem.

Tego ranka nie było wnętrzności myszy do sprzątania, bo cokolwiek Crafty upolowała w nocy — poza pożądliwym spojrzeniem jakiegoś kocura — zostało gdzieś na zewnątrz.

Chwilę później zjawiła się Rosie, a jej uśmiechnięta twarz pokazała się w drzwiach, które zadzwoniły dzwoneczkiem.

Bernadette wiedziała, że zuchwała minka służącej może znaczyć tylko jedno — nadchodziły smakowite plotki! Poszły do kuchni: Bernadette mogła tam sortować i pakować zioła, a Rosie wziąć się za pranie tygodnia.

Pani Poole udawała, że nie słyszy ich paplaniny, ale gdy

zeszło na Phoebe Baxter, która chciała wejść do komitetu szpitalnego, szybko włączyła się do rozmowy.

— Nie ma mowy — powiedziała stanowczo pani Poole. — Wcisnęła się do komitetu ogrodowego i już po jednym zebraniu przyprawia nas o migreny!

— Też tak pomyślałam — odparła Rosie. — Ale rozsyła ciasta i wieprzowe paszteciki do wszystkich w komitecie, żeby ich ułaskawić.

— Założę się, że sama ich nie piekła — mruknęła pani Poole — ani jej gospodyni. Dlatego to pani Langford pytała w zeszłym tygodniu, gdzie robią najlepsze paszteciki z wieprzowiną.

— U Allomów — powiedziały jednocześnie Rosie i Bernadette.

Pani Poole zachichotała. — Niech próbuje ile wlezie, ale ani panna Yates, ani ja nie dopuścimy Phoebe Baxter do komitetu szpitalnego. Nie pojmuję, po co jej to, ta kobieta nie ma za grosz współczucia.

Bernadette z satysfakcją przyjęła tę ostateczność.

Rosie wyjęła z kosza męską koszulę, na białej tkaninie wciąż przebijały się osłabione plamy krwi. — Założę się, że kryje się za tym jakaś historia!

— Wczorajszy wypadek — odparła Bernadette, czując okropne wyrzuty sumienia, że to przez ich kotkę do niego doszło. Crafty miała szczególną niechęć do koni.

— Słyszałam, że Ned dochodzi do siebie u pani Bell — powiedziała Rosie, wciskając materiał w zimną wodę.

Wiedziała więcej niż ona sama! — Bardzo się cieszę. Powinnam do niego zajrzeć i sprawdzić, czy pani Bell czegoś nie trzeba.

— To koszula doktora Williamsa, zgaduję?

— Tak, umył się na podwórzu, a ja dałam mu jedną z ojcowskich. — W głowie aż jej huczało od narzekań na najnowszego mieszkańca miasteczka. *Nie ma za grosz ogłady. Zupełnie lekceważy moją pracę. Może jest lekarzem, ale na pewno nie jest dżentelmenem. Przynajmniej dla mnie...* a jednak nie potrafiła przestać myśleć o tym, jak spokojny i kompetentny był, i jak sprawnie przeprowadził operację nogi Neda.

Z dołu, z księgarni, dobiegł głos Louise.

Zeszła i zobaczyła samego pana Alloma, czekającego przy ladzie, z ręką mocno usztywnioną przy tułowiu. — Jak się pan dziś miewa, panie Allom? Wygląda na to, że dr Williams już pana odwiedził?

— Aye, był. Nastawił jak trzeba. Erm... — wyglądał na trochę zakłopotanego, więc Bernadette odprowadziła go w spokojniejsze miejsce w księgarni. — Świętowałem wczoraj szczęście i teraz głowa pęka. Widziałem doktora przy śniadaniu w Red Lion i kazał mi to odespać. Ale pracy nazbierało się po kokardę.

— Byleby nie używał pan chorej ręki, dobrze? — zmarszczyła na niego brwi surowo.

— Żona by mnie obedrła ze skóry, gdybym śmiał. Ale ma pani coś na głowę?

— Proszę zaczekać — powiedziała, tłumiąc śmiech, i zawróciła na górę. Wróciła z butelką ze szklanym korkiem. — Proszę wypić w domu. Okropne w smaku i może pan woleć być na dworze, gdyby nie udało się utrzymać tego w żołądku.

— Wielkie dzięki — powiedział, wkładając kapelusz.

Potem sięgnął do kieszeni i wyjął dwa paszteciki zawinięte w lniany skrawek — zapłatę.

— Bardzo dziękuję — uśmiechnęła się ciepło. To naprawdę były najlepsze paszteciki w Hatfield.

Pan Allom wyszedł, a Bernadette podeszła do lady, żeby zobaczyć, co robi Louise. — Sprawdzić ci rachunki? — zapytała, widząc otwarty rejestr przed siostrą.

— Nie, Shaun dopiero co był. — Louise miała lekko rozmarzone spojrzenie, a Bernadette się uśmiechnęła. Cudownie było patrzeć, jak Louise jest zakochana! A Shaun Jackson był dobrym człowiekiem i zdawał się odwzajemniać uczucie; Bernadette miała tylko nadzieję, że nie będzie zbyt długo zwlekał z oświadczynami i uszczęśliwi Louise.

Zadźwięczał dzwonek i obie siostry skrzywiły się, gdy do sklepu wmaszerował ich kuzyn Joshua, za nim żona Phoebe, niosąca na rękach najmłodszego syna, Barnaby'ego. Barnaby był już stanowczo za duży, by go nosić, ale Phoebe rozpieszczała go do cna. Oczy Bernadette zwęziły się, gdy dostrzegła wokół jego ust podejrzane ślady dżemu. Była niemal pewna, że Phoebe celowo karmi go klejącymi przysmakami tuż przed wejściem do księgarni i puszcza go luzem, by mazał lepkimi łapkami po książkach.

— Chodź tu, chłopcze! — Przechwyciła Barnaby'ego, gdy Phoebe go stawiała. — O rany, cóż ty jadłeś, cały jesteś lepki! — Poświęciła następny czysty fartuch, żeby go wyczyścić, już w myślach przepraszając biedną Rosie, która będzie to prać, ale lepszy brudny fartuch niż lepkie książki.

Phoebe zmierzyła ją wściekłym spojrzeniem — jej plan spalił na panewce. Bernadette uśmiechnęła się do niej słodko, myśląc z satysfakcją o stanowczości pani Poole, że Phoebe nie dopnie swego w sprawie komitetu szpitalnego.

— A z czego ty się tak cieszysz? — warknął Joshua. — Powinnyście nosić żałobę!

— Jeśli po raz kolejny zamierzasz twierdzić, że nasz ojciec nie żyje, nie mając cienia dowodu, to odwróć się na pięcie i wynoś z naszego sklepu — powiedziała Louise, bez najmniejszego pozoru uprzejmości.

Louise zawsze była zuchwała, ale odkąd zalecał się do niej pan Jackson, stała się zupełnie nieustraszona. Przestała choćby odrobinę przejmować się tym, co Joshua powie lub zrobi. Bernadette podziwiała ją za to.

— No, no! — obruszył się Joshua, a jego oczy zabłysły gniewem. — Zapamiętaj sobie, dziewucho, będziesz tego żałować, gdy nadejdzie wieść o śmierci twojego ojca. Przypomnij mi: kiedy ostatnio dostałyście od niego skrzynię?

Louise nie odpowiedziała, tylko podeszła do drzwi i otworzyła je z wymownym spojrzeniem. Joshua i Phoebe nie mieli wyjścia — zebrali Barnaby'ego i wyszli.

Gdy zniknęli, Bernadette powiedziała cicho: — To był styczeń. Początek stycznia.

Wcześniej skrzynie od ojca przychodziły dość regularnie, mniej więcej co dwa tygodnie, choć rzadko dorzucał do środka choćby kartkę — ku ich wielkiej frustracji. Ale teraz był już marzec, niemal Wielkanoc, i Louise oraz Bernadette zaczynały się bać, że złowieszcze przepowiednie Joshui, iż ojciec nigdy nie wróci, jednak się spełnią.

— Nie! — prędko przerwała Louise, ale Bernadette widziała strach i w jej oczach. — Wróci do domu — dodała.

— Wkrótce. Dlatego nie ma od niego wieści; dlatego nie ma książek. Jest w podróży i wkrótce będzie w domu.

— Chciałabym mieć twoją pewność — mruknęła Bernadette pod nosem, gdy Louise odeszła i zaczęła niepotrzebnie przekładać regał z biblioteką wypożyczalni.

Cóż. Gdziekolwiek był ich ojciec, tu była robota, a sama się nie zrobi. Chciała zajrzeć do Neda i sprawdzić, czy nie ma oznak gorączki albo zakażenia. Miała maść na jego szwy.

Zsuwając lepki fartuch, Bernadette wróciła na górę, żeby wziąć czysty i spakować koszyk.

ROZDZIAŁ 4

Nowe kwatery

Pokoje w Red Lion były tak wygodne, że Glynn każdego ranka budził się rześki. Nie martwił się już tak bardzo, że jego własne mieszkanie nie było jeszcze gotowe, bo jedzenie tutaj było dobre, a ludzie w Hatfield niezmiennie życzliwi. No, może z wyjątkiem tej jednej wścibskiej dziewczyny.

Pan Jackson zastał go przy końcówce śniadania, a Glynn zaprosił go do stołu.

— Obawiam się, że nie mogę zostać — powiedział pan Jackson, mędląc kapelusz w dłoniach. Na czole olbrzymiego mężczyzny odznaczały się głębokie bruzdy zmartwienia. — Wróciłem do armii i muszę ruszać.

— Na miłość boską, znowu mamy wojnę? — zdziwił się Glynn. — Z kim tym razem?

— Napoleon uciekł i robi niezłe piekło — odparł Jackson. — O niczym innym nie mówią dawni żołnierze. Wszyscy znów się zaciągają. Przejdziesz się ze mną? Muszę z tobą porozmawiać.

Glynn szybko uregulował rachunek i poszedł z panem

Jacksonem do pani Bell, żeby tamten mógł dokończyć pakowanie. Droga była mokra po świeżym deszczu i mieniła się w słońcu.

— Muszę cię o coś prosić — powiedział pan Jackson. — Czy mógłbyś mieć oko na Louise i Bernadette, dopóki mnie nie będzie?

Glynn zatrzymał się jak wryty, gdy dotarli do drzwi pani Bell. — Na tę jędzę?

Oczy Shauna okrągło rozszerzyły się ze zdumienia. — Kogo, Louise?

— Nie, nie ją — weszli do środka, przywitali się z panią Bell, a potem ruszyli do pokoju Shauna, gdzie ten miał już do połowy zapełnioną torbę podróżną. — Mam na myśli pannę Bernadette.

Shaun przestał się pakować, wyraźnie zdezorientowany. — Przecież to miła, cicha myszka.

— To harpia — zaprotestował Glynn. — Wtrąca się w cudze sprawy i bawi się lekarstwami, na których się nie zna.

Shaun westchnął i wepchnął do torby ostatnie drobiazgi. — Rozmawiałem z panią Bell i bardzo się ucieszyła, że weźmiesz mój pokój. Zaproponowała też swój frontowy salon na twój gabinet.

— Do czasu, aż mój dom będzie gotów?

Shaun pokręcił głową. — Chłopaki, co remontują dom doktora, też się zaciągają. Przez jakiś czas nikt już nie ruszy z robotą. No chyba że sam umiesz w stolarce?

Wtedy do niego dotarło. Nie będzie miał ani domu, ani gabinetu, dopóki ta kolejna potyczka z Napoleonem się nie skończy. A i wtedy nie wszyscy wrócą.

Czy i on sam nie powinien się znowu zaciągnąć? Czuł

wyrzuty sumienia, że tego nie chce, ale był potrzebny tutaj, zwłaszcza pod nieobecność Jacksona.

Do tego jeszcze dochodził fakt, że płacono mu za pozostanie.

Pani Bell otarła twarz chusteczką, żegnając pana Jacksona. On pomachał im i zamknął za sobą drzwi.

— Niech go Pan Bóg strzeże i prowadzi — powiedziała pani Bell. — Dobry z niego człowiek, choć ma apetyt na miarę tej swojej postury.

Glynn uśmiechnął się rozbawiony. — Chwalił pani gotowanie już wiele razy, pani Bell. Z przyjemnością skosztuję. Za chwilę przeniosę rzeczy z zajazdu, jeśli można? — Pokoje w Red Lion były wygodne, ale nie będzie mu żal uciec od całego tego zgiełku ruchliwego zajazdu dyliżansowego.

— Wszystko to trochę na ostatnią chwilę, ale i tak nie korzystam z tego pokoju, a wiem, że lord Ferndale zapłaci mi ładny czynsz, żeby pan mógł go używać — powiedziała pani Bell, otwierając drzwi do frontowego saloniku. — Wstawiłam tu krzesło i stół, który może panu służyć za biurko.

— Doprawdy, to idealne, dziękuję, pani Bell. — Zaimponowało mu, jak szybko to urządziła. Stół był na tyle długi, że ktoś mógł się na nim położyć do badania, a nawet do operacji, tak jak zrobili to z Nedem parę dni temu. Glynn mógł postawić w rogu swoją apteczkę; stół to był luksus, prawdziwe biurko! W armii używał apteczki jako biurka.

— Herbaty? — zapytała położna.

— Dziękuję, byłoby wspaniale.

Pani Bell uwinęła się i zostawiła go samego w pokoju. Kominek był uroczy i miał nadzieję, że nie będzie musiał go rozpalać aż do jesieni. Wzdłuż jednej ściany biegła listwa na obrazy, na której mógł powiesić dyplom. Była też wygodna kanapa, na której pacjenci mogli przysiąść, opowiadając o swoich dolegliwościach.

Usiadł na solidnym drewnianym krześle i rozejrzał się po nowym gabinecie. Zadowolenie rozlało się po nim. Życie układało się bardzo dobrze.

Aż spojrzał przez okno i uświadomił sobie, że ma wprost przed oczami Baxter's Fine Books.

Stłumił jęk udręki.

Pan Thomas odstawił apteczkę tam, gdzie wskazał Glynn, po czym grzecznie się pożegnał. Glynn pomyślał, że krzepki mężczyzna ruszy z powrotem do Red Lion, ale ten zamiast tego wszedł do księgarni.

Gdyby pana Thomasa bolały plecy albo bark, Glynn mógłby mu pomóc. Obawiał się jednak, że mężczyzna poprosi Bernadette o jakąś leczniczą herbatkę.

Widok zza okna zmieniał się co chwila, gdy zajechał dyliżans pocztowy z podróżnymi i skrzyniami towarów. Potem ludzie często wchodzili na jakiś czas do księgarni, by po chwili wychodzić z pakunkami. Zza szyby widział też, że co jakiś czas ktoś z miasteczka zagląda do środka. Ku jego zaskoczeniu pewien mężczyzna, który dopiero co wszedł do księgarni, wyszedł z niej po zaledwie paru minutach i ruszył prosto do jego gabinetu.

Glynn sam otworzył drzwi, żeby nie fatygować pani Bell, i powitał przybysza życzliwym uśmiechem.

— Panna Bernadette powiedziała, żebym pana odwiedził

— rzekł mężczyzna — więc przyszedłem od razu. Ma pan chwilę?

— Zawsze mam czas dla mieszkańców Hatfield, pan...?

— Black, Horace Black, prowadzę drukarnię z braćmi.

— Panie Black, proszę bardzo — wprowadził go do środka. Otworzył rejestr i zaczął notować. — Co pana dziś sprowadza?

— A bo to palec. Nie wiem, co zrobiłem — powiedział mężczyzna, podając dłoń.

Brwi Glynna podskoczyły tak wysoko, że aż naciągnęły mu skórę na czole. — Wygląda na zupełnie spłaszczony — stwierdził, przyglądając się szpadlowatemu zakończeniu palca wskazującego.

— A to! Nie, to lata temu, nigdy się nie naprawiło, ale też nic nie czuję, więc mi nie przeszkadza. Nie, chodzi o tego małego na końcu.

Przyglądając się właściwemu palcowi, Glynn zauważył, że przy stawie jest dziwnie zgięty. Delikatnie zbadał staw i wyczuł pod skórą charakterystyczne ciepło.

— Wszystko wskazuje na artretyzm — przekazał wieść najspokojniej, jak potrafił. Trudno było ocenić wiek pana Blacka po pooranej zmarszczkami twarzy. Mógł mieć od 40 do 60 lat, zależnie od tego, ile przez życie dźwigał. — Czy inne stawy też dokuczają? — zapytał łagodnie Glynn.

— Teraz jak pan mówi, kolana już nie takie jak kiedyś.

Glynn ucieszył się, że pan Black mu zaufał i pozwolił na dalsze badanie. Jako miejscowy drukarz znał z pewnością wielu ludzi i rozniesie wieść, że doktor pomógł. Niestety, na artretyzm nie było zbyt wielu dobrych środków poza trzymaniem ciepła i odpoczynkiem. Dla człowieka stojącego cały dzień — niewykonalne.

— Czy panna Bernadette proponowała panu korę wierzby? — zapytał.

— Mówiła, że pan Lennox będzie miał, ale żebym najpierw przyszedł do pana.

Glynn skinął głową i powiedział słowa, których naprawdę nie miał ochoty mówić. — Panna Bernadette ma rację. Cieszę się, że pan przyszedł, i proszę dać znać, jeśli się pogorszy. — Sięgnął po skrawek papieru i napisał: *kora wierzby albo jezuicka na artretyzm, pić z herbatą rano*. — Proszę to zanieść do pana Lennoxa i powiedzieć, że pana przysłałem. To kora wierzby, czasem zwana jezuicką, i należy ją zaparzać w herbacie. Dobry środek na bolące stawy. Jeśli wypije pan przy śniadaniu, powinno pomóc. Mam nadzieję, że da panu kilka godzin ulgi. W międzyczasie proszę nosić rękawiczkę na chorej ręce, a kolana może owinąć szalikami, żeby trzymać cieplej?

Mężczyzna skinął i zapytał: — Ile się należy?

— Nic a nic, panie Black, lord Ferndale zatrudnił mnie, żebym służył ludziom w Hatfield. U aptekarza może to być parę pensów. — Rozważał, czy nie powiedzieć panu Blackowi, by kazał panu Lennoxowi dopisać zakup na konto Glynna, ale spojrzawszy na ubranie mężczyzny i pamiętając, że prowadzi drukarnię, uznał, że stać go na własny lek.

Mężczyzna rozpromienił się. — Wielkie dzięki i przyjemność pana poznać, panie doktorze!

Żegnając pana Blacka, zobaczył, jak panna Bernadette wychodzi z księgarni z koszykiem na ramieniu. Glynn skinął jej głową na powitanie, ale ona pomknęła dalej i musiała go nie zauważyć.

No cóż, zrobi to, o co prosił Shaun Jackson, i będzie miał na nią oko. Nie będzie to trudne, skoro widział drzwi księgarni zarówno z okna gabinetu, jak i sypialni, co odkrył wieczorem, gdy udał się na górę po dobrym obiedzie u pani Bell.

⚜

W ciągu następnego tygodnia, gdy po Wielkim Tygodniu wielkanocnym handel znów ruszył, przyszło do niego jeszcze kilku pacjentów. Ku jego frustracji absolutnie każdy z nich najpierw zajrzał do księgarni. Glynn uznał, że powinien być wdzięczny, że przynajmniej Bernadette odsyła ich potem do niego, choć jednak złościło go, że w ogóle idą do niej jako pierwszej — wszyscy musieli już wiedzieć, że w miasteczku jest nowy doktor, pan Black zamieścił przecież artykuł o nim w lokalnej gazecie! Przynajmniej sporo ludzi zaczęło go pozdrawiać na ulicy; Hatfield wydawało się pełne życzliwych dusz. W niedzielny poranek, idąc do kościoła, Glynn zebrał mnóstwo przyjaznych skinień i uśmiechów.

Przyszedł trochę za wcześnie na nabożeństwo i wypatrzył wikarego w sutannie, jak rozmawia z parafianami przed kościołem. Może powinien podejść i się przedstawić? Będą się przecież regularnie stykać — na obu krańcach ludzkiej drogi mieszkańców Hatfield.

Glynn zawahał się w kroku, gdy zobaczył znajomą, drobną postać zatrzymującą się przed duchownym. Nie miał najmniejszej ochoty na kolejną sprzeczkę z panną Bernadette na oczach pastora Millingsa; słyszał, że duchowny jest istnym dyktatorem i nie chciałby być stawiany pod pręgierzem za

48

niegrzeczność wobec damy, a udawało mu się przez cały tydzień unikać sporów z Bernadette tylko dzięki bezwzględnemu trzymaniu dystansu.

— Proszę księdza, czy mogę zapytać o zdrowie? — usłyszał szczere, niosące się z lekkim wiatrem słowa Bernadette.

Wikariusz spojrzał na Bernadette spode długiego nosa. — Mam się doskonale, panno Baxter. Pan troszczy się o swoich.

— To dobrze słyszeć, tylko... — Bernadette zawahała się. — Nie mogę nie zauważyć, że wygląda ksiądz nieco ziemiście. Odcień żółtaczki, być może? Mam znakomity środek na wątrobę...

— Nie chcę twoich czarów, kobieto! — Głos wikarego był niski, ale na tyle zajadły, że Glynn doskonale go dosłyszał.

Glynn zmarszczył brwi. Tak nie powinno się mówić do damy. A środek na wątrobę to nie żadne czary; najlepsze są proste, jak woda z rzodkwi i świeża mięta, albo agrest rozgnieciony i zaparzony z liśćmi bazylii.

— Dzień dobry, panie doktorze! — Pogodny głos wyrwał go z zamyślenia, a Glynn odwrócił się i zobaczył nadchodzącego lorda Ferndale, z panną Yates pod rękę.

— Dzień dobry, mój panie — skłonił się Glynn. Pojechał do Ferndale Hall, by zameldować się nowemu pracodawcy, zanim jeszcze dotarł do Hatfield, i ujął go urok starszego brata i siostry. Lord Ferndale był przenikliwym, życzliwym człowiekiem, zdecydowanym działać dla dobra swojej społeczności, a panna Yates była, jak sądził Glynn, o wiele bystrzejsza, niż sugerowało jej nieco łagodne, roztargnione usposobienie. — Panno Yates — skłonił się i jej, a w odpowiedzi otrzymał słoneczny uśmiech i to, że panna Yates wsunęła mu dłoń pod ramię.

— Tak miło pana znów widzieć, panie doktorze Williams! Teraz koniecznie musi pan usiąść z nami w kościele, prawda, braciszku?

— Oczywiście — zgodził się bez oporu lord Ferndale. — W naszej ławie jest dużo miejsca, a mamy jeszcze kilka minut do początku, proszę opowiedzieć, jak się pan urządza. Słyszałem, że otworzył pan gabinet u pani Bell i mieszka tam teraz, odkąd pan Jackson pojechał znów zająć się Korsykaninem?

Glynna wcale nie dziwiło, jak wiele lord Ferndale już wiedział. Był jego pracodawcą i wiele mu zawdzięczał. — Pani Bell wyświadczyła mi ogromną przysługę — powiedział. — Jej frontowy pokój jest w dogodnym miejscu, by mieszkańcy mogli mnie znaleźć. Chciałbym jak najszybciej wywiesić szyld, jeśli tylko znajdę kogoś, kto mi go wykona.

— Tak — skinął lord Ferndale, otwierając śpiewnik. — Znów brakuje nam dobrych rzemieślników. Dwóch moich ogrodników też się zaciągnęło. Nie mogłem ich powstrzymać przed tak chwalebną sprawą.

Glynna ukuło poczucie winy. — Czy i ja powinienem wrócić? Służyłem już.

— Nawet o tym nie myśl! — wtrąciła panna Yates. — Hatfield potrzebuje pańskich umiejętności. Jeśli ktoś odważy się kusić pana do innego miasteczka, proszę ich do mnie przysłać, to dam im nauczkę.

Musiał się uśmiechnąć na tę zapalczywość starszej damy, wyobrażając sobie pannę Yates wymierzającą karę swoją torebką.

Tuż przed rozpoczęciem nabożeństwa do ławy Ferndale'ów dołączyły Bernadette i Louise Baxter. Bernadette zawahała się, gdy go zobaczyła, po czym w ostatniej chwili tak poprowadziła krok, by to Louise usiadła tuż obok niego, a nie ona sama.

Lord Ferndale pochylił się i szepnął: — Proszę spróbować żyć z panną Bernadette w zgodzie. Wszystkim wyjdzie to na dobre.

Nic mu nie umykało. Gorący wstyd oblał szyję Glynna, gdy uświadomił sobie, że lord Ferndale musiał zauważyć manewr Bernadette. Domyślał się też, że ktoś z miasteczka wspomniał baronowi o ich animozji. To, że jego zachowanie dotarło do uszu pracodawcy, czuł jak osobistą porażkę.

— Oczywiście, mój panie — powiedział i szczerze dodał: — Jestem jej winien podziękowania za to, że przysyła do mnie stały strumień pacjentów.

Resztki wyrzutów sumienia w Glynnie wyparowały błyskawicznie, gdy pastor Millings rozpoczął kazanie o złu nieposłusznych kobiet, które śmią wychodzić poza wyznaczone im miejsce służebnic mężczyzn.

Było to jedno z najjadowitszych kazań, jakie słyszał. Fakt, że tak szybko po Wielkanocy dobroć Świętego Tygodnia jakby się ulotniła, dawał do myślenia.

Uchwycił kątem oka pochyloną głowę lorda Ferndale. Starszy baron wyglądał, jakby cierpiał, i wykrzywiał usta. Nie wypadało mu odwracać się i gapić na innych w ławkach, więc nie mógł ocenić, czy pozostali słuchają z upodobaniem, czy z przymusem.

Jedno natomiast było aż nazbyt oczywiste: pastor celowo zerkał w stronę siedzących obok niego Louise i Bernadette, po czym rozpoczynał jeszcze bardziej zajadły atak na temat literatury pornograficznej!

To już naprawdę było za wiele i każdy, kto miał uszy, musiał słyszeć, że kazanie bierze siostry Baxter na celownik.

Straszliwie niesprawiedliwe.

Żadna z nich nie zasługiwała na taką pogardę. Przecież młoda Bernadette jeszcze przed chwilą życzliwie proponowała wikaremu środek na wątrobę! Patrząc teraz na pastora, twarz mężczyzny powinna być purpurowa z podniecenia i gniewu, gdy przywoływał historię Ewy, jabłka i pokusy. Zamiast tego miała żółtawy odcień. Czy to wątroba tak nim miotała?

Próbując mu pomóc, Bernadette sama stała się celem.

Choć Glynn prywatnie mógł nie pochwalać jej działalności, nie zasługiwała na publiczne piętnowanie przed całym miasteczkiem.

Mężczyzna grzmiał jeszcze boleśnie długo. Gdy wreszcie przyszła pora na hymn, Glynn po cichu spytał Louise, czy wszystko w porządku.

— On się pogarsza — powiedziała Louise pod przykryciem wspólnego śpiewu.

Bernadette wychyliła się zza Louise i szepnęła: — Dziękuję — cichutkim głosem.

Wyglądała tak drobno przy krzepkiej siostrze. Glynn poczuł osobliwe ściśnięcie w piersi... czy to było poczucie opiekuńczości?

Gdy nabożeństwo na szczęście dobiegło końca i znaleźli się znów na zewnątrz, poza zasięgiem wzroku wikarego, panna Yates zwróciła się do lorda Ferndale: — Tym razem naprawdę przekroczył wszelkie granice. Arthurze, musisz z nim porozmawiać.

Lord Ferndale westchnął i z niechęcią skinął głową. — Za

długo to odkładałem. Liczyłem, że przygasi tę siarkę. Dziś było za dużo. Wystraszy ludzi.

Glynn nie chciał podsłuchiwać, ale stał bardzo blisko. — Przyznam rację pannie Yates. Nie zdążyłem jeszcze poznać całego Hatfield. Czy jest tu wspólnota metodystyczna?

— Niewielka — potwierdziła panna Yates. — Przychodzą na nasze nabożeństwa, a potem mają spotkania w kuchni, ale po tym tygodniu nie wyobrażam sobie, by chcieli wracać. Jest pan metodystą, panie doktorze Williams?

— W takiej wspólnocie się wychowałem — przyznał Glynn. — Nie tylko imię mam walijskie. Dorastałem w małej wiosce rybackiej niedaleko Pembroke.

— Wcale nie ma pan akcentu! — zdziwiła się panna Yates.

— Ciężko pracowałem, żeby się go pozbyć na studiach. — Nie powiedział, że go piętnował; był z ludu i dobrze o tym wiedział, a wśród synów dżentelmenów na uniwersytecie rzucał się w oczy jak drzazga w palcu. Nauczenie się naśladowania ich wyższych akcentów pomogło mu znacznie się wtopić.

Panna Yates skinęła, po czym znów zwróciła się do brata: — Arthurze, proszę, porozmawiaj z nim, on nie jednoczy wspólnoty; on ją wyznacza do potępienia.

Broda lorda Ferndale na moment się zmarszczyła, gdy uświadomił sobie, że musi działać. — Zaraz wracam — powiedział z lekkim westchnieniem.

Glynn zobaczył Louise i Bernadette w małym kółku przyjaciół nieopodal. Każda z kobiet obejmowała Bernadette z pociechą i wsparciem. Obok stała pani Bell, z rękami na biodrach, wyraźnie wściekła.

Przynajmniej miały obrońców, pomyślał Glynn. I sporo

klientów w sklepie, jeśli sądzić po liczbie ludzi wchodzących i wychodzących każdego dnia, w większości z pakunkami. Sam też powinien pewnie zajrzeć i sprawdzić, czy mają jakieś interesujące teksty medyczne.

— Czy zechciałby pan dziś przyjechać na obiad do Ferndale Hall, panie doktorze Williams? — zapytała panna Yates. — Nasza kareta oczywiście odwiezie pana z powrotem do miasteczka wraz z pannami Baxter.

Już otwierał usta, by się zgodzić, myśląc, że miły obiad w Ferndale Hall z tym sympatycznym rodzeństwem będzie przyjemnością, lecz zaraz je zamknął, uświadomiwszy sobie, że Bernadette oczywiście też tam będzie. Uważano ją za rodzinę. I choć w tej chwili czuł do niej znacznie więcej życzliwości, wciąż nie był pewien, czy zdoła zachować uprzejmość — zwłaszcza jeśli znowu by go celowo sprowokowała. Nie chciał wyjść na głupca przed lordem Ferndale.

— To bardzo uprzejmie z pani strony — powiedział zamiast tego. — Może innym razem.

Panna Yates obrzuciła go przenikliwym spojrzeniem, ale z klasą przyjęła odmowę i zostawiła go, by dołączyć do grupki kobiet wokół Louise i Bernadette.

ROZDZIAŁ 5
Jak najlepiej na tym wyjść

Louise była tak posępna i rozklejona, że Bernadette miała ochotę krzyknąć. Była pewna, że klienci omijali księgarnię szerokim łukiem przez tę nieszczęsną minę Louise za ladą. Ich siostra Marie była dokładnie taka sama, dopóki hrabia Renwick nie oprzytomniał, nie zrozumiał, że jest w niej zakochany, i nie porwał jej, by została jego hrabiną i zamieszkała w jego zamku w Kumbrii.

Jeśli tak właśnie działa miłość, Bernadette była zupełnie pewna, że nie chce mieć z nią nic wspólnego.

Przynajmniej Marie wiedziała, że z Renwickiem wszystko w porządku. Louise nie miała żadnych takich zapewnień w sprawie Shauna Jacksona. Wieści z Francji były doprawdy przerażające — Napoleon zgromadził ogromną armię w alarmująco krótkim czasie.

— Dlaczego on musiał wyjechać? — rozszlochała się Louise, kryjąc twarz w dłoniach pewnego poranka przy śniadaniu. — Jeden człowiek niczego nie zmieni, a ja — *my* — potrzebujemy go tutaj!

Bernadette poklepała Louise po ramieniu, wymieniając rozpaczliwe spojrzenie z panią Poole. Obie czuły się kompletnie bezsilne. Nie wspominając o tym, że Bernadette z każdym dniem coraz bardziej bała się o los ojca; Matthew Baxter też był gdzieś we Francji, niemal na pewno za linią wroga. Co prawda mówił płynnie po francusku i, miejmy nadzieję, mógł uchodzić za miejscowego, ale jego życie musiało być w ciągłym niebezpieczeństwie. Bernadette odmawiała dopuszczenia do siebie innej możliwości.

— A może zostałaby pani dziś na górze? — zaproponowała łagodnie pani Poole.

— Ktoś musi pilnować lady — pociągnęła nosem Louise.

— Mogę to zrobić — odparła twardo Bernadette. Miała mniej pracy, odkąd w miasteczku pojawił się doktor Williams; ludzie zaczęli wzywać jego przynajmniej do poważniejszych urazów i chorób, a z drobnostkami wiedzieli, gdzie szukać Bernadette. — Zostań na górze i po prostu odpocznij. Wiem, że kiepsko sypiasz.

Louise opuściła dłonie i spojrzała na Bernadette zaczerwienionymi oczami, po czym skinęła głową.

— A wieczorem dam ci napar przed snem i masz go, moja droga, wypić do ostatniej kropelki — dodała stanowczo Bernadette.

— Dobrze — przyznała cicho Louise.

— I zjesz też to śniadanie! — dorzuciła pani Poole, podsuwając pod nos Louise talerz z posmarowanymi masłem crumpetami.

Louise wzięła crumpeta i skubała brzeg, a pani Poole i Bernadette wymieniły kolejne zaniepokojone spojrzenie.

Okropnie było patrzeć na Louise — zwykle tak silną i zdecydowaną — gdy była taka potulna i nieszczęśliwa.

Bernadette tylko miała nadzieję, że kuzyn Joshua dziś się w sklepie nie pojawi. Nie była nawet w połowie tak dobra w uciszaniu go jak Louise. Cóż, jeśli przyjdzie, będzie musiała włożyć swoje duże dziewczęce buciska, tupnąć nogą i powiedzieć mu, że nie będzie znosić jego bzdur. Powinna zobaczyć, gdzie leży łom — na wypadek, gdyby był potrzebny.

Wpuściwszy Rosie, odwróciła na drzwiach tabliczkę z „Zamknięte" na „Otwarte", sprawdziła drapak Crafty'ego i z grymasem obrzydzenia zerknęła na zwyczajowy stosik mysich wnętrzności za ladą.

Dzwoneczek u drzwi zadźwięczał, gdy wszedł jej młody kuzyn Brutus, a Bernadette zerknęła na niego z nadzieją. Zrozumiał, na co patrzy.

— Już to sprzątam — powiedział chętnie, sięgając po szufelkę i szmaty.

Dobry z niego chłopak, ten Brutus, mimo okropnych rodziców. Bernadette nie pojmowała, jak Joshua i Phoebe zdołali go wydać na świat... a może właśnie dlatego, że go ignorowali — Joshua faworyzował najstarszego syna, Benjamina, wstrętnego łobuza, a Phoebe rozpieszczała małego Barnaby'ego.

Dzwonek znów zadźwięczał, oznajmiając przybycie Ruth Millings. Ruth traktowała sklep jak ucieczkę od bardzo surowego domu. Jej ojciec nie pozwalał nawet, by Ruth dostawała zapłatę za pracę; musiały wkładać pieniądze na tacę w kościele w niedzielę, co było szczególnie upokarzające w zeszłą niedzielę, kiedy wikary był w kazaniu tak potwornie złośliwy.

— Dzień dobry, Bernadette — powiedziała cicho Ruth.

— Dzień dobry, Ruth. Louise dziś nie czuje się najlepiej, więc ja posiedzę przy ladzie. Jeśli będę musiała gdzieś wyskoczyć, myślisz, że ty i Brutus dacie radę przez chwilę popilnować sklepu? Louise jest zaraz na górze, gdybyście potrzebowali pomocy, i oczywiście pani Poole też.

Ruth przełknęła ślinę, ale dzielnie skinęła głową. Zdawała się już wychodzić z najgorszej nieśmiałości; przez pierwsze tygodnie w sklepie ledwo potrafiła spojrzeć Bernadette w oczy, nie mówiąc już o klientach!

Do sklepu wszedł chłopak, ale nie chciał przyjąć do wiadomości Bernadettowego wesołego: — Witaj w Baxter's Fine Books, daj znać, jeśli mogę pomóc.

To od razu postawiło ją w stan gotowości. Nie zdziwiło jej, że chłopak od razu pomknął do Ruth przy ladzie. Dziecko było niewiarygodnie piękne i za kilka lat, gdy zacznie myśleć o zalotach, młodzi mężczyźni będą padać jej do stóp.

Na razie jednak była tylko dzieckiem i siedziała niema, wyglądając na wystraszoną.

— Lubię książki — oznajmił nowy klient. — Czy mógłbym jakąś dostać?

To nie było pytanie, które zadawano, kiedy tu wchodzono. Jeśli ktoś był nowy w miasteczku, często wchodził z uśmiechem i wspominał, jakie rodzaje książek lubi. Nikt po prostu nie „lubił książek”. Nie wszystkich. Nawet Louise miała już dość Szekspira.

Błagalne oczy Ruth odnalazły spojrzenie Bernadette.

Bernadette poznała go i wkroczyła między nich. — To Młody Devon, prawda? Od aptekarza?

Dopiero teraz raczył zauważyć kogoś innego w sklepie, co

było ulgą. — Tak, proszę pani, ale może mi pani mówić po prostu Devon.

Bernadette nie miała pojęcia, czy to jego imię, czy nazwisko, ale nie robiło to różnicy. Dając mu kredyt zaufania — może po prostu był niezręczny — uznała, że zacznie od półek z księgozbiorem wypożyczalni i spróbuje dwóch książek na krótki termin. — No dobrze, Devon, możesz zapisać się do naszej wypożyczalni, wtedy będziesz mógł pożyczać książki i je zwracać. Pokażę ci, gdzie stoją.

Prowadząc chłopca, rzuciła spojrzenie bardzo ulgniętej Ruth Millings.

Wyjaśniła, jak działa wypożyczalnia, i jakie są opłaty miesięczne.

Ledwie pięć minut później do sklepu wszedł kolejny młody chłopak i zaczął się niby to kręcić między półkami. Bernadette wciąż była z Devonem, który najwyraźniej nie wiedział, jakie książki lubi. — Nie spiesz się — powiedziała. — Wrócę za moment. Potem zawołała Brutusa, by podszedł i pomógł Devona, a sama ruszyła z powrotem ratować przerażoną Ruth.

Dawno go nie widywała w swoim sklepie. Może bywał z matką, gdy zamawiała czasopismo o modzie, ale samego go tu nie widziała. — Dzień dobry, paniczu Burton — powiedziała, rozpoznając w nim syna rejenta.

Chłopak skinął głową, ale wzroku niemal nie odrywał od Ruth.

Choć cieszyło ją, że tego dnia mają dwóch nowych klientów, Bernadette czuła, jak wyczerpują się jej zapasy „kredytu zaufania". Chłopak niemal ślinił się na widok Ruth; znacznie bardziej zainteresowany nią niż jakimikolwiek książkami.

— Będzie pan chciał również zapisać się do naszej wypożyczalni, prawda?

— Co? — spytał chłopak.

Krótko odchrząknąwszy, Bernadette poinformowała go o miesięcznych opłatach za wypożyczalnię. Potem skierowała go także ku tamtym półkom, co zasłoni mu widok na Ruth.

On i Devon zmierzyli się podejrzliwymi spojrzeniami, ale nic nie powiedzieli. Bernadette ogarnęło złe przeczucie i wiedziała, że nie może zostawić Ruth samej przy sklepie, jeśli miałaby gdzieś wyjść. Ci chłopcy byli starsi i więksi, a to po prostu nie było w porządku.

To nie była wina Ruth, że miała twarz anioła; dziewczyna była dzieckiem, a w sklepie była pod opieką Bernadette.

Do sklepu wszedł wtedy jeszcze jeden młody chłopak i nagle Bernadette miała ochotę natychmiast go wyrzucić. Wpuściła go, ale krew już w niej buzowała. Chłopcy nie mieli zamiaru nic kupować ani zapisywać się do wypożyczalni. Przyszli gapić się na Ruth.

Nie, póki ona tu rządzi!

— To sklep, który sprzedaje i wypożycza książki — powiedziała dość ostro. — Jeśli nie przyszliście w żadnym z tych dwóch celów, to możecie grzecznie się wynosić.

Popatrzyli na nią, a na ich twarzach przemknęła ostrożność, ale nie drgnęli.

— Zapiszę was wszystkich do wypożyczalni? Pozwólcie, że wpiszę wasze nazwiska na listę członków.

Gdy sięgnęła po księgę, by dodać ich nazwiska i pobrać opłaty, zobaczyła, że cała trójka stoi wokół, tworząc coś w rodzaju półkola, i nikt nie sięga do kieszeni po monety. Nic dziwnego, że Ruth była przerażona — wszyscy byli od Bernadette wyżsi, a nad Ruth wręcz górowali.

Już miała na końcu języka, by zawołać na Lousie, i wtedy sobie przypomniała. Lousie trzymała pod ladą łom.

Bernadette sięgnęła po łom i uniosła go, grożąc nim, gdy ruszyła w stronę trójki. — Powiedziałam, że jeśli nie przyszliście kupować albo zapisać się do wypożyczalni, to macie się *wynosić*!

Jak jeden mąż, odwrócili się i uciekli ze sklepu, ile sił w nogach.

Bernadette rzuciła ciężki łom na ladę, zostawiając wgniotkę. Ramię paliło ją jak diabli, ale dała radę. Spłoszyła ich. Odwróciła się, żeby sprawdzić, co z biedną dziewczyną, która była biała jak prześcieradło. Jakoś to czyniło ją jeszcze piękniejszą niż przedtem.

— Nic pani nie jest, Ruth?

Dziewczyna skinęła głową.

Brutus wybrał ten moment, by wyjść z miejsca, gdzie się chował między regałami. — Nie lubię tych chłopaków, to koledzy Benjamina i wszyscy są wredni.

— Nawet Devon? — On wydawał się raczej potulny, jeśli już. Nie wyglądał na takiego, co trzyma się z oprychami.

Brutus wzruszył ramionami. — Nie wiem, czemu Devon chce się z nimi trzymać, oni jego też gnębią.

Bernadette była wdzięczna, że była na miejscu i mogła ich przepłoszyć. Ale zaczęła się zastanawiać, czy nie musi zawsze być w księgarni, by chronić Ruth i być może Brutusa przed miejskimi łobuzami.

Może Louise wkrótce poczuje się lepiej i będzie w stanie posiedzieć przy ladzie. To by bardzo pomogło, a Bernadette mogłaby chodzić po miasteczku i odwiedzać swoich klientów. Miała za dużo na głowie, by bawić się w niańkę, a Ruth nie powinna tego potrzebować. Bernadette przygryzła dolną wargę, rozmyślając. Słówko do pana Lennoxa pewnie szybko usunęłoby Devona z pola, ale ci dwaj pozostali byli chyba gorsi... Obecność Devona mogła ich wręcz skłaniać do trzymania fasonu. Co robić? Westchnęła z irytacją. Dlaczego to w ogóle jej problem?

Dzwonek nad drzwiami znów zadźwięczał. Bernadette przygotowała się na pojawienie kuzyna Joshuy. Ku jej zaskoczeniu — i sporej uldze — to był nowy doktor.

Uśmiechał się...?

— Dzień dobry, doktorze Williams — przywitała go. Nie zaczęli najlepiej, ale po kościele był uprzejmy. Można by to niemal nazwać pojednawczością. Wspólnie znieśli gniew pastora Millingsa i otrzymali potem sporo wsparcia, w tym kilka miłych słów od doktora przed kościołem. Odmówił jednak zaproszeniu na obiad u Ferndale'ów, co kazało jej się zastanowić, czy po prostu nie jest przyzwyczajony do bywania.

Cóż on jej opowiadał? Że podążał za ojcem ze szkolnej ławy na pola bitewne jako cyrulik–uczeń, potem znosił kilka lat potwornych warunków, nim znalazł sponsora na studia lekarskie. Nie było czasu na naukę towarzyskich niuansów.

— Przyszedłem pooglądać, jeśli można — powiedział, kiwając głową w stronę półek z książkami.

Ulgą było, że przynajmniej nie przyszedł w żaden sposób niepokoić Ruth. Nawet jej nie zauważył przy ladzie. Patrzył tylko na półki z książkami, z wyrazem zachwytu na twarzy.

— Oczywiście — odparła. — Proszę dać znać, jeśli będzie pan potrzebował pomocy.

Niespodziewanie zakłuło ją poczucie winy i zastanowiła się, czy ma jakieś książki o towarzystwie, które mogłyby mu pomóc w nowej sytuacji.

— To cudowne — odezwał się zza wysokiego regału. — Cała ta sekcja jest do wypożyczania?

Bernadette ruszyła za jego głosem. — Tak. Louise oprawia je na nowo, żeby były dość wytrzymałe na wielokrotne wypożyczanie. Chciałby się pan zapisać do wypożyczalni?

— Tak, poproszę. — Twarz mu jaśniała, gdy patrzył na półki jak dziecko na łakocie. — Och, i zastanawiałem się, gdzie jest państwa dział medyczny.

— Tędy — zaprowadziła go do pojedynczej półki z tytułami o zdrowiu. — Nie jest tak bogaty, jak bym chciała. Mam nadzieję, że tata wkrótce coś przyśle z Francji.

Jego twarz pobladła, oczy rozszerzyły się z przerażenia. — Państwa ojciec jest w tej chwili we Francji?

Jego troska była dla niej pocieszająca. W jego wyrazie nie było krzty udawania. — Jest, i — rzecz jasna — strasznie się o niego martwimy. Wyruszył w zeszłym roku, gdy usłyszał, że szalony Korsykanin bezpiecznie osadzony jest na Elbie. Gdyby tylko tam pozostał.

Doktor Williams wyciągnął na moment rękę, po czym ją cofnął, jakby chciał dodać jej otuchy łagodnym dotknięciem ramienia. Bernadette doceniła gest i wyrównała oddech. — Tymczasem mamy książki, które pozwalają nam pożytecznie się kształcić, a po części odrywać myśli od szaleństwa tego świata.

— Z całą pewnością tak.

Pod koniec wizyty zapisał się do wypożyczalni i kupił książkę o artretyzmie, po czym zasugerował kilka kolejnych tytułów medycznych do sprowadzenia. — O wiele łatwiej pokazywać pacjentom ryciny w tych książkach. Obawiam się, że marny ze mnie rysownik i moje obrazki tylko bardziej ich mącą.

Bernadette z ulgą odetchnęła, gdy wyszedł ze sklepu. Zajęło to ledwie niecały miesiąc, ale udało im się odbyć właściwą rozmowę, nie doprowadzając do utarczki słownej. Cóż za wspaniałość!

Niewspaniałe było to, że Bernadette sama musiała wpisać wszystkie pozycje do księgi i je zsumować. Louise była bezużyteczna w matematyce i taka pozostawała, ale Bernadette musiała przyznać, że sama niewiele lepsza.

<hr>

Przez następne kilka dni Bernadette próbowała nauczyć Brutusa liczyć, ale jego edukacja była poważnie zaniedbana i musiała zaczynać od znacznie prostszych dodawań. To nie jego wina; rodzice płacili tylko za naukę Benjamina, nie drugiego syna.

Nie da się odkładać księgi do czasu powrotu pana Jacksona. To mogą być miesiące. Albo... Tego nie chciała nawet rozważać.

Pewnego ranka pani Bell przyszła i poprosiła Bernadette, by poszła z nią odwiedzić zamężną córkę, panią Nettle, która miała bolące ramię. Małe okna księgarni były pootwierane, by wyciągać powietrze do góry, bo Louise robiła śmierdzący klej. Wciąż płakała i się mazała, ale przynajmniej była w miarę produktywna. Zanim klej będzie gotowy, Brutus miał niewiele do roboty.

Pani Poole była zbyt zajęta, więc Bernadette uprosiła Ruth i Brutusa, by popilnowali lady. — Zapach kleju pewnie odstraszy klientów, więc wątpię, byście musieli cokolwiek robić. A ja zaraz wrócę, żeby pomóc. Jeśli ktoś będzie miał pytania, zapiszcie proszę nazwiska, a ja to później ogarnę. Jeśli coś kupią, zanotujcie kwotę i włóżcie pieniądze do puszki pod ladą. Ruth, dobrze liczysz, na pewno dasz sobie radę.

Młoda dziewczyna rozpromieniła się, obdarzona takim zaufaniem, i Bernadette od razu poczuła się spokojniejsza. — Zawołajcie Louise, jeśli wpadną któryś z tych niemądrych chłopaków. Albo biegnij do sąsiada po pana Thomasa, Brutus — dodała nagle olśniona. — Jeśli zaczną jakieś brewerie, on ich zaraz wyrzuci.

Chwyciwszy koszyk, poszła za panią Bell do domu pani Nettle, gdzie obie ze zdziwieniem zastały doktora Williamsa już na miejscu.

— Och, dzień dobry, pani Bell — powiedział całkiem wesoło. — Spotkałem pana Nettle na ulicy i poprosił, żebym wstąpił.

— Ach — rzekła pani Bell. — No cóż. Nie chciałam pana tym kłopotać, przynajmniej na razie, zamierzałam poprosić pannę Bernadette, żeby zerknęła.

Ton sprawił, że doktor, który pochylony był nad siedzącą na krześle panią Nettle, wyprostował się i rozejrzał. Spostrzegłszy Bernadette stojącą w progu, zmienił wyraz twarzy z życzliwego na poirytowany.

— Pańska córka ma ropień pod pachą, pani Bell, najpewniej od zakażonego wrastającego włosa. Trzeba go naciąć, opróżnić i porządnie oczyścić, i na pewno nie przez niewyszkoloną znachorkę.

Bernadette aż się zjeżyła ze złości. — A kto, według pana, zajmował się takimi rzeczami, zanim pan przyjechał? — warknęła. — Doktor Rasley nigdy by się dla czegoś takiego nie ruszył!

— A dlaczego niby nie? — Jego mina była szczerze niedowierzająca. — To paskudna infekcja!

Pani Nettle wydała z siebie cichy odgłos niepokoju, a Bernadette podeszła, by zajrzeć obok doktora. Widok dał jej do myślenia — guz pod pachą pani Nettle był wielkości zaciśniętej pięści niemowlęcia, w paskudnym odcieniu fioletu, z ciemnoczerwonymi smugami wokół.

— Och — powiedziała pani Bell, widząc to samo. — Hilda, nie mówiłaś, że jest tak źle! Czemu nie powiedziałaś mi wcześniej?

— Nie chciałam robić kłopotu — odparła pani Nettle z zakłopotaniem.

— Nie jesteś kłopotem — powiedziała szybko Bernadette, sięgając po wolną dłoń pani Nettle i delikatnie ją ściskając.

— Ja się tym zajmę — rzekł stanowczo doktor Williams.

— Oboje — pani Bell wsparła ręce na obfitych biodrach i zmarszczyła na nich brwi. — Przestańcie się sprzeczać jak dzieci i zajmijcie się tym *razem*.

Bernadette poczerwieniała po same korzenie włosów i choć nie potrafiła spojrzeć mu prosto w oczy, kątem dostrzegła, że doktor też się nieco zarumienił.

— Gdy opróżnimy ropień, mam okład, który bardzo dobrze wyciąga resztki zakażenia — zaoferowała cichym głosem.

— Doceniam to, panno Baxter. — Doktor zawahał się, po czym powiedział spokojnie: — To będzie dla pani Nettle dość nieprzyjemne. Jeśli pani Bell przytrzyma jej ramiona, a pani będzie trzymać rękę...

— Oczywiście.

Bernadette była w gruncie rzeczy zafascynowana, patrząc, jak doktor Williams starannie czyści ostrze skalpela tym, co pachniało jak czysty alkohol, po czym wsunął czyste szmatki pod pachę pani Nettle i jednym cienkim cięciem głęboko naciął skórę.

To, co wypłynęło z ropnia, było nie do opisania, a doktor delikatnie sondował, uciskał i masował, aż pani Nettle syknęła z bólu, ale płyny miały już o wiele bardziej naturalny kolor.

— Dobra robota — rzucił żwawo, zabierając zabrudzone szmatki i przecierając cięcie świeżą, nasączoną whisky ściereczką.

— Trzeba to będzie zszyć? — spytała z zaciekawieniem Bernadette.

— Nie, wolałbym, żeby dalej samo się odsączało. Jeśli zauważy pani nadmierne krwawienie, niech pani po mnie pośle — zwrócił się do pani Nettle — ale poza tym proszę stosować okład, który da pani panna Baxter, przez... trzy dni? — spojrzał na Bernadette.

— Co najmniej trzy dni — przytaknęła. — Będę wpadać codziennie, żeby zerknąć. I dam panu znać, doktorze, jeśli uznam, że zakażenie się nasila.

— Dziękuję. — Skinął jej lekko głową, czyszcząc skalpel i odkładając go.

— No — powiedziała pani Bell zadowolonym tonem. — Widzicie, potraficie *współ*pracować.

Ani Bernadette, ani doktor nie mieli na to nic do dodania, ale gdy on rzucił jej szybkie boczne spojrzenie, spotkała jego oczy i, ku swojemu drobnemu zdumieniu, uśmiechnął się do niej. Uśmiechem krzywym i trochę zawstydzonym, ale jakby wyrażającym to samo, co ona czuła — że może oboje byli trochę niemądrzy, budując rywalizację, która nikomu nie służyła.

Odwzajemniła uśmiech.

Wracając po chwili do księgarni, Bernadette wciąż miała uśmiech na ustach. Doktor Williams potrafił być miły, kiedy akurat nie próbował górować nad nią swą wyższością medyczną. Nie było wątpliwości, że był naprawdę bardzo dobrym lekarzem, o wiele lepszym niż stary doktor Rasley. Nie tylko umiejętności, ale i podejście do pacjenta; wobec każdego, kogo widziała w jego rękach, był bardzo życzliwy, szybki i sprawny, gdy trzeba było wykonać bolesny zabieg, i robił, co mógł, by zminimalizować dyskomfort.

Tak, choć początkowo miała wątpliwości, uznała, że doktor Williams bardzo przysłuży się mieszkańcom Hatfield!

Nucąc pod nosem skoczną melodyjkę, uśmiechnęła się do Ruth, odkładając koszyk na biurko.

— Sprzedałam cztery książki! — oznajmiła Ruth, wyglądając na dość dumną z siebie.

— Och, świetna robota! Różnym klientom? — zapytała Bernadette.

— Cóż, nie, tylko lordowi Ferndale. Ale był bardzo zadowolony z wyboru, który mu przedstawiłam!

Bernadette powstrzymała się od poklepania Ruth po głowie. Lord Ferndale rzadko wychodził z księgarni z mniej niż trzema książkami pod pachą i był tak uprzejmy, że pewnie kupiłby wszystko, co Ruth by mu podała, nawet gdyby już to miał. Ruth i tak dobrze sobie poradziła w rozmowie z klientem, a transakcję zapisała bezbłędnie, jak Bernadette zauważyła, zerkając Ruth przez ramię do księgi.

— Znakomita praca — pochwaliła.

Ruth rozpromieniła się szczęśliwie. — Mam iść teraz odkurzać półki?

Odkąd Ruth zaczęła pracę w księgarni, rzadko można było znaleźć gdziekolwiek pyłek kurzu.

— Myślę, że teraz mamy bardzo czysto. Pokażę ci katalog. Skoro te książki się sprzedały, musimy zdecydować, czy zamówić je ponownie na stan.

— Jak się o tym decyduje? — spytała Ruth.

— Zależy, czy już je wcześniej sprzedawaliśmy i jak często...

Bernadette dalej wyjaśniała, otwierając ciężki katalog wydawniczy. Pokazywała Ruth, o czym mówi, a młodsza dziewczyna kiwała głową, słuchając uważnie.

— Bernadette, czy mogę zadać pytanie? — odezwała się Ruth po chwili, gdy obie spokojnie pracowały, a Ruth spisywała listę książek do następnego zamówienia u londyńskiego drukarza.

— Oczywiście — rzekła Bernadette.

— To nie o książkach...

Bernadette się uśmiechnęła. — Jesteśmy przyjaciółkami, Ruth. Możesz pytać o wszystko, o każdy temat, który cię nurtuje.

— Czym są miesiączki?

Bernadette zawahała się. — W jakim kontekście pytasz? — zagadnęła ostrożnie.

— No... — Ruth zerknęła ukradkiem dookoła, choć były zupełnie same, bo Brutus pomagał w tej chwili Louise na górze. — Słyszałam, jak niektóre kobiety wchodzą do sklepu i proszą cię o zioła, które mają pomóc przy miesiączkach. Żeby je wywołać, albo wyregulować... i nie bardzo wiem, czym one są.

— Masz czternaście lat, prawda, Ruth? — upewniła się Bernadette. Dlaczego matka nie porozmawiała z nią o tym? Bernadette westchnęła w duchu. Rozmowa niezręczna, rzecz jasna, ale ktoś musiał ją odbyć. Może pani Millings nie śmiała mówić o takich sprawach z córką ze strachu, że mąż nazwie takie rozmowy grzesznymi.

Ruth patrzyła na nią wyczekująco, więc Bernadette skinęła głową. Lepiej, by dziewczyna miała wiedzę, *pełną* wiedzę — zwłaszcza że uroda sprawiała, iż większość młodzieńców w miasteczku już potykała się o własne nogi, gdy przechodziła.

— Dobrze. Opowiem ci. Zrobię nam herbaty i przestanę mówić, gdy tylko zadzwoni dzwonek, ale obiecuję, że wyjaśnię wszystko, co powinnaś wiedzieć o funkcjach ciała kobiety.

Oczy Ruth robiły się coraz większe i okrąglejsze, im dłużej Bernadette mówiła, a pod koniec długiej rozmowy twarz dziewczyny była zupełnie blada. Bernadette z kolei miała policzki mocno zaróżowione. Mimo że starała się mówić rzeczowo, wciąż nie był to temat, który czuła się swobodnie omawiać na głos z kimkolwiek!

Ruth pokręciła głową, gdy Bernadette spytała, czy ma jakieś pytania, i Bernadette podejrzewała, że zszokowała biedną dziewczynę. Lepiej za dużo informacji niż za mało albo — co gorsza — błędne bzdury zasłyszane od innych dziewcząt, które nie mają pojęcia o faktach.

— Dziś popołudnie jest spokojne. Weź książkę i idź poczytać przy piecu — zaproponowała życzliwie, domyślając się, że Ruth pewnie potrzebuje chwili, by przetrawić to, co usłyszała.

Ruth niemal uciekła, co rozbawiło Bernadette. Może powinna wygłaszać taką pogadankę także innym młodym dziewczętom — zamyśliła się. Mogłoby to oznaczać mniej niechcianych ciąż wśród dziewczyn ze wsi, które bez zastanowienia podwijają spódnice przed chłopakami, a potem błagają Bernadette o pomoc, kiedy nie chcą wychodzić za mąż!

Z drugiej strony — może jednak nie. Gdyby pastor Millings dowiedział się, że prowadzi takie lekcje, gromy z ambony byłyby jeszcze gorsze. Bernadette tylko miała nadzieję, że Ruth będzie miała dość rozsądku, by nigdy nie wspomnieć o dzisiejszej rozmowie w domu.

Zadźwięczał dzwonek i pan Thomas z Czerwonego Lwa obok wsunął głowę do środka. — Przyszło do pani pismo, panno Bernadette — oznajmił wesoło. — Z Irlandii!

— Od Estelle! — Bernadette opłaciła przesyłkę i chciwie chwyciła list. Ich najstarsza siostra Estelle wyjechała jesienią z mężem, panem Yatesem, do Irlandii odwiedzić jego matkę, która tam mieszkała. Estelle pisała regularnie, co najmniej co dwa tygodnie, a w ostatnim liście wspominała, że pan Yates rozgląda się za statkiem, by na wiosnę wrócić do domu.

— Och. Och! — Bernadette czytała list z narastającym zdumieniem, ręka powędrowała jej do ust. — Louise. Louise! — Wrzasnęła tak głośno, że siostra zbiegła po chwili ze schodów, pytając, co się stało. Bernadette podała jej list drżącą ręką.

— Estelle jest w ciąży!

Wyraz twarzy Louise zmienił się z posępnego i nieco zaniepokojonego w oszołomioną radość. Wzięła list i zaczęła go czytać, a wyraz jej twarzy przeszedł kolejną przemianę, gdy dobrnęła do końca.

— Och... ale nie wraca do domu!

— Jeszcze nie — doprecyzowała Bernadette. — Mdłości bardzo dają jej się we znaki i w tej chwili nie nadaje się do podróży, ale to zwykle mija po pierwszych miesiącach i po- winna wtedy móc wrócić.

— Hm. — Louise przeczytała list jeszcze raz, wspierając się o ladę. — Brzmi, jakby była bardzo szczęśliwa — powie- działa tęsknie.

— Marie też! — Wczoraj dostały list od drugiej siostry, teraz hrabiny Renwick, która promieniała szczęściem w swoim północnym zamku u boku świeżo poślubionego męża, po tym jak uciekli do Gretna Green, gdy kuzyn Joshua odmówił zgody na ślub.

— Cieszę się ich szczęściem — powiedziała Louise z gło- śnym pociągnięciem nosem. Otarła łzę. — Przynajmniej wiemy, że są bezpieczne i nie musimy się o nie martwić.

Bernadette położyła współczującą dłoń na ramieniu Louise. Nie, o Estelle i Marie nie musiały się martwić... ale ich ojciec to co innego — i pan Jackson także.

— Miejmy nadzieję, że *wszyscy* wkrótce wrócą do domu — powiedziała, a Louise z zapałem skinęła głową.

Odwilż w relacjach

W ciepłym powietrzu czuło się przedsmak lata, gdy Bernadette wracała do księgarni z koszem pełnym łodyg mięty i lawendy. Skinęła głową Louise, po czym zeszła po schodach do kuchni i zastała Crafty, jak człapała po podłodze.

Ledwie mięta trafiła na stół, Crafty skoczyła — ale zaledwie do połowy, bo ciężar rozdętego brzucha ściągnął ją z powrotem na łapy. Tak się roztyła przy obecnym miocie, że brzuch niemal ciągnął po ziemi. Bernadette ulitowała się nad nią, obrała z liści parę łodyg i rzuciła same łodygi na podłogę. Crafty wtarła w nie pysk i miauknęła żałośnie. Rzuciła się na ziemię, żeby porządnie się podrapać, ale brzuch sterczał pośrodku jak nierówny placek. Jej podbrzusze falowało; kocięta mogły przyjść na świat lada dzień.

Westchnąwszy, Bernadette schowała liście mięty do bawełnianego woreczka, poza zasięgiem Crafty, i zeszła na dół, gdzie Louise snuła się markotnie za ladą.

— Nie odważę się robić rachunków, bo znów będę za dużo myśleć o Shaunie — powiedziała Louise.

— I o Ojcu — podpuściła ją Bernadette.

— Tak, tak, o nim też — przyznała.

— Przynajmniej Joshua przestał się tu panoszyć — rzuciła Bernadette, sięgając pod ladę po kasetkę z pieniędzmi.

— Nawet nie wymawiaj jego imienia — westchnęła głośno Louise.

Uśmiały się z tego ponuro. Po kilku minutach Bernadette miała już gotową ostatnią wpłatę raty pożyczki. Na barkach sióstr ciążył cały świat kłopotów, ale przynajmniej tym od dziś nie musiały się już martwić. — Powinnyśmy wznieść toast za koniec ojcowskiej pożyczki?

— O rany, to naprawdę ostatnia wpłata? — Louise wyglądała szczerze zaskoczoną.

Przynajmniej nie przepłakała dziś całego dnia i potrafiła odbyć krótką rozmowę z klientem, zanim Ruth wkroczyła i przejmowała rozmowę.

— Jestem z nas dumna — powiedziała Bernadette. — Wiem, że Felix nam pomógł, zanim razem z Estelle wyjechali, i mogłyśmy zwrócić się do człowieka Renwicka w Londynie, ale to my to zrobiłyśmy, ty i ja. Utrzymałyśmy wszystko w ruchu.

— Udało się — Louise wydobyła z siebie tęskny uśmiech, który prawie sięgnął oczu. — Będziemy miały mnóstwo nowin do przekazania Papie, gdy wróci.

— Tak, — *kiedy* — — Bernadette podkreśliła niepewność. — Jestem pewna, że gdzieś się zaszył i trzyma się z dala od kłopotów. Wątpię, żeby ktokolwiek dostawał teraz jakąkolwiek pocztę z Francji.

To były wspierające się nawzajem bajeczki, które sobie opowiadały, by nie tracić ducha. Nie miały wieści od Papiesia od czasu, gdy w styczniu dotarła jego ostatnia skrzynia z książkami — niemal cztery miesiące temu.

Miło było dostawać listy od Estelle z Irlandii i od Marie z Kumbrii, ale było mało prawdopodobne, by Shaun znalazł czas na pisanie, a jeszcze mniej prawdopodobne, by jakikolwiek list od niego czy od ich ojca do nich dotarł. Pozostawało tylko żywić nadzieję, że wszystko ułoży się jak najlepiej.

Alternatywy lepiej było nawet nie rozważać.

I choć pożyczka wkrótce miała przejść do przeszłości, Bernadette nie mogła pozbyć się podejrzeń w związku z nieobecnością kuzyna Joshuy. Kiedyś mogły nastawiać zegarki wedle tego, jak co najmniej raz w tygodniu wpadał do księgarni z nowymi oskarżeniami albo groźbami. Już minęło trochę czasu. Mogły to być i trzy tygodnie, odkąd ostatnio zjawił się z listą niedorzecznych żądań.

Na pewno coś knuł. Porozmawia z Rosie, może służąca słyszała jakieś plotki.

<hr>

Glynn miał sprężysty krok i uśmiech na twarzy, gdy razem z panią Bell przypiął na drzwiach kartkę, że w razie potrzeby udzielenia pomocy medycznej są na posiedzeniu Komitetu Szpitalnego w gospodzie The Red Lion.

Sala zgromadzeń w The Red Lion niosła echem ich kroki, gdy państwo Haye przestawiali stoły i krzesła tak, by wszyscy mogli siedzieć twarzą do siebie. Pan Haye postawił dzbanki herbaty, parujące świeżym naparem, a pani Haye niosła tacę z filiżankami, spodkami i herbatnikami.

— Czy to normalne na posiedzeniu komitetu? — zapytał Glynn, zajmując miejsce. — Żeby nas tak dobrze karmić i poić?

— Oczywiście — odparła pani Haye. — To nie The Swan.

Glynn parsknął śmiechem, mając już ostrzeżenie co do tamtego lokalu. Rywalizacja między gospodami była rzeczą naturalną. Zanotował w pamięci, że jeśli The Swan rzeczywiście ma problem z pluskwami, jak głosiła plotka, powinien obejrzeć i lokal, i ludzi. Mogli nieświadomie roznosić choroby, a do tego nie mógł dopuścić, dopóki on tu sprawował pieczę.

Ucieszył się, widząc wszystkie trzy położne z Hatfield, i pannę Yates, która bez wątpienia była oczami i uszami lorda Ferndale'a. Była też pani Poole i usiadła obok panny Yates. Gdy pozostali członkowie dotarli i zajęli miejsca, zdziwiło go, że młoda Bernadette do nich nie dołączyła. Czy to afront, czy pani Poole miała ją reprezentować?

Zapyta później, kiedy nadarzy się chwila.

Pani Millings, żona wikarego, siedziała cicho po drugiej stronie panny Yates. Uśmiechnął się i przedstawił, bo dotąd nie miał okazji. Skinęła nieśmiało. Cóż, wolał już ją tutaj niż jej męża.

Pani Poole nalewała herbatę, a panna Yates przywołała zebrane do porządku. Następnie w poważnym tonie wymieniła punkty porządku obrad. Pani Millings robiła notatki, a położne po kolei przedstawiały zwięzłe sprawozdania. Był pod wrażeniem jakości ich pracy i tego, jak poważnie podchodzą do kwestii lokalizacji szpitala. Optymalnie byłoby ulokować go gdzieś blisko High Street, ale to mogłoby w przyszłości utrudnić rozbudowę ze względu na istniejącą zabudowę.

Panna Yates zapytała go wówczas, czy ma zdanie co do miejsca na szpital.

Boże, naprawdę brakowało mu w tym doświadczenia. — Pracowałem tylko w szpitalach polowych, wszystkie były tymczasowe i mało solidne. Ale szpital tymczasowy mógłby nas poratować... Przy High Street jest spichlerz, który wydaje się wystarczająco duży.

Kobiety pokiwały głowami, zamyślone, a pani Bell rzekła: — I w tym cały ambaras z Hatfield: jedne budynki przez sporą część roku stoją puste, ale po żniwach są wypełnione po krokwie.

Glynn przytaknął. — Tak przypuszczałem, ma pani rację. Nie jestem tu jeszcze dość długo, by widzieć, jak układają się pory roku. Dziękuję.

Pani Bell rozpromieniła się.

W istocie wszystkie się uśmiechnęły i wyraźnie się rozluźniły. Czy sądziły, że odmówi słuchania ich rad, bo wszystkie są kobietami? Był mądrzejszy.

Glynn położył dłonie na stole i pochylił się do przodu, spoglądając poważnie po kolei na każdą z pań. — Panie, jestem tu, by się uczyć. Zna Panie to miasto o wiele lepiej ode mnie. Panno Yates, gdzie według Panny szpital powinien stanąć? Czy lord Ferndale ma jakieś nadające się puste budynki albo niezabudowane pole w miejscu wystarczająco blisko miasta?

Rozmowa ożywiła się, gdy wymieniały się pomysłami wokół stołu. Nawet pani Millings dała się zachęcić do głosu.

Cichym tonem powiedziała: — Zastanawiałam się, czy nie można by wykorzystać działki obok plebanii?

— To znakomite — ucieszyła się panna Yates. — Świetna lokalizacja i w miejscu, gdzie cmentarz nie będzie się mógł ku niej rozszerzyć.

— Zdaje się, że miała tam być kuchnia ogrodowa dla kościoła. Rosło kilka jabłoni i tym podobne. Czy można by napisać do biskupa z prośbą o pomoc? Ziemia, rzecz jasna, należy do Kościoła...

Pani Poole zrobiła notatkę i rzekła: — Natychmiast się tym zajmę, pani Millings. Nie mogę uwierzyć, że sama na to nie wpadłam.

— Tylko proszę nie używać mojego nazwiska, nie mówiłam o tym z pastorem.

— Ani słowa więcej — powiedziała pani Poole. — Napiszę do biskupa w imieniu panny Yates i Komitetu Szpitalnego, i tylko tyle.

Atmosfera tego spotkania, pełna wzajemnego wsparcia, fascynowała Glynna. Panie wspólnie wypracowywały najlepszą drogę naprzód. Dzięki ich ciężkiej pracy skorzysta całe miasto. Choć było jasne, że kierowały wszystkim panna Yates i pani Poole, każdą z uczestniczek traktowano z szacunkiem.

Gdy doszli do punktu porządku obrad, w którym każda z położnych przedstawiała sprawozdanie z ostatnich trzech miesięcy, poczuł się do głębi pokorny. Tyle urodzonych dzieci, ale i tyle strat.

— Czy to zwyczajna skala? Że traci się aż tyle niemowląt? — zapytał. Wiedział, że dzieci rodzące się w taborach za armią umierały w przerażająco wysokim odsetku przez warunki życia i często zły stan zdrowia matek. Jakoś wierzył, że to nie jest norma.

Panna Yates przewróciła kilka stron w dzienniku i sprawdziła notatki ze spotkania w tym samym czasie w ubiegłym roku, dodając uwagę, że zimą zwykle traci się więcej dzieci z powodu zimna. — To trochę mniej niż rok temu o tej porze, ale wciąż nie są to przyjemne wieści — potwierdziła.

Resztę zebrania przemilczał, mając poczucie, że ma jeszcze tyle do nauczenia się o kobiecej pracy.

Kiedy spotkanie dobiegło końca, podziękował paniom za włączenie go w prace, a potem wrócił pieszo z panią Bell do domu. Posiedział chwilę w jej kuchni, nie głodny ani spragniony, tylko wszystko sobie w głowie układając.

— Te straty mnie zaskakują i, mówiąc szczerze, nieco trapią.

— To smutny fakt życia — odparła pani Bell. — Dlatego w ogóle zaczęłyśmy prowadzić zapiski: musiałyśmy wiedzieć, czy jest lepiej, czy gorzej. Niektóre matki nigdy potem nie dochodzą do siebie. To dla nich straszliwa żałoba.

W całym jego szkoleniu temat połogu i zdrowia matek później praktycznie nie istniał. Przyjmowanie porodów uważano za babską robotę, nie dla lekarzy mężczyzn.

Widział bezsensowne zgony w szpitalach polowych, ale to musiała być najokrutniejsza strata dla wszystkich zainteresowanych.

Zastanawiał się, czy księgarnia ma jakieś podręczniki o połogu i rozmaitych dolegliwościach kobiecych. A i o niemowlętach przydałoby się — dotąd leczył ich niewielu. Może zajrzy i sprawdzi.

— Dzień dobry, panie doktorze Williams! — powitała go radośnie Bernadette, gdy wszedł do sklepu.

— Dzień dobry. — Zawahał się. — Spodziewałem się raczej zobaczyć Pannę dziś rano na posiedzeniu komitetu szpitalnego, panno Baxter.

— Och, nie. — Pokręciła głową. — Nie mam tu ani odrobiny wystarczającej starszeństwa, żeby zasiadać w jakichkolwiek komitetach. — Pochylając się do niego z konspiracyjną miną, przyznała: — I szczerze mówiąc, wcale mnie do tego nie ciągnie. Zostawiam te sprawy pani Poole, ona to lubi.

— Rozumiem. Cóż, było bardzo pouczająco... i uświadomiło mi, że mam luki w wykształceniu, które chciałbym uzupełnić. Chciałbym przejrzeć Pani medyczne tytuły.

— Oczywiście. — Wskazała mu odpowiednie półki i wróciła do lady, by obsłużyć damę, która weszła za nim do sklepu i prosiła o jakiś pamflet czy inny druk.

Księgarniowy kot podszedł i zaczął tarzać się po stopach Glynna, gdy ten przeglądał książki.

— Witaj, moja pani. — Schylił się, by ją pogłaskać, i zmarszczył brwi, wyczuwszy ogromnie rozdęty brzuch. — Cóż to, madame? Kocięta w drodze? Mam nadzieję, że to nie skutek jakiegoś haniebnego romansu po tym, jak przez nieuwagę wypuściłem panią na zewnątrz.

— Chciałabym powiedzieć, że nie, ale... — odezwała się za nim Bernadette, a on roześmiał się półgębkiem.

— Ojej. Moje przeprosiny.

— Crafty to niegrzeczna dziewczynka. Jej kocięta to jednak znakomici łapacze myszy... może chciałby Pan jednego, gdy już będzie mógł się Pan wprowadzić do lekarskiej kwatery?

— Z przyjemnością zdejmę z Pani rąk jednego z nich — obiecał Glynn, myśląc, że to najmniejsze, co może zrobić. Zresztą i tak miło byłoby mieć kota do towarzystwa.

— A znalazł Pan to, czego Pan szukał? — Bernadette spojrzała na książki, które zdążył sobie włożyć pod ramię. — Czy to... *Burns. Zasady położnictwa?*

— I jego *O leczeniu chorób kobiet i dzieci.* — Podał jej tomy. — Czy poleciłaby Pani jeszcze jakieś książki dokładnie na te tematy? — Był dziwnie pewien, że sklep nie sprzedawałby tych pozycji, gdyby Bernadette nie zgadzała się z ogólnymi założeniami w nich zawartymi.

Szczęka opadła jej z wrażenia. Zamknęła usta z wyraźnym trzaskiem, spojrzała z książek na jego twarz i z powrotem.

— Ja, eee. Może *Hamilton. Postępowanie przy dolegliwościach kobiecych?*

— Znakomicie. — Wypatrzywszy książkę wśród pozostałych na półce, wyjął ją i dołożył do stosu w ramionach Bernadette.

— Nie chciał Pan sprawdzić ceny?

Uśmiechnął się do niej. — Proszę dopisać na konto lorda Ferndale'a. Wśród wielu innych hojnych udogodnień powiedział mi, że mogę kupować tu dowolne pozycje medyczne, a on za nie zapłaci.

Roześmiała się. — Oczywiście, że tak. Kochany Dziadek.

— Zdaje się, że jest Pani z nim bardzo związana — zauważył Glynn, gdy wracali razem do lady.

— Och, i owszem; jeszcze zanim Estelle poślubiła kochanego pana Yatesa i stał się rodziną, lord Ferndale zawsze był nam serdecznym przyjacielem. — Bernadette sprawdziła cenę w każdej książce i zanotowała ją w księdze. — Zapakować je Panu w papier? — zapytała.

— Nie, idę tylko przez ulicę. Dziękuję.

Gdy wychodził z księgarni z nowymi nabytkami pod pachą, Glynn pomyślał, że to była pierwsza rozmowa z panną Bernadette Baxter, podczas której żadne z nich nie zdenerwowało się ani nie przyjęło postawy obronnej. Było... miło. A kiedy się uśmiechała, była naprawdę bardzo ładna, oczy jej iskrzyły...

Uważaj, Glynn — napomniał się w myślach. *Jest trochę za młoda dla ciebie, a do tego towarzysko stoi o wiele wyżej od twojej klasy.*

Mimo to miło było nacieszyć oko ładną młodą kobietą — i do tego mądrą, mającą coś ciekawego do powiedzenia. Gwizdając pod nosem, Glynn wszedł z powrotem do domu pani Bell i ruszył na górę, mając nadzieję, że tym razem żaden pacjent nie przerwie mu popołudnia.

Czekała go znakomita lektura!

Nazajutrz obserwował strumień klientów wchodzących do księgarni i wiedział, że Bernadette będzie zbyt zajęta ich obsługą, by omówić z nim jego teorie. Sam miał pracowite przedpołudnie, przyjmując całą gromadkę młodych kobiet z mętnymi objawami i dziwnymi dolegliwościami, które nie bardzo pasowały do czegokolwiek, o czym słyszał. Pierwsza, panna Kilmartin, kilkakrotnie trzepotała do niego rzęsami. Druga, panna Burton, córka mecenasa, udawała omdlenie. Ostatnio widywał to nagminnie.

— Wierzę, że panna Baxter ma dokładnie to, czego Pani potrzeba — powiedział.

— A po cóż mi zielarka? — Ostatnie dwa słowa wypowiedziała takim tonem, jakby mówiła *zaraza*.

— Ma niezwykłą wiedzę w tych sprawach i znacznie głębsze zrozumienie kobiecej kondycji — odparł. Napisał karteczkę, o której wiedział, że Bernadette ją zrozumie. Ostatnio wypracowali sobie coś w rodzaju kodu. Bez wątpienia uśmiechnie się pod nosem, gdy ją później przeczyta.

Panna Burton była niezadowolona, ale jednak poszła do księgarni.

Następną pacjentką była panna Barnstable i kiedy zapisywał nazwisko, by założyć nową kartę, wpadła mu do głowy upiornie zabawna myśl. Była córką przedsiębiorcy pogrzebowego i jeśli sądziła, że zrobiliby dobre małżeństwo, była w błędzie. Nikt w Hatfield nie zaufałby lekarzowi, który poślubił córkę grabarza. Pokusa, by rozkręcić rodzinny interes, byłaby zbyt wielka.

Po to tu przychodziły, mierzyły go wzrokiem jako potencjalnego męża: mgliste objawy, kokieteryjne uśmiechy i pewnie późniejsze ploteczki.

Pannę Barnstable także odesłał do Bernadette z karteczką.

Po ogólnej sprawności i uprzejmości posiedzenia komitetu szpitalnego Glynna mocno zszokowało posiedzenie rady miejskiej kilka dni później. Odbywało się w tej samej sali w Red Lion i jedyną wspólną cechą obu spotkań była jakość poczęstunku. Twarze wokół stołu należały do mężczyzn — samych znamienitych obywateli, właścicieli ziemskich i jednego czy dwóch przedstawicieli wolnych zawodów, w tym pastora Millingsa, samego Glynna i pana Burtona, który okazał się prawnikiem.

Obradom przewodniczył lord Ferndale i Glynn szybko zorientował się, że rada jest podzielona na dwa wyraźne, przeciwstawne obozy, którym przewodzili z jednej strony lord Ferndale, a z drugiej pastor Millings i Joshua Baxter. Można by sądzić, że młodsi będą bardziej postępowi, ale w istocie było odwrotnie. Sędziwy lord Ferndale był całym sercem za zmianą i nowością, podczas gdy dużo młodsi Baxter i Millings zachowywali się jak reakcjoniści, którym strach przed jakąkolwiek zmianą włącznie pewnie z wiatrem i przypływem — pomyślał Glynn!

Lord Ferndale jak zawsze był pełen taktu i uroku, ale Glynn widział jego frustrację, gdy rada rozłaziła się niemal w każdej sprawie, a kilku mężczyzn uparcie głosowało z Baxterem i Millingsem, nawet jeśli ich własnym interesom bardziej służyłby inny wybór.

— A teraz szpital — powiedział lord Ferndale, spoglądając na Glynna znad okularów. — Mam tu proponowany budżet na wyposażenie szpitala; jest bardzo szczegółowy. — Uniósł kartkę z długą listą pozycji. — Puszczę ją w obieg, by każdy mógł zerknąć, ale uważam, że jest bardzo rozsądny, a zebrane już środki wystarczą na pokrycie tych wydatków.

— Nie ma sensu nic kupować, dopóki nie będzie budynku, w którym to postawić — mruknął pastor Millings, krzyżując ramiona i odmawiając przyjęcia kartki, gdy lord Ferndale próbował mu ją podać.

— W tej sprawie — zaczął Glynn — komitet szpitalny...

Joshua Baxter prychnął głośno: — Banda trajkoczących bab.

— Proszę pamiętać, panie Baxter, że moją siostrę stoi na czele komitetu szpitalnego — rzekł lord Ferndale lodowatym tonem. — A żona pastora Millingsa jest jego szanowaną członkinią, podobnie jak pani Burton, pani Platt i pani Tinsley. — Skinął głową kilku innym obecnym. — Nie nazywajmy naszych żon i sióstr „trajkoczącymi babami". I proszę również, by nie przerywać, kiedy mówi doktor Williams.

Baxter przycichł, ale Glynn widział kipiącą w nim wściekłość.

Glynn odchrząknął grzecznie i ciągnął: — Komitet szpitalny zaproponował rozwiązanie tymczasowe: wykorzystanie obecnie pustego domku, dopóki nie da się postawić nowego szpitala. — Zerkając ukradkiem na pastora Millingsa, postanowił nie wspominać, że panna Yates pisze do biskupa w sprawie wolnej parceli obok plebanii. — Komitet zgadza się, że w dłuższej perspektywie ideałem jest szpital z prawdziwego zdarzenia, ale placówka potrzebna jest nam już teraz.

— To wszystkie kobiety — powiedział pastor Millings tonem głębokiej pogardy. — Cóż one mogą o tym rozumieć?

— Zapewniam Pastora, że doskonale rozumieją, jak wiele z ich grona umiera w połogu — odparł Glynn, starając się wyzbyć ostrości z głosu — i są dobrze poinformowane, w mojej *medycznie wykształconej* opinii, jak najlepiej temu zaradzić!

A jedna z nich jest Pastora żoną — tego już nie dodał, skoro lord Ferndale zdążył wskazać ten fakt. Nie dziwił się, że pani Millings była taką potulną, przelęknioną myszką.

Zerkając wzdłuż stołu, napotkał spokojne spojrzenie lorda

Ferndale'a. *Z takimi bzdurami muszę się zmagać cały czas* — wyraźnie mówił wyraz twarzy starego barona.

— Kto jest za tym, by urządzić szpital w pustym domku i zakupić wyposażenie? — zapytał lord Ferndale.

Podniosło się kilka rąk. Glynn policzył szybko. Równo połowa.

— A pan, doktorze Williams? — zdziwił się lord Ferndale, a Glynn nagle uświadomił sobie, że nie podniósł ręki.

— Najmocniej przepraszam. Jako wnioskodawca sądziłem, że nie jestem uprawniony do głosowania.

— Wręcz przeciwnie — odparł stanowczo lord Ferndale. — Inaczej pan Baxter nie mógłby dziś być decydującym głosem w sprawie, którą sam wniósł, prawda?

— W takim razie... — Glynn podniósł rękę, a lord Ferndale uśmiechnął się.

— Uchwała przeszła.

Pastor i Joshua Baxter wyglądali na wściekłych do czerwoności. Baxter poczerwieniał na twarzy, ale Millings zrobił się raczej żółtawy... Glynn zatrzymał się przy nim po zakończeniu posiedzenia.

— Wybaczy Pastor, ale wygląda Pastor na nieco zażółconego. Czy mogę zalecić lekarstwo?

Za późno przypomniał sobie, że Bernadette wspominała o tym samym po nabożeństwie kilka tygodni wcześniej.

— Nie chcę twojej pomocy, szarlatanie! Pan się troszczy o swoich! — warknął Millings i wypadł z sali.

— Uprzejmie z Pana strony, ale pewnie tylko wystawił się Pan na cel kolejnego kazania o ogniu i siarce — zauważył sucho lord Ferndale.

Glynn skrzywił się, po czym wzruszył ramionami. — Nie

boję się go. Poza tym często bierze sobie na cel siostry Baxter, a nie widzę, by ich interes na tym cierpiał. Jeśli obróci gniew na mnie... ludzie i tak będą potrzebować lekarza, gdy zachorują.

— Mądre podejście — pochwalił lord Ferndale. — Cieszę się, że jest Pan rozsądnym człowiekiem, doktorze Williams. Shaun Jackson dokonał dobrego wyboru, kiedy Pana zwerbował. — Spoważniał. — A skoro o nim mowa, modlę się o jego bezpieczeństwo. Czy panna Louise przypadkiem nie dostała od niego listu, wie Pan może?

Glynn pokręcił głową, z posępną miną. — O ile wiem, nie miała od niego wieści, odkąd wyjechał do Francji.

Lord Ferndale spoważniał. — Pastor lepiej by zrobił, modląc się za dzielnych królewskich żołnierzy, zamiast wyżywać się na swoich. Porozmawiam z nim, choć wątpię, by to na coś się zdało.

— Może biskup...? — zaproponował niepewnie Glynn.

— Rzadko kiedy usuwa się duchownego z parafii za coś mniej niż czyn karalny. Szkoda. Był dobrym człowiekiem parę lat temu, ale zdaje się, że popadł w jakieś dziwne myślenie. — Lord Ferndale pokręcił głową i westchnął, po czym pożegnał się grzecznie i wyszedł, zostawiając Glynna sam na sam z myślami.

mało prawdopodobny złodziej

Kilka dni później wydarzyło się coś osobliwego. Bernadette właśnie wychodziła ze swoim zwyczajowym koszykiem z ziołami, kiedy Ruth poprosiła ją, by pomogła klientce z Londynu w pewnej konkretnej sprawie. W sklepie były tylko we dwie, bo Brutus pomagał Louise oprawiać kolejny tom foliów Shakespeare'a.

Dziwne, że Ruth nie mogła zrobić tego sama. Po drugiej stronie miasta czekała na Bernadette młoda kobieta, a ona już się spóźniała. Wyglądało na to, że Ruth chce tylko siedzieć za ladą, co do niej niepodobne. Nagle Bernadette przypomniała sobie ich nieznośną, ale konieczną rozmowę i zastanowiła się, czy Ruth nie ma przypadkiem miesiączki? Zostawiła więc dziewczynę samą, myśląc, że może potrzebuje odrobiny prywatności.

Pomogła podróżnej wybrać lekturę, po czym wróciła do lady. W samą porę, by zobaczyć, jak Ruth odsuwa rękę od koszyka. Na pewno coś wzięła. Bernadette była tego pewna. Zachowanie zupełnie nie w stylu Ruth.

Pożegnawszy klientkę, sięgnęła po koszyk i przejrzała zawartość. Dobrze, że to zrobiła — Ruth zabrała jedyną rzecz, której potrzebowała jej klientka.

Westchnęła, odstawiła koszyk i podeszła do drzwi, gdzie obróciła tabliczkę z napisem Open na Closed i zasunęła zasuwkę. Odwracając się z powrotem do lady, spojrzała na Ruth, która nie potrafiła spojrzeć jej w oczy.

— Ruth, proszę, powiedz mi, co się dzieje? — odezwała się Bernadette najłagodniej, jak umiała, nie chcąc spłoszyć płochliwej dziewczyny.

Ruth opuściła głowę i zaszlochała żałośnie. Potem wyjęła z kieszeni zawiniętą saszetkę z ziołami i odłożyła ją na ladę. — To nie d-la mnie. To d-la prz-yjaciółki.

— Czy twoja przyjaciółka wie, jak tego użyć? — Bernadette starała się mówić spokojnie, by dotrzeć do prawdy. Może to dla matki Ruth; pani Millings byłaby zbyt przerażona mężem, by odważyć się przyjść do Bernadette osobiście. Miałoby to sens.

— Ja... nie wiem... czy wie.

Bernadette westchnęła, oparła się o ladę, po czym pchnęła zioła w stronę Ruth, dając jej do zrozumienia, że może je zabrać. — Nie ma żadnych gwarancji. Tego starczy na dwie dawki. Podziel to i wsyp połowę do filiżanki herbaty. Nie do czajnika — będzie zbyt rozwodnione — tylko do filiżanki. Zaparzaj przez pięć minut. Potem odcedź i wypij wszystko naraz. Dwanaście godzin później weź drugą połowę w ten sam sposób.

Ruth skinęła głową, ale nic nie powiedziała.

— Posłuchaj, może pójdę z tobą do twojej przyjaciółki,

wtedy zobaczę, jak bardzo sprawa zaszła i czy to w ogóle zadziała?

— Nie! — Ruth odskoczyła, jakby Bernadette ją uderzyła. — Nie możesz iść. Przysięgłam, że zachowam to w tajemnicy. Nikt nie może wiedzieć.

Zimny strach przeszedł przez Bernadette. Musiała mówić ostrożnie. — Ruth, ty nie masz kłopotów, ale brzmi to tak, jakby twoja przyjaciółka mogła je mieć. Daj jej znać, że chciałabym pomóc. Choćby po to, by mieć kogoś zaufanego do rozmowy?

Ruth pokręciła głową, schowała zioła do kieszeni i nieśmiało powiedziała: — Dziękuję.

Bernadette pobiegła na górę, by przygotować kolejną saszetkę herbaty dla swojej klientki, i wkrótce wychodziła już frontowymi drzwiami, odwracając tabliczkę z powrotem na Open, skoro rozmowa z Ruth odbyła się na osobności. Mimo to rozmowa i potajemne zachowanie Ruth nie dawały jej spokoju.

Machnęła do doktora Williamsa, gdy przechodziła obok okna pani Bell, ale nie miała czasu na pogawędkę. Spóźniła się jeszcze bardziej i musiała wrócić przed zamknięciem, by pomóc Louise przy księdze rachunkowej.

Kiedy dotarła do swojej klientki, Mary Ormiston, była już nieźle zasapana. Usiadły w kuchni jej rodziców i Bernadette była wdzięczna, że terapia wymagała filiżanki herbaty. Usychała z pragnienia. Pani Ormiston krzątała się, ale woda na herbatę już się gotowała.

Reszta męskiego rodzeństwa pracowała w polu albo poszła na wojnę wraz z panem Ormistonem.

— Jak długo to już trwa? — zapytała Bernadette Mary.

— Ze osiem, dziewięć tygodni, tak myślę — odparła. Dziewczyna była przygnębiona i zapłakana. — Myślałam, że to tylko nerwy, tyle płakałam, odkąd Alfred się zaciągnął. Byłam pewna, że tym razem mnie poślubi, ale i tak ni stąd, ni zowąd poszedł do wojska!

Jedna z młodszych sióstr Mary weszła, niosąc na rękach dziecko, może roczne. Maluch marudził i był niespokojny. Pani Ormiston wzięła niemowlę na ręce i poklepała po pleckach, aż beknęło. Zadowolone i już bez bólu, maleństwo zamknęło oczy, a pani Ormiston oddała je z powrotem.

— Upiekę ci świeże bułeczki, jak tylko damy radę — powiedziała Mary.

— Nie kłopocz się tym — uspokoiła ją Bernadette, wsypując połowę ziół do filiżanki Mary.

Mary zamieszała je i już miała zacząć pić.

— Jeszcze nie, daj temu pięć minut. Musi się zaparzyć — rzekła Bernadette, odkładając drugą dawkę ziół i wręczając ją matce Mary.

— Pani Ormiston, czy ma pani może rabarbar w ogrodzie? Kończy mi się, a robi się z niego świetną wodę na kolkę dla niemowląt — Bernadette wiedziała, że Ormistonowie mają rabarbar, ale nie będzie bujnie rósł aż do późnego lata.

— Mam na tyle dobry zagonek na tyłach, że co lato dopisuje. Mogę ci wykopać kępę, jeśli chcesz.

— Och nie, dziękuję, nie mam gdzie posadzić, ale dwa łodygi, jeśli w ogóle jakieś są, będą w sam raz.

Gdy Bernadette uznała, że napar wystarczająco się zaparzył, skinęła głową na Mary. — Jeśli to dopiero dwa miesiące, powinno zadziałać, ale jeśli dalej, to może nie.

Mary odcedziła napój przez zęby, po czym strząsnęła mokre zioła z powrotem do filiżanki. — Ohyda.

— Drugą dawkę weź dziś wieczorem — powiedziała Bernadette, klepiąc Mary po ramieniu. — Prawdopodobnie przez kilka dni będziesz się czuła paskudnie, przykro mi, ale obyś zaczęła krwawić raczej prędzej niż później.

— Och, bardzo na to liczę — pociągnęła nosem Mary. — Dzieciątku bym nie powiedziała nie, ale najpierw muszę wyjść za mąż!

— Hm — mruknęła Bernadette, próbując sobie przypomnieć, czy nie ma jakiegoś młodzieńca, który ożeniłby się z Mary nawet, gdyby nosiła dziecko innego. Tylu poszło na wojnę... ale może znalazłby się ktoś, kogo dałoby się namówić? Lepsze to niż dom dla niezamężnych matek. Albo Mary i pani Ormiston mogłyby na jakiś czas zniknąć, a pani Ormiston uznałaby niemowlę za własne... Niech to diabli, Napoleon i ta durna wojna!

Pani Ormiston pojawiła się z pięcioma łodygami rabarbaru zamiast dwóch. To było znacznie więcej, niż Bernadette potrzebowała, ale doceniła gest i podziękowała kobiecie.

W drodze powrotnej spodziewała się pomachać doktorowi Williamsowi przez okno, jak zwykle, ale on zamiast tego pomachał do niej gazetką z wiadomościami i wyszedł przed dom.

— Co się stało? — Serce waliło jej w skroniach jak bęben od strachu.

— Zastanawiałem się, czy miała pani już okazję zobaczyć najnowszy meldunek z Francji?

Wyglądał blado. To nie mogło być nic dobrego.

Bernadette pokręciła głową, a on podał jej gazetę, by

mogła sama przeczytać straszliwe wieści. Przerażające bitwy toczyły się w miastach, przez które jej ojciec być może próbował się przedostać, wracając do domu. Nie było żadnego sposobu, by wiedzieć, czy wciąż żyje i jest bezpieczny, czy też leży gdzieś w rowie. A to zanim jeszcze ona i Louise zdążyły się zamartwiać, gdzie może być Shaun.

— Okropna sprawa — powiedział dr Williams, gdy oddała mu gazetkę. — Zanim wyjechał, pan Jackson poprosił mnie, żebym miał oko na panią i pannę Louise. Czy mogę coś zrobić? Może posiłek w Red Lion, żeby panie nie musiały gotować?

— To bardzo miłe z pana strony — odrzekła Bernadette, myśląc, że ostatnio jest naprawdę w porządku i nie wytyka jej swoich naukowych zasług. — Nasza gospodyni, pani Poole, będzie się zamartwiać, jeśli nie będzie mogła nas nakarmić porządnym posiłkiem.

— Ach, rozumiem — spojrzał pod nogi.

— Chwileczkę. A może przyszedłby pan do nas na kolację? Proszę też przyprowadzić panią Bell. Niech i ona ma wreszcie wolny wieczór.

Na jego twarzy rozbłysł uśmiech. — Wspaniale!

To słowo trochę rozbawiło Bernadette.

— Użyłem niewłaściwego zwrotu? Myślałem, że to znaczy po prostu doskonale.

— Och, znaczy, ale w pana ustach brzmi trochę dziwnie. Spytam panią Poole, który wieczór by jej pasował.

— Powinienem przyjść i podziękować jej za to, jak dobrze ona i panna Yates prowadzą Komitet Szpitalny.

Zanim Bernadette się obejrzała, już razem przechodzili przez ulicę do księgarni, rozmawiając serdecznie.

Dzwoneczek zadźwięczał, a za ladą nie było Ruth.

Był za to promieniejący Brutus Baxter, więc ulżyło jej, że ktoś czuwa.

Z góry poniósł się przeraźliwy okrzyk Louise. — O nie!

Dr Williams natychmiast ruszył do akcji. — Czy coś jej się stało? — zapytał, pędząc po schodach.

Bernadette pobiegła za nim i wkrótce wszyscy znaleźli się w kuchni, gdzie mogła odstawić koszyk.

— Louise? — zawołała Bernadette.

— O rety — mruknęła pani Poole, wchodząc do kuchni z innego pokoju. — O rety, o rety. No i po wszystkim. — Potem zobaczyła, że mają gościa, i spoważniała: — Dzień dobry, panie doktorze Williams, czy wszystko w porządku?

— Ktoś zabrzmiał, jakby się zranił, więc pobiegłem — odparł.

Louise weszła do kuchni, niosąc małą drewnianą skrzynkę.

Ze środka dobiegało ciche miauczenie.

Postawiła skrzynkę na kuchennym stole z westchnieniem. — Wollstonecraft, to już przebrało miarkę!

Kilka głów z różnych stron naraz pochyliło się, by zajrzeć, co jest w pudle.

Crafty okociła się — pięć kociąt — w pudle z pięknymi tkaninami, które podarowała im panna Yates na uszycie sukien na ślub Estelle. Uszyły po jednej nowej sukience, ale zostało jeszcze kilka kuponów; Bernadette wiedziała, że Louise miała nadzieję użyć jednego na własną suknię ślubną dla Shauna. Teraz w oczach Louise stanęły łzy po utracie tej nadziei.

Bernadette pokręciła głową. Tych plam z delikatnego jedwabiu nie da się już usunąć.

Dr Williams przełknął ślinę i spochmurniał. — Czuję się winny — powiedział. — To ja wypuściłem kota...

— I tak pewnie by uciekła — odparła łagodnie Bernadette. — Proszę się nie martwić.

Bernadette widziała, że to Louise jest zdenerwowana. Naprowadziła więc doktora do schodów i powiedziała, że jeśli potrzebuje książek, Brutus mu pomoże.

— Chyba jednak nie skorzystam z zaproszenia na kolację tak od razu — rzekł, dochodząc do drzwi. — Nie chciałbym jeszcze bardziej zasmucić panny Louise.

Gdy dr Williams wyszedł, wyglądając na skrajnie winnego i skruszonego, Bernadette powlokła się z powrotem na górę, by ocenić rozmiar szkód emocjonalnych. Louise siedziała na kuchennym krześle z głową w dłoniach, szlochając na całego.

— Ach, kochanie — powiedziała pani Poole, zerkając na Bernadette. — Chodź. — Zgarnęła skrzynkę z kociętami i wyniosła ją, najwyraźniej uznając, że jeśli Louise nie będzie musiała na nie patrzeć, to poczuje się lepiej.

Bernadette wiedziała swoje. Usiadła obok Louise i objęła siostrę ramieniem. — Widziałeś gazetki z wiadomościami? — zapytała cicho.

Louise tylko rozpłakała się jeszcze bardziej.

— Wiem, że to straszne, ale musisz wierzyć, Lou. Nigdy nie przestałyśmy wierzyć, że Pa wróci do domu, i ty też musisz wierzyć, że pan Jackson wróci — Bernadette starała się brzmieć jak najbardziej pewnie i pokrzepiająco.

— A jeśli żaden z nich nie wróci? — zapłakała Louise.

— Wtedy i tak nie będziemy same — odrzekła twardo

Bernadette. — Estelle i pan Yates wkrótce wrócą do domu, i wiem, że Marie jest daleko, ale ona i Renwick poślą pomoc, jeśli tylko będzie nam potrzebna.

Louise nie była w stanie nawet mówić. Wyjęła z kieszeni zmięty list i położyła go na stole między sobą a Bernadette.

— Co to? — Bernadette zmarszczyła brwi, zerkając na list. Wyglądał... urzędowo. Jak pisma z banku w sprawie pożyczki. Ale przecież nie mogli dostawać kolejnych — spłaciły pożyczkę.

Louise przełknęła ślinę, po czym cichutko powiedziała: — Chyba potrzebujemy tej pomocy, 'Dette. Naprawdę.

Bernadette nie potrafiła zrozumieć listu, więc Louise musiała jej wszystko wyjaśnić; że jeden z ich najgorszych koszmarów ma się właśnie spełnić. Kuzyn Joshua poszedł do Chancery Court w Londynie i wystąpił o mianowanie go zarządcą powierniczym majątku ich ojca; skoro ojciec wyjechał do Francji, Joshua stwierdził, że dwie młode dziewczyny, z których żadna nie jest pełnoletnia, nie są w stanie kompetentnie prowadzić interesu.

Obie doskonale wiedziały, co Joshua zrobi, jeśli legalnie przejmie kontrolę: na ulicy wyląduje stos książek, pewnie płonący, a one same zostaną wyrzucone na bruk. Lord Ferndale oczywiście je przygarnie, ale Baxter's Fine Books przestanie istnieć.

Po moim trupie! Wściekłość wezbrała w Bernadette, wypierając początkową panikę. Joshua nie wywinie się z tego, bez względu na to, co będzie musiała zrobić!

Zostawiwszy Louise, by opłakała zrujnowaną — jeszcze nawet nieuszytą — suknię ślubną, Bernadette zeszła na dół z przyborami do pisania i zabrała się do informowania pozostałych sióstr. Marie i Estelle poślubiły wpływowych mężczyzn; Renwick jest hrabią, a pan Yates wnukiem barona. Każdy z nich mógłby użyć swojego tytułu, by wywrzeć nacisk na sąd i pokrzyżować plany Joshui, na pewno... trzeba tylko, by zechcieli przyjechać. Jutro pójdzie też do lorda Ferndale'a. Dziadek pomoże. Może i nie ma podstaw prawnych, by mianowano go ich powiernikiem, skoro nie jest z nimi spokrewniony inaczej niż przez małżeństwo, ale wpływy ma z pewnością.

Zdeterminowana, Bernadette pochyliła się nad papierem, a chrzęst pióra wypełnił ciszę księgarni, gdy zaczęła pisać.

ROZDZIAŁ 8

Siarka

Jeśli myślały, że ostatnie kazanie było złe, to podczas niedzielnej posługi uszy sióstr Baxter dosłownie piekły. Reverend Millings był w pełnym zapale. Patrząc na jego furię, twarz powinna mieć czerwoną jak obdarte kolano, a jednak przypominała kolorem psujący się cytrynowy miąższ.

Trwała wojna, więc wielu mężczyzn z Hatfield znajdowało się właśnie teraz w śmiertelnym niebezpieczeństwie. Niektóre ich żony podążyły za bębnem, by pomagać przy posiłkach i opiece.

Czy poprowadził wiernych w modlitwie o rychłe zwycięstwo i bezpieczny powrót sąsiadów? Skądże. Ich pastor widział tylko grzech w tych, którzy zostali. Bernadette wpatrywała się przed siebie, starając się nie drgnąć, gdy wychwalał niegodziwą naturę tylu osób, które — „ulegają grzechowi przy byle podżeganiu".

— Wtrącanie się w boską wolę! — wrzasnął z ambony. — Bóg troszczy się o swoją trzodę, nie potrzebuje zewnętrznych ingerencji! Jeśli chorujesz, taka jest wola Boża! Niech nikt się nie wtrąca!

Bernadette musiała nagle się skupić. Była pewna, że wspomni o niestosownych lekturach, lecz zamiast tego ostro skręcił w stronę tematu, że „modlitwa i wiara wystarczą ludziom, gdy chorują".

W miarę jak ciągnął dalej, z przerażeniem zrozumiała, że tym razem nie szydzi z Baxterów. Grzmiał przeciw grzechowi nowoczesnej medycyny!

Prawdziwych lekarstw, których lekarz taki jak Glynn używał, by leczyć i uzdrawiać ludzi.

Bernadette potrafiła znieść, gdy Brimstone ich nękał; z Louise wspierały się nawzajem, a w domu miały Rosie i panią Poole. Mogły też liczyć na Ferndale'ów. Ale biedny Glynn — nie był tu długo. Może i pracował dla Lorda Ferndale'a, lecz nie miał w mieście rodziny. To było jawnie niesprawiedliwe wobec niego. Nie zasługiwał, by go tak wybiórczo atakować. Zerknęła wzdłuż ławki i zobaczyła, że siedzi sztywno wyprostowany, z twarzą jak z kamienia. Dalej, za nim, Lord Ferndale wyglądał na wściekłego. Pastor najwyraźniej nie posłuchał próśb Lorda Ferndale'a, by przykręcić śrubę siarki i przestać brać na cel swoich parafian!

Koniec nabożeństwa nie mógł nadejść dość szybko. Gdy wreszcie znaleźli się na zewnątrz, słońce świeciło jasno, a ludzie żegnali się ze sobą. Bernadette podeszła do Glynna, by dodać mu otuchy. — Tak mi przykro, że tym razem uderzył w ciebie — powiedziała.

Uśmiechnął się krzywo i wzruszył ramionami. — Cieszę się, że tym razem nie wyładowywał swojej złości na tobie, jak często ma w zwyczaju.

Wzruszyła ramionami. — Już się do tego prawie przyzwyczaiłam. Ale to, co powiedział, było nie w porządku. Robisz tu dobrą robotę.

— Dziękuję. Czuję, że trochę polityki mogło mieć w tym udział.

— Och?

Ściszył głos, żeby nikt nie podsłuchał. W jego akcencie pojawił się śpiewny nalot. — Tak, głosowałem przeciw pastorowi i twojemu kuzynowi na ostatnim posiedzeniu rady. Byli, delikatnie mówiąc, nieusatysfakcjonowani.

— O rety! — Powinna była się oburzyć, lecz zamiast tego poczuła rodzaj solidarności, że oboje zbierają gniew tych samych ludzi. — Mam nadzieję, że to nie zniechęci nikogo do przychodzenia do ciebie. To miasto potrzebuje swojego lekarza.

— Ach, jesteście! — dobiegł ich głos. To był Lord Ferndale. — Gotowi na obiad?

Bernadette poczuła pierwsze ukłucia głodu i już w myślach smakowała pieczone ziemniaki, które kucharka w Ferndale Hall przyrządzała po mistrzowsku. Złociste i chrupiące na zewnątrz, miękkie w środku — niemal czuła ich smak na języku. Skinęła ochoczo głową.

— Pan także, doktorze Williams, proszę do nas dołączyć. Kucharka wciąż zapomina, że pan Jackson i część naszej służby wyjechali, i gotuje zdecydowanie za dużo. Będziemy wdzięczni, jeśli pan przyjmie zaproszenie — Lord Ferndale skinął w swoim zwykłym, pogodnym stylu.

Glynn odparł: — W takim razie chętnie przyjdę.

Lord Ferndale rozpromienił się i wkrótce siedzieli

wygodnie w powozie, tocząc się raźno w pięknym letnim słońcu.

Ziemniaki były znakomite i pod dostatkiem. Bernadette dostrzegła figlarny błysk w oku honorowego dziadka i zastanowiła się, czy znów nie bawi się w swatkę. Uparł się, by usiadła obok doktora Williamsa, a kierunek rozmowy był wybitnie medyczny — tak, by zmusić ich do rozmowy ze sobą.

Wcale jej to nie przeszkadzało; był inteligentny i dobrze wykształcony, z pewnością mogła się od niego wiele nauczyć. Ale kandydat na romantyczną przyszłość? Choć bez koszuli wyglądał nadzwyczaj pociągająco, wciąż byli ze sobą zbyt na bakier, by mogła to rozważać. Nie chciała męża, który nie szanuje jej umiejętności. Nie dogadaliby się, skończyłoby się to sprzeczkami i niezgodą.

***

Glynn miał dwie lewe ręce. Gdyby to było badanie lekarskie, zdałby celująco. Niestety, nigdy nie studiował, jak uczestniczyć w obiedzie z baronem i jego niezamężną siostrą, więc nie miał pojęcia o protokole. Pozostało mu tylko uśmiechać się, mówić „dziękuję" i mieć nadzieję, że to wystarczy, by przykryć braki w ogładzie.

— Proszę się rozluźnić, doktorze Williams, jest pan tu wśród przyjaciół — zapewnił go Lord Ferndale.

— Bądź łaskaw, bracie, pewnie jeszcze dochodzi do siebie po kazaniu — stwierdziła panna Yates. Potem podała mu półmisek z fasolką szparagową. — Lubi pan fasolkę?

— Dziękuję — odparł Glynn, nakładając sobie trochę.

Podpatrzył, jak robi to panna Yates widelcem i łyżką, i skopiował jej sposób.

Odłożył sztućce na talerz. Nikt jeszcze nie zaczął jeść, więc nie sięgnął po nóż i widelec. Naprzeciw niego siedziała Bernadette, robiąc do niego niemą minę oczami — spoglądała na niego, potem na półmisek.

— Och! Oczywiście. Panno Bernadette, czy chciałaby pani trochę fasolki?

— Dziękuję — przyjęła półmisek i nałożyła sobie, po czym podała go Louise.

Lord Ferndale rzekł: — Proszę dać znać, jeśli liczba pańskich pacjentów spadnie po tej tyradzie Millingsa. Mam nadzieję, że nie — dla dobra zdrowia miasta.

— Prowadzę rzetelne zapiski, a miasto jest w większości zdrowe, poza okazjonalnymi wypadkami w gospodarstwach i innymi. Dam znać, jeśli liczba wizyt się zmniejszy.

Lord Ferndale podniósł nóż i widelec, a reszta towarzystwa poszła za jego przykładem. Dzięki Bogu, że wreszcie zaczęli — Glynn był wygłodniały, a aromaty potraw sprawiały, że ślinka mu ciekła.

— A ty, Bernadette, mam nadzieję, że ty i położne możecie wziąć oddech i odpocząć, odkąd doktor Williams jest w mieście?

— Jest dla nas wszystkich wielkim wsparciem — odparła.

Ciepło zalało Glynna na jej pochwałę.

— Doskonale! — rozpromienił się Lord Ferndale. — Zawiesiliście działania wojenne.

Glynn o mało nie zakrztusił się pieczonym kurczakiem.

Dokładne prowadzenie dokumentacji było czymś, co Glynn wprowadził, jak tylko przybył do Hatfield. Zaczął to jeszcze w pierwszych latach w armii — zwyczaj przejęty od ojca — i nigdy nie przestał. W ten cichy sobotni poranek, uzupełniając notatki o pacjentach, których widział w ciągu tygodnia, nie mógł powstrzymać frustracji, że z każdym chorym musi zaczynać od zera. Zwykle lekarz opierałby się na zapisach poprzednika, ale cokolwiek prowadził dr Rasley, spłonęło w pożarze. Jego zaufanie do położnych wzrosło po posiedzeniu Komitetu Szpitalnego; ich zapisy były znakomite, choć przygnębiające było to, jak wiele niemowląt i matek umierało w połogu lub wkrótce potem.

Spojrzał przez ulicę akurat, gdy Bernadette wracała do księgarni z posłania, ziółka w koszyku. Olśniło go. Bernadette mogłaby mu pomóc.

Kilka minut później był już po drugiej stronie. Na drzwiach wisiał szyld „Zamknięte", więc zapukał i uchylił je ostrożnie, by nikogo nie spłoszyć w środku.

Za ladą powitała go zapuchnięta na twarzy Louise. Biedaczka musiała czytać najnowsze wieści z Francji. Były okropne.

— Jak się trzymasz? — zapytał najdelikatniej, jak potrafił.

— To wszystko jest straszne — odparła, ocierając twarz.

— Przyszedłeś po książki? Zawołam Bernadette, niech pomoże.

— Dziękuję, choć nie przyszedłem kupować — to może poczekać — ale byłbym bardzo zobowiązany, gdybym mógł porozmawiać z twoją siostrą. Zapytałbym o twoje zdrowie, ale ufam, że Bernadette lepiej cię poratuje? — Siostra miała lepszy tonik niż cokolwiek, co mógł zaoferować — ciepło otuchy w nieutulonym czasie.

Bernadette zeszła po schodach rześka i pogodna. Aż mu się cieplej zrobiło na widok jej uśmiechu, choć bardzo się starał nie myśleć o tym, jak dziwnie na niego działał.

— Przyszedłem prosić cię o pomoc przy dokumentacji w mieście. Chciałbym poszerzyć wiedzę o miasteczku i ludziach — urazach, chorobach i tak dalej.

— Komitet szpitalny ma dobre zapisy — podsunęła.

— Istotnie. Sprawozdania na ostatnim posiedzeniu były drobiazgowe i precyzyjne, zdają się sięgać kilku lat wstecz. Wierzę też, że świetnie sobie radzisz z prowadzeniem ksiąg — w końcu masz katalogi setek książek w sklepie i prowadzisz księgi rachunkowe. — Widział ją nie raz, jak metodycznie schodziła kolumnami zapisów.

Louise wtrąciła żałosne: — A ja aż tak zła w tym nie jestem, prawda?

— W innych rzeczach jesteś bardzo dobra — uspokoiła ją Bernadette.

Glynn powstrzymał chichot. Sprawa była poważna — chodziło o rzetelność. — Oczywiście zapiski dr. Rasleya spłonęły, więc je straciliśmy. Ale zastanawiam się, czy moglibyśmy wspólnie odtworzyć wiarygodne teczki pacjentów?

Uśmiechnęła się do niego, a on znów poczuł te dziwne ukłucia, które usilnie starał się ignorować.

— Rejestr urodzeń, zgonów i małżeństw w kościołach będzie dobrym punktem wyjścia.

— Oczywiście! — ucieszył się. Powinien był na to wpaść.

Potem jego uśmiech przygasł. — Każdy kościół ma

własny? — Był pewien, że ksiądz w kościele katolickim okaże się bardzo pomocny, ale ten drugi...

— Tak, oczywiście.

— To by znaczyło, że trzeba będzie porozmawiać z pastorem Millingsiem?

Bernadette zacisnęła usta w zadumie. Nie wyglądała na zachwyconą perspektywą rozmowy z człowiekiem, który tak złośliwie szydził z nich z ambony. — Pewnie będzie teraz zajęty pisaniem kazania na jutro, ale pani Millings i jej pomocnice będą stroiły kościół kwiatami i nie będą miały nic przeciwko naszej obecności. Drzwi są zawsze otwarte.

Serce zabiło mu szybciej z ekscytacji. — To bardzo pomoże. Skoczę tylko po księgę, żebym mógł robić notatki!

W pół godziny później byli już w kościele. Cieszył się, że nie przyszedł sam, i podziwiał odwagę Bernadette, że mu towarzyszyła.

Zgodnie z przewidywaniami Bernadette pani Millings i jej pomocnice nie miały do nich zastrzeżeń.

Zabrali się do pracy nad cennymi tomami, wypełnionymi datami i nazwiskami ostatnich wydarzeń. To było jak zaglądanie w czas.

Zanotował w księdze ostatnie urodzenia, by odwiedzić rodziny i sprawdzić ich zdrowie. — To już bardzo pomaga. Bez ciebie byłbym zgubiony — powiedział.

W odpowiedzi wydała z siebie ciche: — O rany.

Czy posunął się za daleko? Naprawdę powinien trzymać ich relacje w jak najściślejszych ramach zawodowych.

Ale nie byli tu sami — kilka kobiet zamiatało posadzkę i polerowało drewno.

Boczne drzwi otworzyły się i wszedł Reverend Millings.

Panie oraz jego żona przywitały go niemal bezgłośnie i skłoniły się z uszanowaniem.

Glynn przełknął ślinę, ale nie drgnął. Co chwila pastor musiał ich zobaczyć.

Zobaczył.

Oczy mu się zaokrągliły, kark zesztywniał.

Skóra miała kolor jak świeży kwiat mniszka, a i w białkach oczu przebijała żółć. Mężczyzna naprawdę nie był zdrów. Może to prawda, że cholera gniewu szkodzi wątrobie.

— Wy! — Pastor podniósł rękę i wycelował w nich palcem. — Co wy sobie myślicie, że robicie?

Ruszył ku nim ciężkim krokiem. Oczy rozwarte ze złości, obrzękła skóra na policzkach miotała się od wściekłości.

Glynn chwycił Bernadette i zasłonił ją sobą. — To był mój pomysł, panna Baxter jest bez winy! Przyszedłem obejrzeć miejskie rejes...

— Grzesznicy w domu Bożym! — wrzasnął na nich Millings. — Jak śmiecie?

Serce waliło Glynnowi jak młotem. Zastanawiał się, czy Bernadette nie powinna uciec, póki jeszcze ma szansę.

Młoda kobieta pisnęła: — Robimy to dla dobra miasta!

Millings przydeptywał coraz bliżej, górując nad nimi, plwocina pryskała mu z ust. — Jak! Wy! —

Nagle całe jego ciało zesztywniało.

Żadne słowa już nie wyszły, choć usta miał otwarte.

Oczy przewróciły mu się do tyłu.

Piana zebrała się na wargach i zaczęła kapać.

Nikt nie pisnął słowa, gdy całe ciało runęło nagle na posadzkę z potwornym łomotem.

Kilka kobiet krzyknęło. Pani Millings sapnęła i chwyciła się krawędzi ławki, by nie upaść.

Glynn skoczył do przodu, przykucnął przy powalonym mężczyźnie, sięgnął do jego szyi i sprawdził tętno. Krew mu zmroziła się w żyłach, gdy nie wyczuł nic.

— Co... co się sta... ło? — wystękała Bernadette zza jego pleców.

Glynn pokręcił głową, wciąż szukając najmniejszego znaku życia. — Nie żyje.

Pani Millings osunęła się na podłogę. Pozostałe kobiety natychmiast popędziły do niej.

Glynn zwrócił się do bladej Bernadette. — Lepiej wróć do domu i wypij słodką herbatę. Nasza wyprawa do rejestrów dobiegła końca, a ty już tu nikomu nie pomożesz. Dobrze cię stąd zabrać, zanim zbierze się tłum.

Bez słowa skinęła i uciekła.

⚜

Glynn nie mógł uciec. Był lekarzem — właśnie widział, jak człowiek pada martwy tuż przed nim, i musiał coś zrobić.

Sięgnął po księgę i zaczął pisać, notując objawy, pienistą ślinę w ustach, niepokojący kolor skóry. W tej chwili niewiele mógł zrobić poza rzetelnym zapisem wszystkiego, co zaszło.

Kobiety pocieszały panią Millings, która bez wątpienia była w ciężkim szoku. Podszedł i poprosił, by ktoś zaparzył jej mocną herbatę z dużą ilością miodu. Jedna z pomocnic wybiegła pędem.

— Czy on... odszedł? — zapytała pani Millings.

Glynn skinął twierdząco. — Obawiam się, że tak.

Osunęła się na podłogę i wydobył się z niej dziwny, miękki jęk. Brzmiało to niemal jak westchnienie, ale pani Millings była zawsze tak cicha, że uznał, iż w ten sposób przetwarza złe wieści.

Wbiegła Ruth przez drzwi, które przed chwilą opuściła pomocnica. Wyglądała na kompletnie roztrzęsioną, boso i w nocnej koszuli, jak zerwana prosto z łóżka; rzuciła się objąć matkę.

— Och, mamo! — zawołała, kołysząc ją delikatnie, by dodać otuchy. — Wszystko będzie dobrze.

Glynn cofnął się, dając im odrobinę prywatności w zamęcie i żałobie. — Proszę dać znać, jeśli będzie czego potrzeba. Zawiadomię zakład pogrzebowy.

Nie było daleko z kościoła do przedsiębiorcy pogrzebowego, zamyślił się Glynn. Rozmawiał z panem Barnstable zaledwie chwilę, bo w głowie wirowały mu nazwiska osób, które należało zawiadomić. Odebrał Canterbury'ego z wozowni za Red Lion i próbował ułożyć plan, dokąd ruszyć najpierw. Każdy członek rady miejskiej powinien wiedzieć. Cóż, Lord Ferndale w pierwszej kolejności. Z nim będzie najłatwiej. Nie uśmiechała mu się wizyta u Joshui Baxtera ani u pana Burtona. Już byli na niego wściekli po tym, jak głosował przeciw nim na ostatnim posiedzeniu.

Wtem go olśniło. Będzie o jednego członka rady mniej, który blokował postęp. Joshua Baxter stracił sojusznika. Ta myśl uczyniła niesienie wieści odrobinę lżejszym.

Glynn miał ochotę przyłożyć Joshuie Baxterowi za to, jak przejął prowadzenie nabożeństwa następnego dnia. Zastępstwa jeszcze nie było, ale to, że uznał się za najważniejszego do przekazania miastu wiadomości, stanęło Glynnowi ością w gardle.

— Wzywam wszystkich, by potraktowali to wydarzenie z powagą i oparli się na wierze. To nie czas na puste plotki. — Po czym Baxter spojrzał prosto na Bernadette i Louise, co było doprawdy nie fair.

Kilka dni później biskup przysłał tymczasowego wikarego. Jego pierwszym zadaniem było odprawić pogrzeb pastora Millingsa. Pani Millings i Ruth wyglądały, jakby przygniatała je czerń żałoby. Wdowa nie zgłosiła się do Glynna po pomoc, ale wyglądała jeszcze bardziej wątło niż zwykle. Może zasugerować jej, by dodawała do potraw treściwe sosy, żeby wróciły jej siły?

Ten duchowny mówił tak cicho, że trzeba było się nieźle wsłuchiwać, by go usłyszeć. Ludzie w ławkach z tyłu kościoła nie mieli żadnych szans.

Następnego dnia Lord Ferndale zwołał nadzwyczajne posiedzenie rady miejskiej w Red Lion. Glynn przyniósł swoje zapiski i musiał przekazać niepomyślne wieści.

— W mojej ocenie nie była to śmierć naturalna — powiedział. — Wielu mieszkańców miasta zauważało od kilku tygodni zły koloryt na twarzy śp. pastora Millingsa.

Lord Ferndale skinął głową.

Joshua najeżył się. — Wymyśla pan sobie przykrywkę.

— Proszę zachować kulturę — przerwał Lord Ferndale.

— To on był ostatnią osobą, która widziała pastora żywego — marudził Joshua. — Kłócił się z nim!

Pan Burton oczywiście stanął po stronie Joshui. — Nie powiedział pan tego, kiedy informował mnie, że um... odszedł — rzucił napuszony mecenas, piorunując Glynna wzrokiem.

— W chwili, gdy tam byłem, w kościele sprzątało i dekorowało kilka kobiet — odparł Glynn. — One poświadczą, że go nie dotknąłem. Właściwie to on mnie zobaczył i zaczął krzyczeć, idąc w naszym kierunku. Nie zbliżyłem się do niego na tyle, by go tknąć!

Pan Burton prychnął: — Kobiety. — Jakby to z góry przekreślało ich słowa.

Lord Ferndale uratował sytuację odrobiną zdrowego rozsądku. — Zgadzam się, że tę sprawę należy zbadać. Jednak mój śledczy ryzykuje obecnie życie dla Króla i Ojczyzny, więc będziemy musieli poczekać na jego powrót.

Joshua znowu zawrzał już na samo wspomnienie pana Jacksona, choć Lord Ferndale nie wymienił nazwiska. — To ja jestem sędzią pokoju — warknął.

— W takim razie może zechciałby pan wykonać swoją pracę, panie Baxter — odparł spokojnie Lord Ferndale. — O ile pan potrafi.

To był celny kuksaniec, pomyślał Glynn, gdy posiedzenie dobiegło końca, a parskający Joshua wypadł z sali, jedynie pan Burton od razu ruszył jego śladem. Być może pozostali panowie zaczęli wreszcie mieć wątpliwości, którego konia obstawili? Najwyższy czas, zdaniem Glynna. Baxter to nadęty głupiec, Lord Ferndale — porządny i honorowy człowiek, a kto tego nie dostrzega, jest ślepszy niż przysłowiowy kret.

ROZDZIAŁ 9

Złe wieści i jeszcze gorsze plotki

Bernadette wróciła do księgarni po wizycie u zacnych kobiet z Hatfield z mdłościami w żołądku. Jej drogie klientki powiedziały jej, najpocieszniejszym tonem, na jaki było je stać, że Phoebe Baxter rozpuszcza plotki, jakoby w jakiś sposób była odpowiedzialna za zgon wikarego.

Każda z nich przysięgała wierność Bernadette i mówiły, że przekazują to, by wiedziała i mogła unikać pani Baxter.

Dały jej jeszcze więcej rzeczy do zabrania do domu, coraz cięższych, by donieść je z powrotem. Przydałaby się jej porządna sesja użalania się nad sobą z Louise, ale gdy tylko weszła do sklepu, wyraz twarzy siostry powiedział jej, że to nie wchodzi w grę.

Własna niedola musiała poczekać, dopóki nie pomoże Louise, która znowu wpadła w czarny nastrój.

— Och, Lou, co tym razem nawywijał Joshua? — zapytała Bernadette z westchnieniem, kładąc koszyk na ladzie.

— Nie on — pociągnęła nosem Louise. — To wiadomości. Była wielka i straszna bitwa i mogę tylko modlić się, żeby Shaun i Papa jakimś cudem byli cali.

— Rozumiem, że od Papy nic nie przyszło?

— Od Shauna też nie — wysnufała słowa w swojej posępności Louise. — Szczerze, czemu mężczyźni nie mogą napisać i dać znać, co się dzieje? Chcą, żebyśmy myślały, że nie żyją? Chcą, żebyśmy były nieszczęśliwe?

— Byłam u Allomów i dali mi wieprzowe paszteciki. Może skończmy wcześniej i coś zjedzmy?

— Nie jestem głodna — mruknęła Louise, czytając artykuł jeszcze raz, jakby ponowne czytanie miało zmienić słowa na takie, jakie by jej odpowiadały.

— Ale to paszteciki pani Allom!

Z teatralnym westchnieniem Louise powiedziała: — Może skubnę kawałek twojego.

— Nie pozwolę, żebyś mizerniała, to źle wpłynie na interes — odparła Bernadette, próbując obrócić to w żart. — A właściwie, rano doszły mnie paskudne plotki. Phoebe Baxter rozpowiada kłamstwa, że otrułam pastora Millingsa. Oczywiście, nie mówi wprost, że to ja, ale przypomina ludziom, że znam się na ziołach i wiem, które są niebezpieczne.

— Tego nam jeszcze brakowało — powiedziała Louise, ocierając twarz jedną ręką i drugą szukając łomu. — Mam ochotę dać jej nauczkę.

— Czyli jeszcze nie słyszałaś?

— Jestem pewna, że Rosie prędzej czy później by mi powiedziała — stwierdziła Louise. — Na przesileniu letnim będzie mnóstwo plotek, więc jeśli jeszcze o tym nie słyszała, to do tego czasu na pewno usłyszy.

Do przesilenia letniego zostały jeszcze trzy dni. To była główna letnia impreza towarzyska, choć w tym roku panów do tańca będzie znacznie mniej. — Idziesz na zgromadzenie?

— Jestem zbyt nieszczęśliwa, by tańczyć i grzecznie rozmawiać. Kto wie, jak okropne będą do tego czasu wieści?

Bernadette też nie miała ochoty iść. Zwłaszcza na myśl o Phoebe, która rozpuszcza o niej kolejne kłamstwa. — W takim razie ja też nie pójdę. Zostanę w domu i zaopiekuję się tobą — powiedziała stanowczo.

Louise wyprostowała się, a łzy niemal natychmiast obeschły. — Ale ty musisz, 'Dette. Musisz pójść, być wesoła i nie mieć żadnych zmartwień! Jeśli nie pójdziesz, wyobraź sobie, jak bardzo pogorszą się plotki Phoebe — a ciebie nie będzie, żeby się bronić? Powie, że wstydzisz się pokazać ludziom na oczy, bo jesteś winna!

Cudownie, pomyślała Bernadette z sarkazmem. Udawanie szczęścia, którego nie czuła, było ostatnią rzeczą, na jaką miała ochotę, ale Louise miała rację. Musiała zachować dobrą minę do złej gry.

***

Z napiętymi nerwami, ściśniętym żołądkiem, Bernadette poszła na zgromadzenie z panią Poole i Rosie. To było zupełnie inne towarzystwo niż na zimowym przesileniu. Mniej ludzi i mniej dżentelmenów. Pojawili się jej kuzyni, w tym Benjamin. W zeszłe lato otaczał go wianuszek chętnych panienek. W tym roku trzymał się blisko ojca, Joshuy. Obaj skrzywili się na jej widok. Ona promiennie się do nich uśmiechnęła, by pokazać, że nic jej to nie robi.

To było tylko na pokaz, ale uparcie trzymała fason. Joshua nigdy nie przestanie próbować wyrzucić ich z księgarni. Drobne jątrzenie Phoebe było tylko kolejną próbą, by je zniszczyć. A jednak czuła frustrację. Kiedy już myślała, że wyczerpali worek sztuczek, znajdowali nową.

Przynajmniej nie było już więcej pożarów!

Dziadek i panna Yates byli tak serdeczni i mili, że trzymała się blisko nich, uśmiechając się tak szeroko, iż zaczęła czuć się nieco mniej rozbita tymi paskudnymi plotkami.

— Zdajesz się trochę niespokojna, Bernadette? — zauważyła panna Yates.

Bernadette delikatnie przedstawiła problem.

Oczy panny Yates zaokrągliły się z oburzenia. — Pomagasz ludziom, nigdy ich nie krzywdzisz — powiedziała w obronnym tonie.

— Dziękuję — odparła Bernadette. Na przemian zerkały na Phoebe, jak pochyla się, by szeptać ludziom do ucha. Łatwo było odróżnić, kogo dało się łatwo omamić, a kto kręcił głową i jej zaprzeczał. Po stronie „łatwowiernych" było zdecydowanie zbyt wielu, jak na gust Bernadette.

Pozostawało jej tylko nadal się uśmiechać i dzielnie to przeczekać.

Prawdziwy uśmiech wywołało dopiero podejście doktora Williamsa. Zamienił parę słów z radosnym lordem Ferndale'em, po czym przywitał pannę Yates i ją z szacunkiem się kłaniając.

— Panno Bernadette, byłbym zaszczycony, mogąc zarezerwować u pani taniec tego wieczoru.

Był tak uprzejmy, że aż się do niego wyszczerzyła. — Nie wiedziałam, że pan tańczy — odparła.

— Nie było dotąd sposobności — powiedział. — Czy zostały pani jakieś niezaklepane tańce na karnecie?

— Traf chciał, że tak — podniosła zupełnie pusty karnecik i ołówek. — Może pan zająć dwa.

— Więcej byłoby niestosowne — stwierdził, dając jej do zrozumienia, że albo kogoś pytał o zasady, albo zna etykietę balową znacznie lepiej niż maniery przy stole.

Zapisał się na najbliższy taniec, który zaraz miał się zacząć. Podała mu dłoń. Gdy jej rękawiczka zetknęła się z jego, ciepło wypełniło rękę i popłynęło w górę ramienia.

— Czy wie pani, że żona pani kuzyna snuje sobie o pani ucieszne historyjki?

Ciepło znikło, zastąpione dreszczami, ale Bernadette rozpromieniła się sztucznym uśmiechem i powiedziała: — Tak, czyż nie jest *urocza*?

— Próbowano też zrobić ze mnie podejrzanego — dodał, gdy stawali na swoich miejscach. — Na pospiesznie zwołanym posiedzeniu rady miasteczka.

— Ogromnie się cieszę, że kobiety z kościoła mogły poświadczyć, jak było — powiedziała, gdy muzyka ruszyła.

Podtrzymywał rozmowę za każdym razem, kiedy się mijali, ani na moment nie gubiąc kroku.

— Świetnie pan tańczy — pochwaliła go, gdy bezbłędnie wykonał przekładankę.

— Jeśli panią to ciekawi, pani Bell pomogła mi odświeżyć umiejętności.

Bernadette roześmiała się na to wyznanie. W tańcu jej sztuczny uśmiech opadł, a zastąpił go prawdziwy.

Bawiła się dobrze.

Później, gdy pili lemoniadę i rozmawiali z Ferndale'ami, podszedł wysoki mężczyzna i przedstawił się.

— Panno Bernadette, jestem Stratforth, miałem nadzieję, że będzie tu pani siostra, panna Louise.

— Przeprasza, ale jest... — jak to mówiła Louise? Myśl się urwała i przyznała częściową prawdę: — Bardzo źle znosi wiadomości z Francji. Nasz ojciec wciąż nie wrócił z tamtych stron.

Dopiero wtedy opanowała nerwy na tyle, by sobie przypomnieć, że Louise wymówiła się opieką nad Brutusem. Ale wtedy musiałaby tłumaczyć, kim jest Brutus i... tylko by to wydłużyło rozmowę.

— Cóż, może jutro zajrzę, zobaczyć, czy czuje się lepiej — powiedział, składając grzeczny ukłon. Potem podszedł do miejsca, gdzie Joshua, Benjamin i Phoebe trzymali swój mały dwór przyjaciół, i zamienił z Joshuą kilka słów.

Tak, chyba lepiej, że nie wspomniała o Brutusie, skoro pan Stratforth poszedł prosto do jego rodziców.

Patrząc na pana Stratfortha, Bernadette nie miała wątpliwości, że Phoebe i jej znajome mówią o niej, szepcąc za dłonią.

Dotąd zawsze miała przy sobie Louise, która ją broniła, ale Louise tu nie było. Przez chwilę wahała się między dwiema opcjami: robić, co w jej mocy, by je ignorować, czy jednak coś powiedzieć.

Wygrało powiedzenie czegoś. Louise nie była już dostępna tak, jak dawniej. Bernadette wiedziała, że najwyższy czas, by sama stanęła na wysokości zadania.

Oddała pustą szklankę Glynnowi, przeprosiła towarzystwo i ruszyła prosto do Phoebe. Puls dudnił jej w szyi od nerwów, ale musiała coś powiedzieć. — Droga kuzynko

Phoebe, nie kryjmy się za dłońmi. Płoną mi uszy i wiem, że mówicie o mnie. Czy jest coś, o co chciałaby mnie pani zapytać wprost?

Sama ledwie wierzyła, że te słowa wyszły jej z ust. Sądząc po zszokowanej minie, Phoebe też nie.

Phoebe szybko się pozbierała. — Nieprzyjemnie, kiedy ludzie oskarżają cię o zbrodnię, prawda?

To zabolało i przez moment Bernadette się zastanowiła, czy ta plotka nie była odwetem za to, że miasteczko miało oko na Benjamina. Ale w końcu Phoebe i Joshua od wyjazdu ich ojca do Francji robili, co mogli, by uprzykrzyć im życie.

— Nic nie zrobiłam. Pan doktor Williams też tam był i również nie zawinił.

Phoebe skrzyżowała ramiona na piersi z niedowierzaniem. — Masz zioła i wiedzę, żeby otruć wikarego.

— Ale tego nie zrobiłam. I... co ważniejsze, po co miałabym to robić?

— To jasne dla całego Hatfield. Od dawna był wobec ciebie i twoich sióstr zjadliwy. Widzieliśmy to co tydzień w kościele. Nikt nie miałby ci za złe, że chciałaś go uciszyć, ale posunęłaś się za daleko.

Żółć podeszła Bernadette do gardła i bała się, że narobi sobie wstydu. Przełknęła twardo i zdusiła odruch. — Nie dotknęłam go, i niczego mu nie podałam. Właściwie — nagle pamięć przyszła jej z pomocą, całe szczęście — zauważyłam kilka tygodni temu, że marnie wygląda, i zaproponowałam mu tonik, ale odmówił. Wątpię, by przyjął jakiekolwiek lekarstwo ode mnie, czy też od pana doktora Williamsa, który również próbował mu pomóc. Przecież słyszała pani jego kazanie w zeszłą niedzielę o tym, że to wola Boga, czy chory wyzdrowieje, czy nie. Nie wierzył w *żadne* medykamenty.

Phoebe kilka razy otworzyła i zamknęła usta, ale nie zdołała znaleźć słów, by podważyć prawdę Bernadette. Odwróciła twarz ze wzgardliwym parsknięciem.

To powinno przynajmniej zasiać wątpliwość wśród przyjaciółek Phoebe; Bernadette celowo mówiła tak głośno, jak się dało, nie krzycząc. Owszem, wszyscy słyszeli, jak Stary Siarkacz pouczał ich tydzień w tydzień, ale sporo osób widziało też, jak podchodziła do niego po mszy. Za każdym razem odprawiał ją z kwitkiem, i wielu mieszkańców Hatfield mogło to poświadczyć.

Wróciła do kojącej obecności panny Yates. Gdy przyszła pora na kolejny taniec z doktorem Williamsem, bawiła się jeszcze lepiej. Był czarującym partnerem do tańca i rozmówcą.

Kiedy ich drugi taniec dobiegł końca, została już tylko chwilę, po czym pod byle pretekstem ruszyła do domu.

Doktor Williams spytał cicho: — Wolno nam wyjść wcześniej?

— To nie do końca uchodzi, ale muszę wstać skoro świt, żeby przygotować mieszanki ziół. Pan może zostać i dalej tańczyć, jeśli pan chce.

Wzruszył ramionami i uśmiechnął się z lekką rezygnacją. — Nie mam ochoty tańczyć z nikim innym, a najwyraźniej wywołalibyśmy skandal, gdybyśmy zatańczyli raz jeszcze.

Ciepłe trzepoty wypełniły jej brzuch i przez moment zapomniała języka w gębie. Do głowy wpadła Bernadette psotna myśl. Czy powinni wywołać skandal? Rozsądek zwyciężył. Nie mogła dać kuzynowi Joshule więcej amunicji w jego kampanii przeciwko niej, choć to bardzo kusiło.

— Dziękuję za tańce. Muszę już iść do domu.

Muzyka płynęła w noc, gdy przeszła tych kilka kroków do księgarni. W środku było ciemno, nawet bez blasku świecy na górze. Po omacku przeszła przez sklep i chwyciła poręcz, wspinając się po schodach.

Zasłony były odsunięte, okno otwarte. Do środka wpadała stłumiona muzyka ze zgromadzenia i odrobina księżycowego światła. Poruszył się cień, co ją zaskoczyło, dopóki nie zorientowała się, że to Louise, wciąż siedząca, sama, przy kuchennym stole.

— Lou! — podskoczyła Bernadette, kładąc dłoń na piersi. — Nie zauważyłam cię! Czemu bez świecy?

— Zgasła. Słuchałam muzyki.

Bernadette zapaliła świecę, a potem postawiła czajnik na przysypanym żarem piecu. — Tańczyłam z panem doktorem Williamsem i był bardzo sprawny. Joshua, Phoebe i Benjamin oczywiście byli. Ona rozpowiada o mnie okropne kłamstwa. Och, i pan Stratforth pytał o ciebie.

Louise potrzebowała chwili, by odpowiedzieć. — Och. Ten farmer?

— Tak, wyglądał na bardzo rozczarowanego, że cię nie było.

Louise wzruszyła ramionami, jakby ją to nie obchodziło. Cóż, Bernadette nie mogła jej się dziwić.

Bernadette zaparzyła herbatę i usiadła przy stole, czując, jak ciężar niepewnej przyszłości siada między nimi w milczeniu. Termin na dostarczenie dokumentów, o które prosił Sąd

Kanclerski, mijał za kilka dni, a one nie miały nic do wysłania. Co będzie dalej, żadna z nich nie wiedziała.

— Co my zrobimy, Lou?

— Nie wiem. — Louise sięgnęła, ujęła dłoń Bernadette i mocno ją ścisnęła. — Ale wiem, że nie przestanę walczyć. Za nic.

Bernadette wypuściła powietrze, po czym skinęła, ściskając z powrotem. — Za nic.

<hr />

Wczoraj powiedziała doktorowi Williamsowi prawdę. Bernadette rzeczywiście musiała wstać wcześnie. Zbudziła się o świcie — o tej porze roku to przeraźliwie wcześnie — by przygotować zioła. Konkretnie takie, które pomagały wywołać kobiece miesiączki.

Kiedy ona była na przesileniu letnim dla zamożnych, w całym Hatfield odbywały się inne potańcówki dla wielu pozostałych farmerów i robotników. Z pewnością znajdzie się wiele młodych kobiet, które nie zapragną poślubić chłopaków, przed którymi podniosły spódnice po zbyt obfitym piciu. Zioła nie były niezawodne, ale były najlepsze, jakie miały.

Potem jednak przystanęła i się zamyśliła. Wczoraj w Red Lionie było dużo mniej mężczyzn niż zwykle, więc podobnie mogło być na innych zabawach. Może popyt na zioła tym razem nie będzie tak wielki?

Mimo to odmierzyła składniki do saszetek i włożyła je do koszyka między warstwy rozmarynu i gęste bukieciki pietruszki. Była wyjątkowo ostrożna przy drzwiach wejściowych, żeby dzwonek nad nimi nie zadzwonił i nie obudził pozostałych.

Koguty piały w tylnych ogródkach. Złote poranne słońce zalewało Hatfield, gdy szła spotkać się z dwiema okolicznymi akuszerkami, panią Tristan i panią Leywood. One również wstały ze słońcem i obie ucieszyły się na jej widok.

— Jak zawsze, proszę przypominać paniom, że zioła mogą nie zadziałać — upomniała, przekazując saszetki.

— Zawsze to robię — powiedziała pani Leywood. — Ale ludzie i tak dają się porwać chwili.

— Cóż, nie powinni — Bernadette sama siebie zaskoczyła, jak osądzająco to zabrzmiało. — O rany, nie chciałam być aż tak dosadna.

— Wyglądasz na zmęczoną — rzekła akuszerka, poklepując Bernadette po dłoni z czułością. — Słyszałam te paskudztwa, które pani Baxter opowiada o tobie, nic dziwnego, że masz zszargane nerwy.

Powinna natrzeć rękawy lawendą, żeby ukoić się trochę. Z drugiej strony, przy szkodach, jakie wyrządzają kuzyni, potrzebowałaby całej lawendy w Hertfordshire!

Kolejnym przystankiem była pani Bell, i zeszła wzdłuż domu do drzwi kuchennych zamiast frontowych, żeby nie obudzić Glynna.

Pani Bell zawsze cieszyła się na jej widok i po cichu gawędziły w kuchni przy herbacie i ciasteczkach. Wymieniały informacje o przypadłościach ludzi i zapisywały je w notesie pani Bell.

— Bardzo podobają mi się pomysły pana doktora Williamsa dotyczące prowadzenia zapisów, to kluczowe dla zdrowia miasteczka i wierzę, że podchodzi do tego z czystej

altruistycznej pobudki. — Pani Bell skinęła z zadowoleniem.
— Pozwalam mu przepisywać z moich notesów, co tylko chce.

— Też myślę, że to będzie bardzo pożyteczne. Szkoda, że nasze wejście do kościoła miało tak niefortunny moment.

Pani Bell wyprostowała się i sięgnęła, by objąć Bernadette serdecznie. — Wiem, że nie miałaś nic wspólnego ze śmiercią pastora. Ani pan doktor Williams. Nikt, kto ma odrobinę rozumu, nie słucha pani Baxter.

Po policzku spłynęła łza. Uczucie ulgi zalało Bernadette. — Nie masz pojęcia, jak bardzo potrzebowałam to usłyszeć. Dziękuję, droga przyjaciółko.

Ktoś zapukał do drzwi frontowych. Pani Bell powiedziała: — O rety, straciłyśmy poczucie czasu, pan doktor ma już pacjenta.

Nastawiły uszu, ale w korytarzu nie było słychać doktora Williamsa. Zamiast tego znów rozległo się pukanie.

— Ty otwórz, a ja obudzę pana doktora — rzekła pani Bell.

Bernadette otworzyła drzwi i zobaczyła młodego mężczyznę w koloratce. Zdjął kapelusz i się ukłonił.

— Panna musi być Bernadette! — powiedział z szerokim uśmiechem. — Lady Renwick robi niesamowicie podobne portrety. Jestem pan Charles, pani siostra panna Louise przysłała mnie tutaj, bym popytał o stancję.

Przez moment zakotłowały się w niej szok i konsternacja. Bernadette opanowała się. — Proszę wejść, panie Charles. Dobrze pan zgadł.

— Przyszedłem prosto z waszej cudownej księgarni. Widzę, że spędzę tam zdecydowanie za dużo czasu, to prawdziwe, zachwycające emporium.

— Ma pan zostać nowym wikarym Hatfield?

— Na początku tymczasowo, ale mam nadzieję, że na dłużej. Lord Renwick polecił mnie lordowi Ferndale'owi, z którym muszę się spotkać, by uzyskać akceptację.

Czy to był sen? Poprzedni wikary brzydził się wszystkim, co z nimi związane. Co za powiew świeżości by to był. Bernadette nie mogła powstrzymać uśmiechu. *Dziadek będzie tobą zachwycony.*

Pani Bell wróciła do korytarza, który zaczynał się robić ciasny, więc przenieśli się do pokoju doktora Williamsa z przodu domu, gdzie wszyscy mogli usiąść.

— Pani Bell, nie potrzebuję kwatery od razu. Lord Ferndale opłacił mi pierwszy miesiąc w Red Lionie i jestem pewien, że będzie mi tam bardzo wygodnie. Ale jeśli wszystko dobrze pójdzie, później przydałaby mi się stancja w miasteczku. Wiem, że jest plebania, ale wdowa i córka mojego poprzednika tam mieszkają i nie chciałbym sprawiać im kłopotu, dopóki nie będą w pełni gotowe się wyprowadzić.

— Najserdeczniej dziękuję za wyprzedzające zgłoszenie. Z pewnością przygotuję pokój na czas — odparła pani Bell.

Po chwili dołączył do nich doktor Williams, zatrzymując się gwałtownie w progu, gdy zobaczył Bernadette. Widząc go z potarganymi włosami i jeszcze zaspanym, nie mogła powstrzymać rumieńca.

— Panie doktorze Williams — powiedziała, wstając, by przedstawić panów.

Pan Charles zerwał się również, z życzliwym uśmiechem.

— Co za pomyślny poranek: poznać dwie siostry Baxter, zapracowaną akuszerkę i miejskiego lekarza.

Uścisnęli sobie dłonie i wymienili jeszcze kilka uprzejmości.

Bernadette nie mogła uwierzyć w swoje szczęście — właściwie w szczęście całego miasteczka — że trafił im się tak sympatyczny nowy wikary. Już nie mogła się doczekać, by powiedzieć Rosie, jaki jest miły, i rozpuścić dla odmiany trochę dobrych plotek.

Po krótkiej rozmowie o samym miasteczku pani Bell powiedziała: — Nie powinniśmy już pana zatrzymywać, wielebny, lord Ferndale z pewnością czeka na to spotkanie. Mam do wysłania listy w Red Lionie, więc mogę odprowadzić pana z powrotem, jeśli pan chce?

— Dziękuję pani uprzejmie, pani Bell — odparł, chwytając kapelusz.

Gdy tylko zamknęły się drzwi frontowe, Bernadette głośno wypuściła powietrze z ulgą.

— Wszystko w porządku? — zapytał doktor Williams.

— Och tak, jak najbardziej. Co za wspaniały młody człowiek.

— Czy pani... *mdleje z zachwytu?*

— Może odrobinkę? — Bernadette pokręciła głową. — To taki promyk nadziei w mrocznym świecie.

— Och — mruknął Glynn, wyglądając przez okno, gdy nowy wikary i pani Bell wchodzili do Red Lionu po drugiej stronie ulicy. — Czyli bardzo pani na nim zależy?

Wyrwał jej się śmiech, ale natychmiast się powstrzymała na widok ponurej miny Glynna. — To tylko radość, że wreszcie mamy jakieś dobre wieści. Phoebe opowiada tak straszne kłamstwa, a od Ojca i pana Jacksona nie było wieści od tak dawna. I... och, nieważne.

— Co takiego? — Sięgnął po jej dłoń i dał jej pocieszające, lekkie ściśnięcie.

To było właściwe — jego dłoń w jej dłoni. Dodało jej trochę siły. — Kuzyn Joshua jest jeszcze podlejszy niż zwykle. Zwrócił się do Sądu Kanclerskiego, a my przegapimy termin dostarczenia dowodów i ogłoszą go spadkobiercą księgarni.

Glynn zaklął, ale po walijsku. Ton jasno wskazywał na mocną bluzgę.

— Cieszę się, że nie wiem, co to znaczy — zażartowała, po czym dodała: — Pan doktor Williams, szanowany członek społeczności Hatfield.

— Zapomniałem się — zarumienił się.

Wyglądał tak uroczo w tym zakłopotaniu, że omal znów się nie roześmiała. Wieść o nowym wikarym wprawiała ją w lekkość.

Wciąż trzymali się za ręce i żadne z nich nie miało ochoty puścić.

Czując się niemal tak odważna jak poprzedniego wieczoru, gdy stawiła czoła Phoebe, Bernadette odważyła się zapytać Glynna: — Pomyślałeś, że wpadłam w niego po uszy, chociaż dopiero co się poznaliśmy? Czy byłeś... *zazdrosny*?

Pokręcił głową w zaprzeczeniu, lecz dłoni nie puścił. W końcu uśmiechnął się z zawstydzeniem i powiedział: — Tak, byłem.

Puls bił jej w uszach jak bębny, że aż mogła naprawdę zemdleć. Czyżby doktor coś do niej czuł?

O rany, to był całkiem miły obrót spraw. Przydałoby się jej więcej takich w tym okrutnym świecie.

ROZDZIAŁ 10

Nowy wikariusz i stary wróg

Wspaniale było zobaczyć beztroski uśmiech na twarzy Bernadette. Młoda kobieta, z którą tańczył poprzedniego wieczoru, przez cały bal wydawała się spięta i niepewna siebie. Owszem, była uprzejma, tańczyła pięknie i uśmiechała się w odpowiednich momentach, ale zmarszczki zmartwienia na jej czole nie znikały. Dziś zniknęły — i ukłucie zazdrości zaskoczyło go znienacka. Nie powinien się tak czuć. Nie miał do tego prawa ani zrozumienia. Najpewniej nie miał też najmniejszego prawa nawet próbować jej zalecać się — była zbyt dobrze ustosunkowana, nawet jeśli jej najbliższa rodzina trudniła się handlem. Jedna siostra była hrabiną, a druga w końcu zostanie baronową!

Więc czemu myślał o szczęśliwym panu Charlesie jak o jakimś... zagrożeniu? O rety, to by nie przeszło.

— Martwię się o twoje zdrowie — zdołał powiedzieć. To była prawda, choć nie cała. — Pani Baxter rozpuszcza wstrętne kłamstwa. Odważyłaś się jej wczoraj przeciwstawić, to było bardzo dzielne.

— Dziękuję — odparła, ale na jej czole znów pojawiła się troska.

Aż mu się żołądek ścisnął na widok tych powracających linii.

— Nie chcę mówić o przykrych sprawach. Bez względu na to, co mówią twoi kuzyni, wiem, że nie jesteś zdolna do krzywdzenia ludzi. To nie leży w twojej naturze.

Nagrodziła go cichym westchnieniem i szerokim uśmiechem, który rozświetlił go od środka. — To dla mnie bardzo wiele znaczy, dziękuję ci za to.

— Chętnie będę tę plotkę gasił tym właśnie stwierdzeniem, bo wiem, że to prawda.

Wciąż trzymali się za ręce i żadne z nich nie wyglądało na chętne, by to zmieniać. Uczucie ukojenia spłynęło na Glynna, gdy tak siedzieli w jasnym słońcu, podczas gdy na zewnątrz Hatfield huczało od gwaru i ruchu.

— Myślę — zaczął, wiedząc, że skoro zaczął, musi iść dalej — że dość niefortunnie zaczęliśmy, prawda?

Skinęła głową, a potem wzruszyła ramionami i dodała: — Tylko trochę.

— Teraz widzę, jak wiele wnosisz do Hatfield — i ziołami, i troską o ludzi, i księgarnią zresztą. Czuję się twoim dłużnikiem; bez twojej pomocy i poleceń nie zostałbym tak łatwo przyjęty jako tutejszy lekarz.

Słowa zaskoczyły go, kiedy je wypowiadał, ale były prawdą. Spokój go ogarnął, że je powiedział.

— To bardzo hojnie powiedziane — odrzekła miękko. — Dziękuję.

Powietrze aż iskrzyło od niewypowiedzianych uczuć. Zebrał się na odwagę, by zapytać, czy mógłby się do niej zalecać, kiedy nagle przez frontowe drzwi z westchnieniem wpadła pani Bell.

— Och! Panna Bernadette wciąż tu jest!

Wysunęła dłonie z jego uścisku i chwila przepadła.

⁕

Glynn znacznie bardziej wolał posiedzenia Komitetu Szpitalnego od zebrań Rady Miejskiej. Były lepiej prowadzone i dużo bardziej serdeczne. Gdy czekał na przybycie lorda Ferndale'a na kolejne posiedzenie Rady, Joshua Baxter bez zwłoki przysunął się do niego.

Niskim, groźnym tonem powiedział: — Każdy wie, że to najmłodsza z Baxterów miała narzędzia, sposobność i motyw, by posłać starego pastora do piachu.

Glynn zadrżał z oburzenia na to, że pan Baxter nazwał Bernadette — dziewuchą. I na samo założenie, że byłaby zdolna do morderstwa.

— Mówi pan o członkini własnej rodziny, o swojej krwi — rzekł Glynn, próbując odwołać się do jego człowieczeństwa.

Joshua Baxter nadął się jak wściekły kocur. — Jako sędzia pokoju muszę być obiektywny we wszystkim, nawet jeśli chodzi o krewnego!

Glynn udawał kichnięcie, by ukryć przewracanie oczami. *Obiektywizm, dobre sobie!*

Gdy przybył pan Charles, Glynn przywitał go serdecznie i powitał w radzie. Ulżyło mu, że nie jest już najmłodszym stażem. Pan Charles zastąpił świętej pamięci pastora Millingsa,

128

zmieniając układ sił. Zdjęło to z Glynna presję, bo wcześniej to on miał głos rozstrzygający.

Joshua Baxter zajął miejsce obok pana Burtona, gdy zebranie zostało otwarte. Wskazali panu Charlesowi, by usiadł na miejscu zwolnionym przez zmarłego pastora. Mężczyzna uśmiechnął się pogodnie i je zajął.

Lord Ferndale zasiadł na czele stołu, powitał wszystkich, a potem odczytał listę punktów porządku obrad.

— Pierwszym punktem — zgłosił się Joshua — powinna być minuta ciszy dla drogiego pastora Millingsa.

Lord Ferndale odparł: — To jest ujęte w kondolencyjnym wniosku niżej. Dojdziemy do tego we właściwym czasie.

— Wnoszę sprzeciw! — zawołał Joshua. — Wnoszę o głosowanie nad zmianą regulaminu, by pozwolić na minutę ciszy dla cenionego duchownego i przewodnika wiary w naszej społeczności, którego życie zostało tak okrutnie przerwane!

Glynn nie mógł wciąż udawać kichania za każdym razem, gdy przewracał oczami. Kichający lekarz to niezbyt subtelna sprawa. Jeszcze by pomyśleli, że się przeziębił.

Lord Ferndale rzekł: — Dobrze, poddamy pod głosowanie zmianę regulaminu. Kto za — proszę o podniesienie ręki.

Kilka rąk powędrowało w górę, lecz kiedy Glynn policzył, zrozumiał, że nie wystarczy.

— Kto przeciw? — zapytał lord Ferndale, sam unosząc rękę.

Glynn podniósł swoją, podobnie jak inni. Mieli większość nawet bez pana Charlesa, który wyglądał na chwilę na zdezorientowanego.

Nowy pastor zwrócił się do lorda Ferndale'a dla wyjaśnienia: — Czy to znaczy, że w ogóle nie będzie wniosku kondolencyjnego?

— Skądże znowu, będzie we właściwym momencie, to czwarty punkt porządku — potwierdził Ferndale.

— W takim razie — pan Charles podniósł rękę — trzymajmy się kolejności obrad.

Glynn już docenił zdrowy rozsądek nowego pastora. Przeczuwał, że wkrótce się zaprzyjaźnią.

Lord Ferndale policzył i powiedział: — Sześć za, osiem przeciw, wniosek odrzucony. Pierwszy punkt...

Joshua zerwał się w gniewie, aż ślina prysnęła mu z ust. — To skandaliczny stan rzeczy, nie oddać czci takiemu filarowi społeczności jak świętej pamięci pastor Millings.

— Proszę usiąść, panie Baxter — lord Ferndale nie podniósł głosu, ale ton miał surowy. — Dojdziemy do tego punktu szybciej, jeśli pan przestanie przerywać.

Joshua pozostał stojąc. — Tylko bronicie tej zawistnej zielarki. Każdy wie, że maczała palce w jego śmierci.

— Proszę pana! — Glynn podniósł się. — To oszczerstwo! Nie tknęła go nawet palcem!

— Nie musiała. Otruła go jedzeniem!

— Spokojnie — powiedział stanowczo lord Ferndale. — Proszę o porządek.

Glynn usiadł i zwrócił się do lorda Ferndale'a: — To możliwe tylko wtedy, gdyby pastor jadał każdy posiłek osobno, bez żony i córki. Co jest bardzo mało prawdopodobne.

— Czy pan obarcza winą młodą Bernadette? — zapytał któryś z popleczników Joshuy. Glynn sądził, że to mógł być pan Wellworth, lecz nie pamiętał ich nazwisk, bo zwykle wszyscy się ze sobą zgadzali i głosowali jak jeden mąż. Co za ciekawy obrót spraw.

Joshua potwierdził: — Tak, a kogo innego znacie, kto snuje się po mieście o każdej porze z trującymi ziołami?

— Ale to do niej niepodobne — odezwał się pan Wellwood, drapiąc się w zadumie po brodzie. — Pomogła mojej żonie, kiedy odezwała się jej dna. I nie musiała — zważywszy, że nasze żony są takimi — serdecznymi — druhnami.

To skłoniło kilku kolejnych do opowiadania, jak panna Baxter pomogła im przy różnych bólach i urazach, z troską o ich zdrowie, a nie o to, z kim się przyjaźnią.

Joshua osunął się na krzesło, zbity z tropu własnymi stronnikami.

— Pierwszy punkt porządku — podjął lord Ferndale, po raz kolejny przywoławszy zgromadzenie do porządku — przywitanie nowego członka rady i nowego pastora Hatfield, pana Charlesa.

Rozległy się krótkie brawa i pan Charles podziękował. W porę doszli do wniosku kondolencyjnego, a Joshua raz jeszcze próbował szeroko mówić o mężu Bożym, tak okrutnie ściętym w pełni sił, lecz ilekroć próbował zasugerować związek między Bernadette a jego śmiercią, uciszali go własni zwolennicy.

Glynn nie mógł przestać się uśmiechać.

Ledwie zamknięto posiedzenie, Joshua już był na nogach i wyszedł z budynku. Lord Ferndale zwrócił się do Glynna: — Tego człowieka trzeba odsunąć. Nasze miasteczko nie może mieć sędziego pokoju, który jest tak zaślepiony i pamiętliwy.

Glynn skinął. — Ma lord kogoś na oku?

— Mam, ale najpierw musi bezpiecznie wrócić z Francji, zanim cokolwiek zrobimy.

Skinął raz jeszcze, oświecony. — Myśli lord o panu Jacksonie?

— Właśnie.

— Byłby znakomity na to stanowisko — rzekł Glynn. — Oby tylko wrócił cały.

Dopiero gdy wrócił do domu pani Bell, Glynna rozbawiło to do łez. Pan Jackson miał zostać nowym sędzią pokoju, a był ukochanym Louise Baxter. Pan Ferndale to ich samozwańczy dziadek, jako że najstarsza siostra poślubiła jego wnuka. Pan Charles przybył na prośbę innej siostry Baxter, która poślubiła hrabiego.

Hatfieldem nie rządził lord Ferndale, tylko siostry Baxter!

I szczerze mówiąc, szło im to wyśmienicie.

***

Radość wróciła do Hatfield pod postacią pana Shauna Jacksona, który przybył z innym żołnierzem ze złamaną nogą. Glynn cieszył się, że może zająć się jego urazem.

Pacjent przedstawiał się jako Sobriety Jones i nim się obejrzeli, rozmawiali już po walijsku.

— Jak na leczenie na polu bitwy, dobrze to nastawili — powiedział Glynn. — Nie ma też śladu zakażenia, co świetnie rokuje.

— Ale piecze jak diabli — przyznał Riot, wpatrzony przez okno w księgarnię po drugiej stronie ulicy. — Muszę stanąć prosto na swoim ślubie z Rosie.

— Zmierzmy cię do kul. Skoro rzemieślnicy wrócili do miasta, nie powinno to długo potrwać, żeby zrobić komplet.

— Liczyłem tylko na laskę.

— Najpierw kule — żeby wspomóc gojenie — potem laska dla równowagi. Wszystko w odpowiedniej kolejności.

Obaj patrzyli w stronę księgarni. Bernadette wyszła z regularnym koszykiem i ruszyła ulicą.

Riot zerknął na niego i rzekł: — Z twojej miny widzę, że wy dwoje też niedługo będziecie stać — razem.

Oczy mu się rozszerzyły. — Aż tak to widać?

Riot się roześmiał. — Tylko zgadywałem, ale właśnie mnie wydałeś!

— Ja nie... my nie... ona za mną nie przepada — wymamrotał Glynn.

— E, nie sądzę, żeby Rosie na początku była mną zachwycona — Walijczyk i jeszcze niekatolik — ale ją przekonałem — uśmiechnął się Riot. — Cierpliwości, człowieku. Cierpliwości.

***

Krzyki z ulicy zbudziły Glynna w środku nocy. Senny i zdezorientowany, miał ochotę podnieść okienną ramę i poprosić, żeby ktokolwiek to był, zachowywał się ciszej. Odkąd żołnierze wrócili, ludzie balowali i hulali bez ustanku. I było przez to znacznie więcej urazów od upadków po pijanemu.

Wyjrzał przez okno i dostrzegł kogoś, kto walił w drzwi księgarni, nawołując, by się obudzili, bo wybuchł pożar. A więc na pewno nie hulacy!

Szybko się ubrał, zbiegł na dół i wybiegł na High Street. Trudno było cokolwiek dostrzec i nie miał pojęcia, która była godzina. Hałas dobiegał z zaułka między księgarnią a zajazdem. Szamotanina, jakaś bójka. Być może będzie trzeba nastawić kość albo opatrzyć siniaki.

Był tam Riot, przynajmniej z jedną z nowych kul — uparcie odmawiał używania obu, co tylko opóźni jego powrót do formy. — Lepiej sprawdzić u Baxterów, na górze był pożar — zawołał do niego Walijczyk.

Glynn popędził z powrotem do gabinetu po torbę podręczną, potem przeskoczył przez ulicę i wpadł do księgarni. — Panna Bernadette, Panna Louise? Pani Poole?

Usłyszał chłopięcy głos: — Tutaj, na górze!

To był Brutus. Już dawno przestał ogarniać, ile osób pracuje albo mieszka na piętrze; chciał tylko mieć pewność, że z Bernadette wszystko w porządku.

Pierwsza pojawiła się panna Louise. — Ugasiłam — powiedziała — wszystko ograniczyło się do mojego pokoju.

— Doskonale — odparł. — Czy nawdychała się pani dymu?

— Niezbyt. Tylko dłonie zaczynają mnie piec — dodała, wyciągając do niego dłonie.

Bernadette weszła do pokoju i zapaliła kilka świec. Pani Poole i Rosie nadchodziły, zaciągając na siebie szlafroki.

— Przyniosę maść — powiedziała Bernadette.

Nie widziała jeszcze rąk siostry, ale po oględzinach okazało się, że właśnie maść była Louise potrzebna na oparzenia. Na szczęście nie były rozległe. — Powinny się zagoić w kilka dni.

Panna Louise nie mogła się doczekać, by dotrzeć do Shauna, więc nie zatrzymywał jej dłużej. Bardzo się starał nie koncentrować najpierw na Bernadette, gdy pytał resztę: — Czy ogień na pewno zgasł?

— Sprawdzę — powiedział Brutus, wchodząc do jednego z pokoi. — Dymu już nie ma, ale pachnie tu olejem do lamp.

— Opary mogą zawrócić w głowie. Lepiej zamknąć drzwi — zasugerował.

— Okno jest wybite — potwierdził Brutus.

— To może trochę przewietrzyć? Proponuję, by nikt tam nie wchodził i nie ryzykował wdychania oparów oleju ani nadepnięcia na szkło do rana.

Byli zaskoczeni i skołowani, ale poza tym cali.

Musiał jeszcze raz zapytać pannę Bernadette: — Czy z panią wszystko w porządku?

— Dziękuję za troskę. Będzie — odparła.

Skinął głową, chwycił neseser i przeszedł do sąsiedniego Red Lion, ale nikt tam nie był ranny. Podpalacza ujęto, co było ogromną ulgą. Szokiem było jednak usłyszeć, że to nastoletni syn Joshuy Baxtera, Benjamin. Czy Joshua wiedział? Posłał chłopaka, żeby uderzył w księgarnię i panny Baxter? W Glynnie wezbrała wściekłość i nawet nie zapytał, czy chłopcu coś się stało. Shaun Jackson miał sytuację pod kontrolą, a winowajca siedział zamknięty w węglowej piwniczce. Nie było dla Glynna nic do roboty, więc powoli wrócił do pani Bell.

Całą noc siedział w swoim pokoju, obserwując księgarnię. Na wszelki wypadek, żeby nic więcej się nie stało. Nie mógł przestać myśleć o Bernadette, o tym, jak wyglądała z ciemnymi włosami rozsypanymi na ramionach, w pospiesznie zarzuconym na nocną koszulę szlafroku i boso.

Wyglądała na *kruchą*. Nigdy wcześniej tak o niej nie

pomyślał; choć na co dzień była raczej cicha i drobna, pewność, z jaką wyrażała opinie, i szacunek, jakim darzyli ją mieszczanie, sprawiały, że wydawała się większa niż życie.

Myśl, że mogłaby utknąć w płonącym budynku, sprawiała, że Glynnowi robiło się niedobrze. Zmęczony i z piekącymi oczami trwał jednak na czuwaniu, aż nadeszło rano.

ROZDZIAŁ 11

Odkrycia

Bernadette w sobotę szła z Glynnem do kościoła, by wznowić poszukiwania w księgach. Ich kroki zaczęły się zgrywać, a on był kimś, z kim łatwo się maszerowało — nie wyrywał do przodu ani nie ociągał się w tyle.

— Doceniam twoje tempo — odezwała się. — Moje siostry mówią, że chodzę za szybko, co wydaje mi się niedorzeczne — przecież jestem z nas najniższa, ich dłuższe nogi powinny im tylko ułatwiać dotrzymanie kroku!

— Żwawy marsz dobrze robi na zdrowie — odparł. — Nie idę zbyt wolno, co?

Uśmiechnęli się do siebie, gdy skręcali za róg. Lilie i naparstnice przy podejściu kwitły w najlepsze, jakby i one wyszły powitać nowego wikarego.

Podobnie jak poprzednim razem, kobiety zamiatały podłogę i stroiły ołtarz kwiatami. Pan Charles był w zakrystii, małym pomieszczeniu z boku kościoła. Dali znać o swoim przybyciu, a on powitał ich radosnym uśmiechem. Lecz gdy podali cel wizyty, jego wyraz twarzy szybko posmutniał.

Wskazał na duży, otwarty tom na biurku. — Strasznie mi przykro, ale właśnie z nich korzystam. Ostatnio tyle zapowiedzi i licencji ślubnych do sporządzenia. Oczywiście możemy się umówić na inny termin, ale dziś to bardzo nie na rękę.

— Ach tak, oczywiście — powiedział dr Williams.

Bernadette zauważyła, że pan Charles trzyma się za nadgarstek i lekko go pociera. — Czy boli pana ręka?

— Cóż, tak — zaśmiał się cicho, jakby nie było się czym martwić. — Ostatnio bardzo dużo piszę.

Glynn zaproponował: — Skoro już tu jesteśmy, może chcielibyśmy zajrzeć i zobaczyć, co się dzieje?

Bernadette ucieszyła się w duchu, że użył słowa my — jakby uważał ją za kompetentną pomocnicę albo współpracowniczkę.

— Wizyty domowe! Cudownie! — ucieszył się pan Charles. — I przyda mi się wytchnienie.

Glynn usiadł i przeprowadził kilka prostych prób. Z tych w rodzaju: — Proszę zgiąć palce, czy to boli? — oraz — Proszę skręcić nadgarstek w lewo, potem w prawo, czy jest ból?

W tym czasie Bernadette szybko zerknęła na stos licencji i wpadła na pomysł.

— One wszystkie są takie same? — zwróciła się do pana Charlesa. — Oczywiście poza imionami i datami.

— Tak, a na każdej licencji jest sporo do wypisania. Proszę nie brać tego za skargę. To naprawdę zaszczyt łączyć ludzi przed Bogiem.

— A może oszczędzimy pańskiej ręce dalszego wysiłku i zlecimy drukarni przygotowanie formularzy?

Glynn i pan Charles unieśli wzrok i spojrzeli na nią z równą, promienną aprobatą.

— Doskonały pomysł! — zawołał pan Charles. — Sam powinienem na to wpaść!

— To bardzo zmniejszy przeciążenie mięśni — potwierdził Glynn.

Promieniejąc zadowoleniem, Bernadette chwyciła zapasową kartkę papieru i powiedziała: — Wypiszę, co jest potrzebne, zostawię miejsce na imiona i daty oraz pański podpis. Jestem pewna, że pan Black z radością nada temu zleceniu pierwszy priorytet, zważywszy ilu ludziom spieszy się do ślubu.

Pan Charles roześmiał się dobrodusznie. — A wtedy jeszcze prędzej dostaniecie dostęp do ksiąg!

Pożegnawszy pana Charlesa, ruszyli do pana Blacka. Ten zachwycił się zadaniem, natychmiast chwycił kasety z odlewanymi metalowymi czcionkami, osadził tekst na składanych patyczkach i zaczął umieszczać je w ramie.

Zostawili go przy pracy i ruszyli z powrotem do księgarni.

— Zastanawiałam się, czy nie powinniśmy zajrzeć też do kościoła katolickiego, ale pewnie i tam są tak samo zajęci licencjami jak pan Charles — powiedziała Bernadette.

— W takim razie — odparł Glynn — ich ksiądz może mieć te same dolegliwości co pan Charles. Odwiedzimy?

— Znakomity pomysł — zgodziła się Bernadette, prawie unosząc się nad ziemią ze szczęścia. Ufał jej fachowi i jej sugestiom — zupełnie inaczej niż na początku ich znajomości.

Tego samego dnia wstąpili do pana Blacka z kolejnym zleceniem, tym razem dla katolików. Zapłacili za wydruk dla pana Charlesa, a Glynn odebrał pakiet.

— Mam jeszcze jeden pomysł — powiedział. — Mógłbym zaprojektować formularz dla moich pacjentów. Nie ma pośpiechu, ale na pewno wrócę z projektem.

Pan Black był zachwycony.

Bernadette poprosiła, by i dla niej zrobił kilka egzemplarzy. Wtedy ich zapisy będą spójne. Rubryki na imię i nazwisko, adres, datę urodzenia oraz przebyte poważniejsze choroby i urazy.

— To będzie ogromnie pomocne. Położne też mogłyby z nich korzystać. Pewnie potrzebujemy ze sto egzemplarzy, ale jestem pewien, że lord Ferndale nie będzie miał nic przeciwko rachunkowi.

— Ucieszy go wiadomość, że mieszkańcy Hatfield są w tak dobrych rękach — zgodziła się Bernadette.

— Wyznaczymy miejsce na przechowywanie kart w szpitalu — dodał z zadowoleniem Glynn — i wtedy wszyscy będziemy mogli do nich zaglądać: ty, ja, położne, może i pan Lennox. Wszyscy medycy w Hatfield działający razem. — Zauważył rozbawione spojrzenie, jakie posyłała mu Bernadette, i odwzajemnił uśmiech. — Tak, doskonale wiem, że gram teraz zupełnie inną melodię niż po przyjeździe. Jestem dość rozsądny, żeby uczyć się na błędach!

Niedzielne nabożeństwo przeciągnęło tłumy. Po okolicy rozeszła się wieść, że nowy wikary jest życzliwy, a co ważniejsze — młody i przystojny. To tłumaczyło dodatkowe wstążki na sukienkach panien i ich skupioną uwagę, gdy przemawiał.

Jakże też zmienił się nastrój. Bez Joshuy i Phoebe Bernadette nie czuła się, jakby była badana i uznawana za niewystarczającą.

W czasie podnoszącego na duchu nabożeństwa pan Charles dziękował za tych, którzy wrócili z wojny, i zachęcał wiernych do modlitwy za rodziny tych, którzy zginęli lub jeszcze nie wrócili.

Pan Charles odczytał po raz trzeci zapowiedzi Louise i Shauna, a także całe mnóstwo innych, w tym Rosie i Sobriety'ego. Bernadette zmarszczyła brwi w konsternacji, dopóki Glynn nie nachylił się i nie wyjaśnił, że pewnie zna go jako Riot.

— Ale Rosie jest katoliczką — wyszeptała Bernadette. — Czemu pan Charles ogłasza zapowiedzi? Przecież będą brać ślub w kościele katolickim...

— Bo Riot nie jest katolikiem, tylko metodystą. Myślę, że wolą dmuchać na zimne i ogłaszać zapowiedzi w obu miejscach!

Louise i Shaun mieli się pobrać następnego ranka i Bernadette ogromnie się z tego cieszyła. To znaczyło, że ich zwykły obiad w Ferndale Hall będzie krótszy niż zwykle, bo musieli wrócić do domu, by się przygotować.

Gdy kończyli lekki posiłek, Bernadette zauważyła, że pannie Yates trudno się podnieść. W mgnieniu oka była przy jej boku.

— Przestań się krzątać — mruknęła panna Yates, gdy Bernadette ujęła ją za rękę.

— Nie krzątam się, martwię się o panią.

Glynn zjawił się po drugiej stronie panny Yates chwilę później, ale nie przerwał ani nie przejął inicjatywy.

— To migrena? — zapytała Bernadette.

Panna Yates pokręciła głową. — Nie, nie. Wstałam za szybko. Trochę mi się zakręciło w głowie, ale już przeszło. Naprawdę nic mi nie jest.

Bernadette spojrzała na Glynna i zobaczyła w jego twarzy odbicie własnego niepokoju. — Musi pani pić więcej herbaty, panno Yates — powiedziała łagodnie.

— Wolę sherry — poskarżyła się starsza pani.

— Nie ma nic złego w małej lampce wieczorem, panno Yates. Ale myślę, że to może się przyczyniać do pani dolegliwości. Herbata pomoże.

— Dokładnie to samo bym powiedział — dodał Glynn, obdarzając je obie ciepłym uśmiechem. — Ma pani ogromne szczęście mieć taką obeznaną przyjaciółkę, panno Yates.

W powozie w drodze powrotnej do Hatfield Shaun i Louise byli zamknięci we własnym kokonie szczęścia, a pani Poole i Brutus przysnęli, zostawiając Bernadette i Glynnowi czas na rozmowę.

— Dziękuję ci, że zaufałeś mojej ocenie stanu panny Yates — powiedziała Bernadette, wciąż promieniejąc przyjemnym uczuciem, że tak chętnie się z nią zgodził.

— Cała przyjemność po mojej stronie. Ostatnio czytam o pracach Stephena Halesa i jego obserwacjach dotyczących ciśnienia krwi w organizmie. Uważam to za wspaniałe uzupełnienie wiedzy medycznej. Zastanawiam się, czy u panny Yates nie jest ono zbyt wysokie albo zbyt niskie.

— Ciśnienie krwi? — zdziwiła się Bernadette. — Czy to ma wpływ na pragnienie?

Wciągnęła ich rozmowa o medycynie: snuli teorie o tym, z jaką siłą serce pompuje krew, o piciu herbaty lub słabego piwa dla uzupełnienia płynów i o tym, że z wiekiem ciśnienie krwi może spadać. Bernadette była zafascynowana, a Glynna rozpierała ciekawość i zachwyt.

Nawet nie zauważyli, kiedy powóz zatrzymał się przed księgarnią.

Shaun szturchnął Glynna w stopę i rzucił żartobliwie: — Myślałem, że to my żyjemy we własnym świecie, ale wy dwoje macie nawet własny język!

Wszyscy wybuchnęli śmiechem, gdy wysiadali z powozu.

Shaun chwycił Glynna za ramię. — Tędy — poprowadził ich przez ulicę do pani Bell.

— I tak nie zmrużę dziś oka — powiedziała Louise. — Za bardzo się denerwuję jutrzejszym dniem.

To okazało się kompletną nieprawdą. Bernadette zajrzała do niej później i zastała Louise błogo śpiącą w pokoju. W oknie wciąż tkwiły tymczasowe deski, ale przynajmniej nie było już potłuczonego szkła. Nie było też więcej podpaleń. Co jeszcze lepsze, koniec z nieproszonymi wizytami Joshuy i Phoebe ze swoimi okropnymi żądaniami, odkąd zostali zmuszeni do wyjazdu razem z Benjaminem po tym, jak ten mały potwór został zdemaskowany jako podpalacz.

Życie było dobre, westchnęła z ulgą.

Gdyby tylko ich ojciec wrócił do domu, a w Sądzie Kanclerskim udało się zwyciężyć, życie byłoby już całkiem doskonałe.

***

Pani Poole i Rosie krzątały się przy fryzurze Louise. Bernadette posadziła Brutusa na krześle i zaczesywała mu włosy w równy przedziałek na środku. Nad sklepem zadźwięczał dzwonek, więc Bernadette musiała zostawić Brutusowi dokończenie fryzury i sprawdzić, kto przyszedł.

— Bardzo mi przykro, dziś rano jesteśmy zamknięci, bo idziemy na ślub — zawołała, schodząc po schodach.

Nikogo nie było widać. Sprawdziła szyld na drzwiach wejściowych, ale wciąż był ustawiony na „Zamknięte". Kto więc zadzwonił?

Między regałami rozległo się pociągnięcie nosem.

Idąc za dźwiękiem, Bernadette nagle stanęła jak wryta: w ciemnym kącie ukrywała się Ruth, zapłakana. — Ruth? Co się stało?

Dziewczyna pociągnęła żałośnie nosem, z bladą, przerażoną twarzą uniosła wzrok na Bernadette. — Zioła nie zadziałały — wyszeptała żałośnie.

— Chodzi o twoją przyjaciółkę? — zapanowało w niej zamieszanie. — Tę, której dałaś zioła?

Ruth pokręciła głową i jeszcze raz pociągnęła nosem, po czym otuliła się mocniej kurtką, jakby szukając w niej otuchy.

Bernadette znała ten wyraz. Podeszła bliżej i objęła młodziutką dziewczynę. — Wszyscy są na górze, nikt nas nie usłyszy. Jak mogę pomóc?

— Potrzebuję więcej ziół — wydusiła Ruth. — Skłamałam, mówiąc, że to dla koleżanki. Wzięłam, jak kazałaś, ale nie podziałały, więc potrzebuję więcej. To nie może się wydarzyć.

Potrzebowała miłości i wsparcia, bez osądzania — lecz czy Ruth mogła mieć na myśli to, o czym Bernadette pomyślała? Dziewczyna ledwie skończyła czternaście lat, i to bardzo dziecinne czternaście! — Powiedz mi wszystko, Ruth, a pomogę, jak tylko zdołam.

— Proszę, nikomu nie mów. Ale jestem przy nadziei.

Przez Bernadette przeszedł wstrząs. Biedna, sama była jeszcze dzieckiem. Pewnie nawet nie wiedziała, co się dzieje. — To Benjamin? Zmusił cię?

Ruth odchyliła się, wciąż blada i zapłakana. Gwałtownie pokręciła głową, zdziwiona, że Bernadette o to pyta. — To nie on.

Bernadette przemknęła nieładna myśl, że nikt by się nie zdziwił, gdyby Ruth wskazała na niego, bo nie było go już na miejscu, by się bronić. Ten okropny chłopak tak ją nękał.

Ale w gruncie rzeczy to nie mógł być on. Nie przyjechał na ferie wielkanocne, a Ruth potrzebowała ziół, zanim wrócił na lato.

— Kto to był?

— Nie mogę powiedzieć, i proszę, nie pytaj więcej.

— Masz rację, przestanę. Muszę jednak zadać kilka pytań o twoje zdrowie. Kiedy ostatnio miałaś miesięczne?

Ruth westchnęła ciężko. — Nigdy ich nie dostałam. Dlatego musiałam cię o to zapytać.

To bardzo utrudniało oszacowanie czasu.

— Mogę dotknąć twojego brzucha, przez suknię? Może da mi to jakąś wskazówkę?

Ruth naprężyła materiał wokół talii, odsłaniając nabrzmiały brzuch.

Niedobra oznaka. To jej pierwsze dziecko, a przy pierwszym zwykle widać później — choć Ruth była drobna. Według doświadczonego oka Bernadette musiało to być co najmniej piąty miesiąc. Jedna z położnych potrafiłaby ocenić dokładniej. A może Ruth sama poda dokładną datę, jeśli Bernadette zdoła ją skłonić do większej otwartości.

— Czy rozpiąłabyś dwa górne guziki żakietu?

Niepewnie Ruth odpięła dwa guziki, a Bernadette wyraźnie zobaczyła, że piersi jej się powiększyły.

— Położę dłoń na brzuchu i delikatnie wyczuję, dobrze? — Naprawdę przydałaby się tu położna, choćby pani Bell — wiedzą znacznie więcej o kolejnych etapach. Delikatnie obmacała kształt brzucha Ruth, po czym westchnęła i cofnęła się krok.

— Ruth, nie będę udawać — myślę, że już poczułaś pierwsze ruchy.

— Nie wiem, co to znaczy — zaprotestowała Ruth.

Biedna prawie nic nie wiedziała o tym, co się z nią dzieje. — Zaczyna ci już być widać, a może nawet czuć poruszanie się dziecka. Zioła działają tylko wtedy, gdy weźmie się je odpowiednio wcześnie, i to bez gwarancji.

Ruth osunęła się na podłogę i rozpłakała. — Co ja teraz zrobię?

Bernadette przykucnęła, by ją pocieszyć, a serce pękało jej z żalu nad tą biedną dziewczyną. — Coś wymyślę. Jeśli chcesz, możesz tu zostać. Wkrótce wychodzimy do kościoła.

— Ale dziś poniedziałek?

— Tak, Louise bierze ślub.

— Och! Zapomniałam. Nie byłam w kościele, więc nie słyszałam zapowiedzi ani ogłoszenia.

— W porządku, ale muszę wracać na górę. Zostań tu, jeśli chcesz, a kiedy wrócimy, ustalimy, co dalej.

— Dobrze — pociągnęła nosem i skinęła głową. — Mogę popilnować Crafty'ego i kociąt, kiedy was nie będzie.

— Kocięta to najlepsze lekarstwo — zgodziła się Bernadette i wróciła na górę, by się przygotować.

Bernadette przez całe wesele Louise i urocze przyjęcie w Ferndale Hall nie mogła przestać myśleć o sytuacji Ruth. Dwa razy tańczyła z doktorem Williamsem — bawiła się dobrze, bo był świetnym tancerzem i teraz taki dla niej serdeczny — lecz myślami była daleko. Podczas drugiego tańca dr Williams musiał to zauważyć, bo odprowadził ją z parkietu do wnęki z siedziskiem. Przyniósł jej lemoniadę, podał i stanął, przyglądając się jej uważnie.

— Powie mi panna, co jest nie tak, panno Baxter?

Upiła łyk i zamrugała. — Ależ nic — odparła, starając się zabrzmieć lekko i wesoło. — Cóż mogłoby być nie w porządku? Moja siostra jest taka szczęśliwa, a ja naprawdę raduję się razem z nią.

— To widać, ale równie wyraźnie widzę, że coś panią trapi. Czyż nie jesteśmy przyjaciółmi? Chciałbym pomóc, jeśli zdołam.

Był rozczulająco poważny, patrząc na nią z małą zmarszczką między brwiami. Bernadette znów upiła łyk lemoniady i rozejrzała się, czy nikt nie stoi na tyle blisko, by ich podsłuchać. — Powiem panu, ale ważne, by nikomu pan nie mówił, dopóki nie zbiorę więcej wiadomości, rozumie pan? To nie moja tajemnica, by ją rozgłaszać, ale... nie sądzę, żebym sama zdołała pomóc tak, jak trzeba.

— Rozumiem — odparł poważnie, siadając obok i skupiając uwagę. — Zanim jednak obiecam dyskrecję, muszę najpierw wysłuchać. Jeśli istnieje ryzyko, że ktoś dozna krzywdy, może być konieczne podjęcie dalszych kroków.

— Zgodzi się pan przynajmniej, by najpierw porozmawiać ze mną, zanim komukolwiek pan powie? — poprosiła.

— Tego mogę się podjąć. Ufam pani osądowi.

Aż uniosła brwi ze zdumienia, a on się roześmiał.

— Przeszliśmy długą drogę, prawda? — powiedział, jakby echo jej myśli, i Bernadette musiała się uśmiechnąć.

— Z pewnością. Ja też ufam pańskiemu osądowi — przyznała, uświadamiając sobie w tej samej chwili, że ufała mu prawie od pierwszego spotkania. Na pewno od chwili, gdy wybiegł na ulicę i uratował życie Nedowi Fellowesowi operacją, której Bernadette ledwie była w stanie pojąć. Nie zawsze go lubiła tak jak teraz, ale jego umiejętności szanowała od dawna.

Zaczęłam go lubić, kiedy on *zaczął szanować* moje *umiejętności* — uświadomiła sobie. A teraz... to nie była pora, by roztrząsać coraz bardziej skomplikowane uczucia, jakie zaczynała żywić do doktora Glynna Williamsa. Ruth potrzebowała pomocy — i to szybko, zanim stanie się niemożliwe ukrywać prawdę. Bernadette pochyliła się, by wyszeptać mu do ucha.

— Chodzi o Ruth Millings — powiedziała cicho.

— Córkę starego wikarego, która pomaga w waszym sklepie? — zmarszczył brwi Glynn, ale nie podniósł głosu. — Czy coś jej dolega? To kruszynka, wygląda na delikatną.

— Jest brzemienna — ledwie to wydyszała Bernadette.

Glynn odruchowo odsunął się nieco, a na jego twarzy rozlało się oszołomienie. — Przecież ona sama jest dzieckiem! — syknął.

— Ma czternaście lat, ale zgadzam się z tobą.

— Kto jest ojcem? — w rysach Glynna zaczęła się tlić wściekłość.

— Nie chce powiedzieć. Według mojej oceny to może być piąty miesiąc, może trochę więcej. Muszę poprosić panią Bell, żeby na nią spojrzała.

Glynn zaklął pod nosem, kręcąc głową. — Musi ci powiedzieć, kto jest ojcem, Bernadette.

Poczuła w sobie dziwne ciepełko na dźwięk, z jakim wypowiedział jej imię. — A jeśli nie chce za niego wychodzić? A jeśli ją zmusił?

Usta Glynna stwardniały. — A co z dzieckiem? — odparł pytaniem. — I co się potem stanie z Ruth?

— Właśnie dlatego potrzebuję pomocy — powiedziała cicho Bernadette.

Złość jakby z niego uszła i skinął głową. Wtem jakby przyszła mu do głowy jeszcze jedna myśl — oczy mu się na moment rozszerzyły. — Musimy wiedzieć, kto jest ojcem, Bernadette — rzekł bardzo cicho, ale śmiertelnie poważnie. — Nie tylko po to, by ocenić, czy wchodzi w grę małżeństwo. Ktoś zamordował pastora Millingsa... a kochanek Ruth miałby po temu mocny powód.

Usta Bernadette rozwarły się z wrażenia. Wpatrywała się w Glynna z szeroko otwartymi oczami.

— Spróbuj skłonić Ruth, by powiedziała, kto jest ojcem — odezwał się w końcu Glynn, gdy przez kilka minut siedzieli w ponurej, zatroskanej ciszy. — Myślę, że muszę porozmawiać z Shaunem Jacksonem. Jako nowy sędzia pokoju odpowiada za dochodzenie w sprawie śmierci pastora.

— Może porozmawialibyśmy z nim i z Louise razem? — zaproponowała Bernadette, myśląc, że chętnie usłyszy też rozsądne zdanie Louise. — Tylko nie dziś...

— Nie dziś — zgodził się Glynn z półuśmiechem. — Nie

w dniu ich ślubu. To okropne odkrycie może poczekać dzień lub dwa. I... myślę, że nie powinniśmy ujawniać ciąży Ruth, dopóki nie ustalisz, kto jest ojcem. Postaram się tylko przekonać pana Jacksona, że trzeba jeszcze trochę pośledzić.

— Dobry plan — przytaknęła Bernadette.

— A wy co tu knujecie? — przerwał im droczący się głos. — Patrzcie, kryjecie się tutaj i szepczecie! Kto by nie pomyślał, że się zalecacie!

To była panna Yates; Bernadette zerwała się na równe nogi, czując, jak policzki płoną. — Ależ skąd, rozmawialiśmy tylko o... pacjencie, a chcieliśmy zachować dyskrecję. Plotki są zbędne. — Posłała pannie Yates surowe spojrzenie, ale starsza pani tylko się zachichotała.

— Plotki to życiodajna krew Hatfield, moja droga. I tak bym nie zrozumiała waszej medycznej gadaniny. A teraz pani Poole pani szuka; czas wracać do domu. Jedzie pan z nimi, panie doktorze Williams?

— Owszem. — Glynn skłonił się pannie Yates z galanterią. — Dziękuję za tak wspaniałe przyjęcie weselne, panno Yates. Zrobiła pani państwu Jackson prawdziwy zaszczyt.

Panna Yates rozpromieniła się, ale na droczeniu się nie skończyła. — I równie pięknie uhonoruję pannę Bernadette, gdy przyjdzie jej kolej, panie doktorze Williams.

Bernadette przełknęła ripostę, a żar na policzkach buchnął jeszcze mocniej. Zauważyła, że i dr Williams lekko się zarumienił, gdy wymknęli się i poszli szukać pani Poole.

Czy on myślał o niej w ten sposób? Wiedziała, że wiele niezamężnych panien w Hatfield nagle nabrało dolegliwości, które rzekomo absolutnie wymagały uwagi lekarza, gdy tylko zobaczyły, jak młody i przystojny jest dr Williams. Glynn badał je profesjonalnie i odsyłał do Bernadette z prywatnymi karteczkami, na których polecał szczególnie paskudne, choć zdrowotne mikstury. Nie okazywał zainteresowania żadną z panien, które rzucały mu się w ramiona. Nie przejawiał chęci spędzania czasu z którąkolwiek z nich.

Poza nią — i to ciepło rozlało się po niej na samą myśl — choć wciąż zastanawiała się, czy po prostu nie utrzymuje z nią przyjacielskich, zawodowych kontaktów ze względu na wspólnych pacjentów.

ROZDZIAŁ 12

Śledztwa

Moment? Był fatalny, ale Glynn naprawdę potrzebował pomocy pana Jacksona, by wyjaśnić przyczynę śmierci pastora Millingsa. Powstrzymywał się przed niepokojeniem Shauna i Louise przez większą część tygodnia po ich ślubie, lecz dłużej czekać nie mógł. Jutro wyjeżdżali w podróż poślubną do Eastbourne, co tylko odwlekłoby sprawę.

Ku jego radości rozsądna Bernadette się zgodziła i ruszyła u jego boku do domu Jacksonów.

— Masz rację, że chcesz porozmawiać z nim dziś, bo nie wrócą bezpośrednio do Hatfield. Spotkają się z nami w Londynie na posiedzeniu w Sądzie Kanclerskim — wyjaśniła.

— Ojej. — Zapomniał o tym dodatkowym utrudnieniu w życiu sióstr. — Pewnie ciąży ci to na sercu?

— Trochę — odparła Bernadette z wymuszonym uśmiechem.

— Jak się trzymasz?

— Praca daje mi potrzebne oderwanie — westchnęła. — I przynajmniej kuzyn Joshua i Benjamin już tu nie są.

Przybyli do domu Jacksonów akurat w chwili, gdy pani Allom wychodziła przez furtkę ogrodową.

— Widocznie dzień wizyt — rzuciła, trzymając im furtkę.

Wymienili wesołe pozdrowienia i doszli do drzwi akurat wtedy, gdy Shaun otworzył je, by pożegnać panią Lloyd.

— — Dette, jak miło cię widzieć! — rozpływała się w zachwytach świeżo upieczona pani Jackson z korytarza. — Wejdźcie! Doktorze Williams, to bardzo miłe z pańskiej strony, że składa pan wizytę domową! — jej głos podskoczył o oktawę. — Palce Shauna goją się znakomicie!

Dla Glynna brzmiało to nazbyt teatralnie; skinął pani Lloyd, gdy się mijali.

W korytarzu była jeszcze inna kobieta, która sięgała po kapelusz. Modystka, nie mógł skojarzyć jej nazwiska, bo jeszcze nigdy do niego nie przyszła.

Pani Jackson wyprawiła dotychczasowych gości z ich malutkiego domu, po czym skierowała Glynna i Bernadette do saloniku.

Na stole piętrzyło się jedzenia na tydzień — w miskach i na półmiskach.

— Co to wszystko? — spytała Bernadette, gdy Glynn pomyślał dokładnie to samo.

Shaun cicho się zaśmiał: — Mówią, że to podziękowanie za wykrycie podpalacza.

Louise stanęła obok i objęła męża. — Myślę, że chcą mieć na mnie oko. — Wskazała na Bernadette. — Musisz zabrać to do domu, jutro wyjeżdżamy i nie zabierzemy tego ze sobą.

— Brutus z radością dopilnuje, żeby nic się nie zmarnowało — odparła Bernadette z uśmiechem.

— Mam sprawdzić, jak goją się twoje połamane palce? — zapytał Glynn.

— Dobrze jest — wyciągnął je Shaun. Opuszki miały zdrowy kolor. — Nie bardzo bolą, chyba że zapomnę i oprę je o blat nie tak, jak trzeba.

— Przepraszamy, że zakłócamy wam sielankę — powiedziała Bernadette. — Ale potrzebujemy pomocy, zanim jutro wyjedziecie.

— O? — odezwali się równocześnie Shaun i Louise.

Glynn delikatnie odchrząknął: — Chodzi o zmarłego pastora Millingsa. Miałem nadzieję, że odwiedzimy plebanię i sprawdzimy, czy czegoś nie przeoczyliśmy?

Shaun przez moment wpatrywał się w podłogę, potem uniósł głowę, a oczy mu rozbłysły. — Nigdy nie sprawdziłem plebanii. Chodźmy od razu i zobaczmy, co znajdziemy?

— Doskonale — powiedział Glynn, wstając i ruszając do drzwi.

— Panowie — zawołała Bernadette — czy nie zapominacie, że plebania jest wciąż zamieszkana? Pani Millings może nie mieć ochoty rozmawiać bezpośrednio z sędzią pokoju czy z lekarzem, ale Louise i ja możemy złożyć wizytę i zobaczyć, jak się trzyma.

Olśniło ich. — Dziękujemy, panie — rzekł Glynn. — Ma pani całkowitą rację.

Bernadette dodała: — Weźcie trochę jedzenia, z pewnością chętnie je przyjmie.

Gdy dotarli na plebanię, Glynn został kilka kroków z tyłu z Shaunem, podczas gdy Louise i Bernadette uprzejmie rozmawiały z panią Millings. Ich głosy były ciche i niewyraźne, ale brzmiały serdecznie i szczerze.

Wdowa wpuściła ich do środka i usiedli w skromnym pokoju przyjęć.

Podczas pauzy w rozmowie Glynn skorzystał z okazji. — Jak się pani czuje, pani Millings?

Odwróciła się do niego i pokręciła głową. — Czy jestem przesłuchiwana?

Bernadette spojrzała na niego z irytacją na twarzy.

Shaun wkroczył od razu: — Nie pani, pani Millings, skądże. Ale czy moglibyśmy przeszukać dom, na wypadek gdybyśmy coś przeoczyli?

Kolor odpłynął jej z twarzy, przyłożyła dłoń do ust i zerwała się na równe nogi. — Czy pan... czy pan...? — zaczęła, lecz nie dokończyła, tylko wybiegła z pokoju.

Jej kroki rozległy się na schodach i umilkły; zamknęła się w pokoju. Najpewniej w sypialni.

Louise i Bernadette osunęły się bezradnie na krzesła.

— Nie tego się spodziewałem — powiedział Glynn. — Mam do niej pójść?

Bernadette pokręciła głową i wyprostowała się: — Nie, ja pójdę, i ty też, Louise. Łatwiej jej będzie rozmawiać z nami.

Shaun wzruszył ramionami do Glynna w pustoszejącym saloniku i rzekł: — Skoro już tu jesteśmy, rozejrzyjmy się.

Za pobliskimi drzwiami znaleźli gabinet pastora. Zasłony były wciąż odsłonięte, z widokiem na wejście do kościoła.

— Ciekawe, czy ktoś tu był od jego śmierci? — zapytał Glynn.

Shaun podniósł mały kosz na śmieci, w którym leżały

zmięte kartki i pleśniejący ogryzek jabłka. — Powiedziałbym, że nie.

Ostrożnie i po cichu sprawdzali szafki i szuflady w poszukiwaniu czegokolwiek, co mogłoby wskazywać na związek między zmarłym wikarym a osobą, która chciała go usunąć. Listy byłyby bardzo pomocne, gdyby ktoś przysyłał mu groźby.

Glynn przejrzał papiery z kosza, ale to nie były szkice listów, tylko pomysły na kazania.

— Czekaj — powiedział Shaun, sięgając pod biurko. — Chyba jest tu jeszcze jedna szuflada. Widziałem już podobne biurko i miało sekretną szufladę... jest! — Rozległo się ostre kliknięcie i część biurka, która wyglądała na solidną, lekko odskoczyła.

Gdy wysunęli dotąd ukrytą szufladę, Glynn westchnął na widok szeregu małych buteleczek i pakunków.

Shaun podniósł jedną pod światło, by odczytać etykietę.

— To trucizna! — powiedział Glynn.

— To się nie trzyma kupy. Czy on truł samego *siebie*? — zmarszczył brwi Shaun, a Glynn pokręcił głową, równie skołowany.

Shaun rozstawił buteleczki na biurku, by przyjrzeć się im lepiej. — Do czego służą?

— Nie jestem pewien. Niektóre mogą być z ubiegłego wieku; wyglądają na bardzo stare — odparł Glynn, zamyślając się i drapiąc w brodę. — Będę musiał poradzić się pana Lennoxa. Nawet jeśli nie pochodzą z jego sklepu, może je rozpozna.

Shaun znalazł zatrzask, który pozwalał wyjąć szufladę, aby

mogli bezpiecznie przenieść jej zawartość. Gdy wrócili do salonu, wciąż był pusty.

— Poczekajmy na nie na zewnątrz — zaproponował Shaun. Potem zawołał na schody: — Louise?

Nie było odpowiedzi. — Pani Jackson? — spróbował, z uśmiechem w głosie.

Glynn zawołał: — Będziemy w ogrodzie, nie ma pośpiechu.

— Mów za siebie — mruknął Shaun, trącając go ramieniem.

Czekając na siostry Baxter, Glynn i Shaun nie mogli się powstrzymać od gapienia się na te małe słoiczki z miksturami i truciznami. Było ich tyle i były tak dobrze ukryte.

Glynn kątem oka uchwycił nagły błysk bieli, gdy młoda dziewczyna wybiegła z posesji. — Czy to...?

— Wygląda na młodą Ruth — odpowiedział Shaun.

Biegła w kierunku przeciwnym do miasta. Zastanowił się na głos: — Powinniśmy ją gonić?

— Dwóch mężczyzn ścigających czternastoletnią dziewczynę? — odparł Shaun. — Nie jesteśmy ogrami!

Glynn miał już na końcu języka uwagę, że porusza się całkiem żwawo jak na ciężarną. W porę ją jednak przełknął. Może liczyła, że się potknie i przewróci albo w inny sposób rozwiąże swój problem?

Bernadette i Louise wyszły z domu po chwili, ze zrezygnowanymi minami.

— Zaproponowałam jej środek na migreny, ale powiedziała, że ustąpiły — wzruszyła ramionami Bernadette. — Nic więcej nie chciała powiedzieć.

Louise chwyciła Shauna za rękę. — Próbowałyśmy porozmawiać z Ruth, ale wybiegła z domu.

— Tak — wskazał Shaun. — Pobiegła tamtędy.

Wrócili do domu państwa Jacksonów, gdzie Bernadette przyjęła kosz uginający się od jedzenia. Glynn zrównoważył na szufladzie z truciznami miskę z pasztecikami i zimnymi, gotowanymi kiełbaskami. Między jedno a drugie włożyli złożoną ściereczkę, żeby nic się nie potłukło.

— Prowadźcie dochodzenie dalej — zachęcił Shaun. — Wrócimy za parę tygodni.

Ramiona Glynna zaczęły boleć, zanim dotarli na koniec uliczki. — Mógłbyś dodawać kawałek ciasta do każdej sprzedanej książki — powiedział.

— Brutus poradzi sobie z tym błyskawicznie, wyrasta na chłopa jak dąb — zaśmiała się Bernadette.

— W tym wieku miałem żołądek bez dna — przytaknął i na chwilę zapadli w grzeczne milczenie.

— Wspominałaś, że pani Millings miała migreny — zamyślił się Glynn. — Często? Nigdy do mnie nie przyszła...

— Och, proszę się nie martwić, do mnie też w zasadzie nie przychodziła. Ruth powiedziała mi, że czasem leżała całymi dniami w łóżku, i widywałam po jej minie, że zaraz ją złapie — odparła Bernadette. — Potrafią być strasznie obezwładniające, ale trzymała to w sekrecie i cierpiała w samotności. Wątpię, by komukolwiek wiele mówiła.

W głowie Glynna odegrało się wspomnienie posiedzenia komitetu szpitala; kobieta bojąca się własnego cienia. — Chyba jednym pocieszeniem jest to, że nie musi się już martwić o *niego*.

Bernadette przytaknęła. — My musieliśmy słuchać

Kaznodziei Siarki tylko raz w tygodniu, nie wyobrażam sobie, co znosiła na co dzień. Może to od jego kazań dostawała migren!

— Nie powinniśmy się śmiać — powiedział Glynn, po czym zacisnął usta, żeby nie parsknąć.

— Byłoby to niewłaściwe — odparła Bernadette, gwałtownie odwracając wzrok, ale słyszał chichot w jej tonie.

Gdy dotarli do księgarni, zastali Brutusa za ladą. Jego oczy rozszerzyły się z zachwytu na widok koszy z jedzeniem.

Glynn z ulgą odstawił na ladę ciężar, który dźwigał. Rozruszał ręce, by przywrócić w nich krążenie, po czym zdjął miskę z szuflady z truciznami i postawił ją przed Brutusem.

— Możesz zjeść, ile chcesz — powiedziała chłopcu Bernadette. — Tylko weź talerz i serwetkę, żeby nie nabałaganić.

Pognał jak strzała.

— Czy pani Millings wie o stanie Ruth? — zapytał Glynn, gdy nie mieli już publiczności.

— Myślę, że tak — odparła Bernadette. — Mam nadzieję, że tak. — Spoważniała.

Na skraju świadomości Glynna majaczyła zarys teorii. — Myślisz, że taki niepokój mógłby wywoływać migreny?

— Najpewniej. Jest taka młoda, a odmawia mówienia... — Bernadette urwała, bo Brutus z łoskotem zleciał ze schodów z talerzem i serwetką.

Brutus uniósł ściereczkę z kosza i zawołał z radością: — O rany! To placki od Allomów?

Oboje roześmiali się jego entuzjazmowi. Bernadette powiedziała: — Owszem. Zostaw mi jednego i jednego dla pani Poole.

Glynn podniósł swoją szufladę z buteleczkami. —

W takim razie muszę iść do pana Lennoxa z tymi rzeczami. — Zostawił na wierzchu ściereczkę. Nikt postronny nie musiał widzieć, co niesie, gdy będą przechodzić ulicą.

Pan Lennox ucieszył się na jego widok. Przeszedł się tam i z powrotem między regałami w swoim sklepie, demonstracyjnie pokazując płynny krok. — Podpiętka to było wszystko, czego potrzebowałem, panie doktorze. Ból biodra tak bardzo zelżał.

— Ale wciąż trochę odczuwa pan ból?

Starszy aptekarz skinął głową. — Aye, ale już mi nie dokucza. Nic w porównaniu z tym, co było, bardzo dziękuję za pański sprytny pomysł. Mogę znów obsługiwać klientów, zamiast siedzieć cały dzień i wskazywać młodemu Devonowi, gdzie ma szukać.

— Wspaniała wiadomość — powiedział Glynn. Potem postawił szufladę i uniósł ściereczkę. — Dziś to ja potrzebuję pańskiej pomocy.

Pan Lennox zatarł ręce z uciechy na widok buteleczek. — Cóż my tu mamy?

— Naprawdę nie wiem. Liczyłem, że może pan rozpozna, co to takiego.

— To jest trucizna — wskazał pan Lennox na największą butelkę, tę, której przyglądał się Shaun.

Glynn skinął głową. — Tak podejrzewałem, ale jaka?

— Hm... — Pan Lennox wziął butelkę, marszcząc usta w zadumie. — Zaraz wracam.

Przeszedł przez drzwi na zaplecze. Glynn słyszał otwieranie i zamykanie szuflad, aż pan Lennox zawołał: — Aha! — Wrócił z niemal identyczną butelką, tyle że ta nie była nigdy otwierana. — Rzekłbym, że to bardzo podobne.

Podekscytowanie w nim wezbrało. Może wikary próbował się czymś leczyć i przypadkiem przesadził? — Czy to uszkadza wątrobę i powoduje żółtaczkę?

Pan Lennox zmarszczył brwi i pokręcił głową. — Nie, ale zabija. To strychnina. Dodaje się ją do trutek w spichrzach, żeby tępić szczury i myszy.

— Och — entuzjazm wyparował.

— A to, to znam — sięgnął po inną fiolkę pan Lennox. — Okropieństwo. Używane do leczenia syfilisu. Od dekady, jeśli nie dłużej, tego nie sprzedaję.

— Działa?

— Jak ktoś przeżył zawzięte migreny, to może — parsknął pogardliwie. — Przynajmniej powstrzymywało to ludzi od zarażania innych, jeśli całymi dniami leżeli w łóżku z migrenami.

W głowie Glynna zazgrzytały tryby. — Czy wciąż pan któreś z nich sprzedaje?

— Na zapleczu mam trochę, ale to dla rolników, na odrobaczanie owiec. Reszty nie trzymam. A tak w ogóle skąd to pan wziął?

— Eee, tajemnica lekarska — powiedział pośpiesznie Glynn.

— Oczywiście.

— Panie Lennox, jeśli pan tego nie sprzedaje, to gdzie ktoś mógłby to zdobyć?

Pokręcił głową. — Objazdowych sprzedawców cudownych eliksirów dawno nie było; wiedzą, że nie warto wciskać tu swoich bredni. Albo ja, albo panna Bernadette z miejsca dalibyśmy im odprawę! Może było ogłoszenie w gazetach?

Złożyć zamówienie pocztą to żadna sztuka, jeśli ma się pieniądze.

Glynn zamyślił się na głos: — I nikt inny się o tym nie dowie.

Pan Lennox uśmiechnął się szeroko. — Nie będę dalej dociekał, ale wygląda na to, że tkwi pan w środku zagadki. Proszę dać znać, jeśli mogę jakoś pomóc.

Glynn nie mógł się doczekać, by znów porozmawiać z Bernadette o swojej teorii. Zaniósł szufladę do swojego pokoju u pani Bell i wsunął ją pod łóżko. Będzie potrzebował czegoś znacznie bezpieczniejszego, by nikt już nie zrobił sobie tym krzywdy.

Gdy obudził się następnego ranka, ścisnęło go z głodu. Mógłby fatygować panią Bell o coś do jedzenia, ale wiedział też, że u Baxterów jest aż nadto. Naprawdę powinien im pomóc uporać się z tymi stertami jedzenia. A poza tym musiał omówić swoją teorię z Bernadette i zobaczyć, czy się z nią zgodzi. Wieczór spędził, przepisując wszystkie informacje, jakie zdołał odczytać z etykietek butelek z sekretnej szuflady pastora; zrobił dwie kopie i jedną miał zanieść panu Lennoxowi. Drugą wsunął do kieszeni.

— Dzień dobry. — Promienny uśmiech Bernadette zza lady rozjaśnił mu serce.

— Dzień dobry. — Gdy podchodził, coś małego wyskoczyło zza lady i zaatakowało powłóczącą się sznurówkę; spojrzał w dół i zobaczył czarno-białego kociaka, który trzymał koniec sznurowadła mocno w pyszczku.

— Witaj, urwisie! — Podniósł kociaka i z rozbawieniem uniósł go do góry. — Urodzony myśliwy, co?

— Jeszcze zbyt mały, by na równi z matką składać mysie wnętrzności w najmniej dogodnych miejscach. Na razie — odparła sucho Bernadette.

Pyszczek kociaka był w większości biały, z jednym czarnym uchem i czarną plamką na nosie, wyglądającą jak wąsik. Glynn próbował nie mięknąć, gdy żałośnie zamiauczał.

— Czy już ktoś go sobie upatrzył?

— Nie... Louise i Shaun planują wziąć jedną z jego sióstr, ale on jest wolny — odparła z nadzieją. — Chciałbyś go?

— Gdy tylko moja chatka będzie gotowa, tak, chciałbym. Będzie mi potrzebny pogromca myszy. I obiecałem, że jednego wezmę, bo to przeze mnie w ogóle tu trafiły.

— W takim razie jest twój! Jak go nazwiesz?

Zastanowił się chwilę, po czym się rozpromienił. — Skoro kot o dumnym literackim rodowodzie, to i imię literackie. Co powiesz na Byron?

— Doskonałe!

Do sklepu wszedł kolejny klient i Bernadette musiała się nim zająć. Cichutko powiedziała do Glynna: — Wskocz na górę do pani Poole. Zaparzy ci herbaty. Mamy tyle ciast i ciastek, zjedz coś, proszę!

— Z przyjemnością pomogę. — Dokładnie na to liczył, skinął więc i ruszył na górę, starając się stłumić ukłucie zawodu, że nie może pójść z nim.

Pani Poole bardzo ucieszyła się na jego widok, zaparzyła herbaty i wyłożyła tyle ciast i ciastek, że nie byłby w stanie ich przejeść. Znikąd pojawił się Brutus, by pomóc, i we dwójkę siedzieli, chrupiąc w zgodnej ciszy.

Gdy Glynn jadł, wzrok przyciągnęła komoda przy kuchennej ścianie, a na niej równiutkie rzędy słoików, puszek i paczuszek, wszystkie starannie podpisane. Tyle przeróżnych ziół i herbat!

Uświadomił sobie, że może podchodzi do kwestii otrucia od niewłaściwej strony. Schodząc po podziękowaniu pani Poole na dół, sprawdził, czy w księgarni nikogo nie ma, po czym podszedł do Bernadette.

— Znasz się na ziołach. Gdybyś chciała wywołać objawy, które zabiły pastora Millingsa, czego byś użyła?

Jej usta rozchyliły się ze zdumienia, kilkakrotnie zamrugała. — Ja... nie wiem. Nigdy... ja nie *krzywdzę* ludzi!

— Wiem. Proszę ani przez chwilę nie myśleć, że sugeruję pani jakikolwiek związek ze śmiercią pastora! Ale wie pani, co potrafią zioła i lekarstwa. Czy przedawkowanie czegoś mogło spowodować te objawy? — Wyjął z kieszeni złożoną kartkę i rozłożył ją na ladzie. — Czy dawka któregoś z tych specyfików mogłaby je wywołać?

Bernadette wzięła kartkę i wczytała się uważnie, przygryzając dolną wargę. — Nie wiem, co to niektóre z nich — przyznała. — Nie sądzę, żeby którykolwiek... — urwała, mrugając. — Nie jego objawy — powiedziała powoli. — Jej.

— Słucham?

— Bieluń, belladonna. Krople belladonny. — Stuknęła palcem w kartkę. — Wymieniłeś tu dwie buteleczki, jedną pełną i jedną prawie pustą. To środek uspokajający, ale bardzo silny. Nie tak uzależniający jak laudanum. Ale... może wywoływać silne bóle głowy. Migreny trwające całe dni.

Glynn odchylił się na pięty. — Myślisz, że pastor podawał ją żonie...?

— Żeby spała.

— Bo...?

— Denerwowała go? Nie wiem, tylko zgaduję!

— Ale jeśli truł ją, to kto otruł jego? Czy mógł sam przypadkiem coś wziąć?

— Belladonna nie spowodowałaby żółtaczki ani nie zabiłaby go w taki sposób — Bernadette brzmiała tu całkowicie pewnie. — Po prostu by zasnął i się nie obudził. — Spojrzała znowu na listę. — Nie znam niektórych z tych nazw, ale z tych, które rozpoznaję... żaden by tego nie zrobił.

— Zapytam pana Lennoxa o pozostałe. Ale raz jeszcze, Bernadette... gdybyś rzeczywiście chciała wywołać takie objawy. Czego byś użyła? Patrzyłem na tę kuchenną komodę pełną ziół na górze... gdybyś dowiedziała się, że ktoś skrzywdził twoją siostrę na przykład i musiałabyś się go pozbyć... czego byś użyła?

Znów przygryzła dolną wargę, a on przyłapał się na tym, że wpatruje się w ten gest.

— Musiałabym się nad tym zastanowić — powiedziała w końcu. — Daj znać, co powie pan Lennox?

— Dam. Ale coraz bardziej sądzę, że szukamy nie tam, gdzie trzeba. Cokolwiek było źródłem jego wiedzy, pastor znał się na truciznach. Nie sądzę, żeby otruł się przypadkiem. Zrobił to ktoś inny — i musiało to być celowe.

— Więc wracamy do pytania, kto jest ojcem dziecka Ruth? — westchnęła Bernadette. — Musiał być zupełnie nie do przyjęcia, skoro nie pozwolił im się pobrać.

Glynn powoli skinął głową, roztrząsając to w myślach.

Bernadette dodała: — Dziś nie zajrzała do księgarni.

— Widzieliśmy, jak ucieka, ja i Shaun, i to w stronę przeciwną do miasta. Mam nadzieję, że wróciła do domu. Może powinniśmy odwiedzić je jeszcze raz, spróbować porozmawiać z nią razem? — zaproponował Glynn. — I chciałbym zadać pani Millings więcej pytań o jej bóle głowy, w tym czy mąż podawał jej coś na nie.

— Mogę przyjść po zamknięciu po południu — zaproponowała Bernadette. — O czwartej? I pójdę z tobą. Myślę, że bardziej otworzy się przede mną.

— W takim razie o czwartej — zgodził się Glynn. Gdy wychodził z księgarni i ruszał z powrotem do apteki, próbował stłumić przyjemność na myśl o spędzeniu więcej czasu w towarzystwie Bernadette. Nie powinien czuć się tak szczęśliwy, skoro prowadzą śledztwo w sprawie okrutnego morderstwa!

ROZDZIAŁ 13

Współpraca

Pytania Glynna o to, jak zabiłaby kogoś, gdyby zaszła potrzeba, wstrząsnęły nią. Bernadette spędziła resztę dnia, wytężając umysł i zaglądając do zielarskich zapisków matki, próbując dojść, jaka mogłaby być odpowiedź. Kiedy o cztery pięć zapukał w drzwi księgarni, miała już kilka teorii.

— Weź pod uwagę — powiedziała mu, gdy razem szli w stronę plebanii — że nie odważyłabym się zaryzykować żadnej z nich. Zbyt łatwo byłoby podać zbyt dużą dawkę, a to mogłoby spowodować natychmiastową śmierć. Ale pomyślałam o kilku rzeczach, które w małych, regularnych dawkach mogły wywołać żółtaczkę u pastora.

— Na przykład? — Glynn spojrzał na nią z zainteresowaniem. Oczywiście mówili bardzo cicho, jej ramię wpięte w jego, głowy pochylone blisko siebie, i przyszło Bernadetcie do głowy, że dla obserwatorów mogą wyglądać jak para narzeczeńska, szepcząca sobie czułe słówka. Złapała ukradkowe spojrzenie pani Freebody, przechodzącej obok, i spłonęła purpurą.

— Arsenik — szepnęła szybko, wbijając wzrok w ścieżkę przed sobą. — Czy w tej szufladzie z truciznami był jakiś?

— Nic, co potrafilibyśmy zidentyfikować.

— Hm — zagryzła wargę. — Pozostałe to bardziej... naturalne trucizny. Bardziej z mojej działki niż pana Lennoxa, jeśli wiesz, co mam na myśli.

— Doskonale wiem. Jakie to mogą być?

— Są pewne grzyby. Galerina albo Amanita virosa.

— Amanita... myślałem, że to zabija od razu? — Przypomniał sobie, że czytał o zatruciach śmiertelnymi grzybami, znanymi powszechniej jako muchomory sromotnikowe.

— Myślisz o Amanita phalloides, i tak — odparła. — To byłoby śmiertelne. Amanita virosa to krewniak. Nieco mniej niebezpieczny. — Doszli do skraju ogrodu plebanii i Bernadette zwolniła, patrząc na roślinę w żywopłocie. — Są też inne rośliny... nie grzyby. Szczwół, tojad, ciemiernik — wskazała. — Naparstnica.

Oboje spojrzeli na dzwonkowate kwiaty, różowe z białymi cętkami wewnątrz. Potem Bernadette wskazała inną roślinę, niewielką i żółtą, podobną do mniszka, lecz z mniejszą liczbą płatków. — Także jaskółcze ziele.

— Chcesz powiedzieć, że w samym tym ogrodzie są dwie rośliny, które mogły wywołać żółtaczkę? — zapytał Glynn powoli.

— Trzy — odparła i wskazała następną. — To wrotycz. — Zawahała się, lecz skoro miała mu zaufać, postanowiła zaufać całkiem. — Używam wrotyczu, panie doktorze. To składnik naparu, który daję młodym kobietom, kiedy spóźniają im się miesiączki. Był w herbacie, którą podałam Ruth, ale nie zadziałała. Używam go w bardzo małych ilościach i pozwalam na najwyżej dwie dawki.

— Co jeszcze jest w tym naparze? — spytał Glynn.

— Mięta polej, ruta... kilka innych rzeczy. — Posłała mu niewinną minę, gdy uniósł na nią brew. — Tajemnica fachu, panie doktorze. Czy chcesz się szkolić na zielarza oprócz bycia lekarzem?

Zaśmiał się, kręcąc głową. — Wiesz, co robisz, panno Baxter. Zostawię to tobie.

Jego komplement dodał jej otuchy. Starała się nie jaśnieć ze szczęścia, gdy wchodzili ścieżką, by odwiedzić wdowę.

Pani Millings nie wyglądała na szczególnie zadowoloną z ich wizyty, ale zaprosiła ich na herbatę mimo wszystko.

— Chcemy się upewnić, że u Pani wszystko w porządku — zaczęła Bernadette, mając nadzieję, że tym razem nieśmiała kobieta nie ucieknie do swego pokoju. — I jeśli możemy cokolwiek dla Pani zrobić, proszę nam powiedzieć.

— Dziękuję za wczorajsze jedzenie, stanowiło znakomity posiłek dla Ruth i dla mnie — powiedziała.

Bernadette odczuła ulgę, że Ruth wróciła do domu na czas na kolację.

Pani Millings nalała herbaty i czekali, aż sama zacznie mówić, dając jej tyle czasu, ile potrzebowała. Po dłuższej chwili milczenia wydała z siebie dziwny chichot i rzekła: — Dziwne, co się pamięta, prawda? Robił mi mieszankę herbat na moje migreny. Kiedy... odszedł, pierwsza myśl była: jak ja teraz zdobędę swoją herbatę? ale potem... już nigdy nie miałam migreny.

Bernadette i Glynn spojrzeli po sobie. To będzie wymagało wielkiej delikatności.

— Pani Millings — odezwał się Glynn powoli — dotarły do nas nowe informacje, które stawiają Pani zmarłego męża w złym świetle. Uważamy, że mógł wywoływać u Pani bóle głowy.

Zadrżała i odstawiła filiżankę, zszokowana. — On je *powodował*?

— Być może kilkoma kroplami pokrzyku w herbacie — powiedziała Bernadette bardzo łagodnie.

Znów czekali, aż przemyśli znaczenie tych słów. Wydawało się, że nic nie powie, dopóki w końcu nie wymamrotała: — Spałam tak długo.

Narzucająca się niezręczność narastała i tak kusiło, by wyciągnąć ręce do pani Millings i objąć ją.

Głos Glynna był cichy i życzliwy. — Z jakiego powodu miałby chcieć, żeby Pani spała?

Jej twarz pobladła, a usta zacieśniły się w cienką linię strachu.

Bernadette pośpieszyła z zapewnieniem: — On nie może już Pani skrzywdzić, pani Millings.

Przestraszona kobieta pokręciła głową, dłoń powędrowała jej do ust i zaczęła szlochać. — Może — wyszlochała.

Z góry dobiegły miękkie kroki. Bernadette miała nadzieję, że należały do Ruth.

— Może powinna Pani odpocząć — powiedział łagodnie Glynn. — Czy ma Pani kłopoty ze snem?

— Nie... nie — pani Millings pokręciła głową. — Lepiej będzie, jeśli już pójdą — dodała.

Bernadette chciała zadać więcej pytań. Chciała dowiedzieć się, czy pani Millings wie o ciąży Ruth; stawało się pilne, by coś z tym zrobić. Ruth musiała wyjechać z Hatfield. Bez wsparcia matki mogło to być niemożliwe.

Jednak dłoń Glynna pod jej łokciem delikatnie wyprowadziła ją z plebanii, a Bernadette starała się nie zgrzytać zębami.

— Coś ukrywa — wysyczała do Glynna, gdy ruszyli.

— Wiem. Ale nie możemy z niej tego wydusić. Myślę, że ci ufa... ale nie jest gotowa mówić.

— Ruth nie ma dużo czasu! — W wyobraźni Bernadette widziała pęczniejący brzuch Ruth. Jeszcze tylko kilka tygodni, jeśli nie mniej, i Ruth będzie musiała wyjechać albo się ukryć. — Jedno z nich będzie musiało ze mną porozmawiać!

— Spróbuj uzbroić się w cierpliwość — poradził Glynn. — Chodźmy znów do pana Lennoxa. Przeglądał tę listę i konsultował katalogi, które ma, próbując ustalić, czy któraś z trucizn mogła być tą, która zabiła pastora.

Bernadette westchnęła z frustracją. — Chyba nie jestem stworzona do bycia śledczą. Jakim cudem Shaun to robi? Ludzie nie mówią prawdy!

Glynn szczerzył się. — Co, nigdy nie zdarzyło ci się, żeby pacjent cię okłamał?

— Zwykle nie. Ludzie przychodzą do mnie, kiedy potrzebują pomocy, a kiedy tłumaczę, że nie pomogę, jeśli nie będę wiedzieć, co im właściwie dolega, mówią. — Spojrzała na niego z ciekawością. — Ciebie okłamują?

— Cały czas. Wiele młodych kobiet w Hatfield ma niezwykle pomysłowy zestaw dolegliwości — odparł z uśmiechem. — Odsyłam je do ciebie po twój specjalny tonik.

— Owszem. — Starała się nie roześmiać na wspomnienie miny panny Burton po wypiciu łyczka z małej buteleczki toniku, który jej dała Bernadette. — Bardzo stanowczo im powiedziałam, że muszą brać po łyżeczce co rano i wieczór, aż butelka będzie pusta.

Parsknął śmiechem, a Bernadette też zaczęła chichotać.

— Oczywiście, że im nie zaszkodzi! — zachichotała. — Wprost przeciwnie, to bardzo zdrowotne. Po prostu jest absolutnie ohydne.

Glynn otarł oczy. — Och, jesteś cudowna, Bernadette. Na pewno będę ci przysyłał każdą kolejną pannę, u której tajemnicze dolegliwości pojawią się w towarzystwie mężczyzny, którego uznaje za partię!

— *Jesteś* partią, o czym ty mówisz? — Spojrzała na niego z ciekawością. — Nie chcesz żony?

Dotarli jednak do drzwi aptekarza i nie było czasu na odpowiedź, bo pan Lennox już śpieszył, by ich powitać i zaprosić do środka.

— Proszę, proszę. W samą porę. — Odwrócił tabliczkę na drzwiach na Zamknięte. — Młody Devon dokończy tu porządków. Proszę do tyłu, usiądźcie.

Poczęstował ich herbatą, ale że dopiero co pili filiżankę na plebanii, grzecznie odmówili, siadając przy wyszorowanym, sosnowym stole w tylnej izbie.

— Przejrzałem waszą listę — powiedział pan Lennox. — I choć jest tam trochę śmieci, a my będziemy musieli skonsultować, jak to wszystko bezpiecznie zutylizować, muszę stwierdzić, że nie ma tam niczego, co mogłoby spowodować objawy, które zaobserwowaliście u pastora. Ani żółtaczki, ani piany w ustach w chwili zgonu.

— Dziękujemy za potwierdzenie naszych przypuszczeń — powiedział Glynn. Spojrzał na Bernadette, a ta skinęła lekko głową, ufając, że wciągnie pana Lennoxa w ich krąg zaufania, nie zdradzając sekretu Ruth.

— No cóż — pan Lennox wyjął chusteczkę i wytarł czoło, gdy Glynn wyjaśnił, że uważają, iż pastor mógł podawać żonie pokrzyk. — To doprawdy okropne. Dlaczego?

— Być może sądził, że pomaga — odparł Glynn. — Niezależnie jednak od motywów, to się skończyło.

— I bardzo dobrze! — oburzył się pan Lennox, po czym pokręcił głową. — Tylko że to nie rozwiązuje właściwego problemu, prawda? Co takiego wziął pastor, że go zabiło?

— I kto mu to podał? — wtrąciła Bernadette. — Wydaje się oczywiste, że miał w tych sprawach pewną wiedzę. Ani doktor Williams, ani ja nie sądzimy, by pomylił się przypadkiem.

— Fascynująca zagadka — rzekł pan Lennox i cała trójka zapadła na chwilę w milczenie, aż w końcu pan Lennox pokręcił głową. — Cóż, możliwe, że nigdy się nie dowiemy, ale mam nadzieję, że morderca nie ma zamiaru skrzywdzić kogoś jeszcze. Z pewnością będziemy bacznie się przyglądać każdemu, kto wygląda choć trochę na zażółconego, prawda?

Wszyscy się z tym zgodzili, a Glynn wyciągnął notes i powiedział: — A skoro o tym mowa. Konsultowałem się z drukarzem i przygotowuję formularz, którego zamierzam używać u wszystkich pacjentów. Może w końcu będę miał taki dla każdej duszy w Hatfield; taki jest zamiar. Niezależnie od tego, czy trafią do mnie, czy do pana, panie Lennox, czy do położnych, czy do panny Baxter. Chciałbym poznać wasze opinie o moim projekcie.

Otworzył notes, pokazując próbny formularz, starannie

rozrysowany i opisany. Pochylili się nad nim, rozpoczynając ożywioną dyskusję.

Bernadette doceniła, że obaj mężczyźni nie tylko słuchali jej sugestii, ale wręcz zabiegali o jej zdanie. To było satysfakcjonujące, być szanowaną w swoim fachu także przez mężczyzn, nie tylko przez kobiety, pomyślała. Widziała siebie współpracującą w przyszłości z Glynnem i panem Lennoxem, wykorzystując ich połączoną wiedzę, by poprawiać los wszystkich pacjentów i klientów. Na samą myśl wezbrało w niej szczęście i nie mogła przestać się uśmiechać.

<hr>

— Skrzynia dla pani, panno Bernadette! — pan Thomas z Czerwonego Lwa naparł ramieniem na drzwi następnego ranka i odstawił skrzynię w zwykłe miejsce dostaw na podłodze.

— Dziękuję, panie Thomas — powiedziała Bernadette, obiegając ladę, by zobaczyć, co to. Skrzynia była znacznie wyższa niż te, które zwykle dostawali. Czy to od ojca? Byłaby to pierwsza przesyłka od niego od ośmiu miesięcy, gdyby tak! Ale nie; zmarszczyła brwi na widok odręcznej etykiety przyklejonej z boku. Przyszła z Londynu, od... stolarza-meblarza?

— Gdzie jest łom Lou? — mruknęła, wracając za ladę. Znalazłszy narzędzie, przez chwilę bezskutecznie podważała wieko.

— Pomogę! — zawołał Brutus, gdy wszedł, a Bernadette podała mu ciężki przyrząd. Brutus świetnie sobie poradził ze zdjęciem pokrywy i oboje wpatrzyli się z konsternacją w zawartość.

— To nie są książki — stwierdził Brutus.

— I owszem, nie — odparła. — To wygląda dokładnie jak szafka doktora Williamsa, tylko nowsza. Może przyszła tu przez pomyłkę?

— Na etykiecie jest twoje imię — zauważył Brutus.

— Jest przepiękna! — To był zachwycający mebel. Małe szufladki z mosiężnymi uchwytami, wysuwające się gładko. Delikatne szklane drzwiczki przy szafkach. Cała szafka była tak kunsztownie wykonana, że Bernadette pogładziła jej wypolerowaną powierzchnię.

— Ach, dotarła — doktor Williams wszedł do sklepu i uśmiechnął się do niej, gdy pochylała się nad otwartą skrzynią.

— To pan ją zamówił? — Bernadette wyprostowała się, choć palce jeszcze tęsknie ślizgały się po jedwabistym drewnie. — Dlaczego kazał pan dostarczyć ją tutaj, a nie do pani Bell?

— Bo nie jest dla mnie. Jest dla ciebie. Potrzebujesz pomocy, żeby wnieść ją na górę?

Wpatrzyła się w niego z niedowierzaniem. — Słucham?

Miał dość taktu, by wyglądać na odrobinę zmieszanego. — Pomyślałem, że mogłaby ci się przydać. Pamiętałem, jak podziwiałaś moją... a twoje zioła i buteleczki są ułożone na górze, ale nie mają szafki, w której mogłyby mieszkać. Ma też zamek. Żebyś mogła bezpiecznie trzymać te bardziej, hm — rzucił spojrzenie Brutusowi, który słuchał z widocznym zaciekawieniem — niebezpieczne specyfiki, z którymi pracujesz.

To... był wspaniały pomysł. Ale to musiało kosztować sporo grosza. — Czy obciążył pan konto lorda Ferndale'a? — zapytała.

— Nie.

— Nie mogę tego przyjąć, panie doktorze, to zbyt cenny podarunek! — Pokręciła głową.

Wzruszył ramionami i cicho rzekł: — Zrozum, proszę. Dałaś mi w tym mieście znacznie cenniejszy dar. Twoja akceptacja mnie — mimo że zachowywałem się początkowo jak nadęty ważniak — oraz hojna chęć dzielenia się wiedzą ułatwiły mi drogę do akceptacji przez całe miasteczko. Proszę, przyjmij to jako drobny wyraz mojej wdzięczności.

Kusiło ją, wahała się, zaczęła kręcić głową. — To nie jest drobiazg.

— Nie mogę jej zwrócić — odparł. — A dwóch nie wykorzystam.

— Może powinien pan wziąć tę nową...

— Ależ skąd, nie wyobrażam sobie opróżniania starej. I mam do niej sentyment. Nie, nie, ta jest dla ciebie. Wniosę ją na górę, gdzie ją postawisz?

Był to zdecydowanie najpiękniejszy prezent, jaki kiedykolwiek dostała. Chciała usiąść i spędzić czas na segregowaniu i wypełnianiu, porządkowaniu narzędzi swojej pracy, lecz nie miała wyjścia: musiała siedzieć przy ladzie księgarni. Brutus sam by nie podołał.

— Dziękuję — powiedziała żarliwie, gdy doktor Williams znów wychodził, dotykając ronda kapelusza. — Bardzo dziękuję.

— Cała przyjemność po mojej stronie. Mam nadzieję, że będzie pożyteczna!

Z pewnością będzie. Ledwo mogła się skupić, rozmarzona, co w której szufladce umieści i jak zrobi etykiety — może Brutus mógłby jej sporządzić jakieś śmierdzące kleje, żeby przyklejać etykiety na frontach szuflad.

Zadźwięczał dzwoneczek u drzwi i Bernadette podniosła wzrok z roztargnionym uśmiechem dla wchodzącej klientki, który natychmiast zniknął, gdy zobaczyła, że wślizgnęła się Ruth.

— Ruth! — Bernadette zmusiła się, by pozostać na miejscu i nie okazać zbytniej gorliwości. Nie chciała, by Ruth znów uciekła. — Jak się czujesz? — zapytała ostrożnie.

Ruth uniosła ramię w półwzruszeniu. — W porządku. Nie jest mi niedobrze — powiedziała cicho.

— Wracasz do pracy?

— Jeśli mnie przyjmiesz.

Brutusa nie było — wyszedł z posłaniem; Bernadette podjęła decyzję. — Usiądziesz i porozmawiasz ze mną chwilę, Ruth? — zapytała najłagodniej, jak umiała. — Zamknę drzwi, żeby nam nikt nie przeszkadzał.

Ruth zawahała się, ale skinęła głową.

Usiadły we wnęce przy żelaznym piecyku z tyłu sklepu, a Bernadette wyciągnęła dłonie i ujęła ręce Ruth, zauważając, jakie są zimne.

— Masz jakiś plan, co zrobisz? — zapytała.

— Plan? — Głos Ruth zadrżał nawet przy tym jednym słowie.

— Nie możesz zostać w Hatfield, chyba że wyjdziesz za ojca dziecka — powiedziała Bernadette możliwie najżyczliwiej. — Musisz to widzieć, Ruth. Twoja reputacja będzie zrujnowana, a ty, twoja matka i twoje dziecko wszyscy na tym ucierpicie.

— Och. — Na dolnych rzęsach Ruth zadrżała łza.

Bernadette nienawidziła tego, jak niewinna jest Ruth, i tego, że będzie musiała bardzo szybko wydoroślieć.

— Jeśli chcesz zatrzymać dziecko, musisz pojechać gdzieś, gdzie cię nie znają. Nietrudno byłoby podawać się za żonę żołnierza, który poległ pod Waterloo... — urwała. Ruth gwałtownie potrząsała głową.

— Nie chcę go. Nie chcę! Próbowałam się go pozbyć, to *jego...*

— Czyje?

Ruth znów się zacięła.

W milczeniu Bernadette policzyła do dziesięciu, ale dziewczyna uparcie milczała. — Ruth, musisz mi powiedzieć. Obawiamy się, doktor Williams i ja, że ten mężczyzna mógł mieć coś wspólnego ze śmiercią twojego ojca. Wiem, że mówiłaś, iż to nie był Benjamin...

— To nie był on! Był natrętem, ale nigdy mnie nie tknął.

— Więc kto to był? — zapytała Bernadette, robiąc, co mogła, by zachować cierpliwość, choć jakaś część niej miała ochotę potrząsnąć Ruth.

Usta Ruth ułożyły się w cienką, upartą kreskę. — To bez znaczenia. Małżeństwo nie wchodzi w grę.

Powiedziała to tak płasko, tak ostatecznie. Czy *to* był żołnierz, który zginął pod Waterloo? Bernadette uznała, że to możliwe. Bardziej niż Benjamin Baxter, biorąc pod uwagę ramy czasowe. Westchnęła i spróbowała innego podejścia.

— Nie poradzisz sobie z tym sama, Ruth. Czy twoja matka wie?

Resztki koloru odpłynęły z twarzy Ruth. Wyrwała dłonie z uścisku Bernadette i zerwała się na równe nogi.

— Ruth, nie! — Bernadette próbowała chwycić dziewczynę, ale Ruth była zbyt szybka. Uciekła ze sklepu jakby ścigały ją piekielne ogary, a drzwi zatrzasnęły się za nią.

W końcu dziewczyna będzie musiała przestać uciekać i stawić czoła problemom, ale jeśli odmawia rozmowy nawet z zaufaną przyjaciółką, jak, na miłość boską, mieli jej pomóc?

ROZDZIAŁ 14

Objawienia

Choć korciło go, by wprosić się na kolację do Baxterów, Glynn minął księgarnię i ruszył dalej, do Red Lion. Pani Bell wyszła, by zająć się kobietą w połogu, i chociaż w jej kuchni było pod dostatkiem jedzenia, w innym wypadku czekałby go zimny posiłek.

Tego wieczoru, gdy chłodne letnie powietrze tańczyło mu wokół karku, jego żołądek domagał się ciepłej strawy. Gdy przeszedł przez drzwi frontowe, uderzyła go ściana hałasu; zajazd bez wątpienia miał dziś wieczorem znakomite obroty.

— Doktorze Williams! — rozbrzmiał znajomy akcent. Riot Jones siedział przy stole z kilkoma patrolowymi i pomachał do Glynna zapraszająco. Ten do nich dołączył, rad, że został przyjęty do grona.

Przesunęli się na ławie, by zrobić mu miejsce.

— Riot, co słychać? — zapytał Glynn, siadając.

— Żadnych pożarów — odparł Riot z radosnym uśmiechem, a reszta ekipy stuknęła kuflami w wesołej aprobacie.

Jeden z mężczyzn wspomniał, że pomogli kilku innym

dotrzeć do domu i trzymać się z dala od bójek. — Inaczej trafiliby do pana z podbitymi oczami i połamanymi zębami.

— To mogłoby być nawet zabawne — zażartował Glynn. — Nie odbierajcie mi interesu.

Riot dowodził patrolami, odkąd Shaun Jackson był na miesiącu miodowym, ale że nikt inny nie zapalił się do nawyku podpalania, życie w Hatfield wróciło do spokojnego rytmu.

— Uciekły nam krowy mleczne z pastwiska — powiedział Riot. — To nas zajęło, zanim je zagoniliśmy z powrotem.

Gdy Glynn zajadał pieczonego pstrąga z puree ziemniaczanym i zieloną fasolką, rzekł: — Mam nadzieję, że panu nie zardzewiały umiejętności, bo potrzebuję pana jutro.

Reszta mężczyzn zainteresowała się, ale Glynn musiał ich rozczarować. — Wybaczcie, panowie, tylko Riot, obawiam się.

Zajęknęli zawiedzeni i wrócili do swoich posiłków.

Riot zapytał: — Czego potrzebujesz?

— Czy mógłbyś zajrzeć do moich pokoi u pani Bell rano? Machnij do okna zamiast pukać. Dziś wieczorem odbiera poród i niewątpliwie będzie jutro potrzebowała snu. — Glynn miał nadzieję, że Riot zgodzi się pójść z nim na plebanię i jeszcze raz przeszukać dom. Zastanawiał się, czy Riot nie wypatrzy czegoś, co wcześniej im umknęło. Nawet jeśli nie, będzie przynajmniej obiektywną osobą, która podsunie świeże pomysły.

Przede wszystkim mógł ufać, że mężczyzna zachowa dyskrecję.

— Załatwione — odparł wesoło rodak. — Dziś korzystam z przywileju dowódcy i pozwalam chłopakom patrolować beze mnie.

— Dasz radę już patrolować? — zapytał Glynn. Riot złamał nogę pod Waterloo zaledwie osiem tygodni wcześniej, a powrót Shauna Jacksona bardzo się przez to opóźnił, bo odmówił zostawienia wiernego Walijczyka. Ostatnio Riot chodził o kulach, ale teraz Glynn nigdzie ich nie widział.

— Niezbyt długo — przyznał Riot. — Ale mogę przejść krótki dystans, zanim noga się zmęczy. Chętnie jutro zobaczę, czego potrzebujesz.

⁂

Sobotni poranek wstał pogodny. Mimo tabliczki „zamknięte" na drzwiach księgarni, te ustąpiły, gdy Glynn nacisnął klamkę. Wsunął głowę do środka, uważając, by kotka z kociętami nie uciekła.

Ku jego radości Bernadette chętnie zgodziła się na jego plan na dziś. — Ruth przyszła wczoraj — powiedziała Bernadette, gdy wracali do jego gabinetu. Cicho zajęli miejsca, by nie niepokoić pani Bell na górze.

Może kiedy stanie się lepiej znany i przeczyta jeszcze trochę fachowych ksiąg, hatfieldzkie matki pozwolą mu asystować przy porodach i udzielać pomocy.

Lekarz też może marzyć!

— Zwierzyła się, kto jest ojcem? — zapytał Bernadettę.

— Nie — pokręciła głową, a na jej twarzy malował się szczery ból za młodą przyjaciółkę. — Tylko że poślubienie go byłoby niemożliwe. Zastanawiam się, czy to nie był żołnierz, który nie wrócił?

— Wiele by to tłumaczyło — zamyślił się.

182

Bernadette westchnęła bezradnie. — Znowu uciekła, kiedy naciskałam.

— Biedna dziewczyna musi być przerażona.

Riot przybył i pomachał im przez okno, zgodnie z umową. Spotkali się z nim na ulicy i wymienili ciche powitania.

— Dokąd teraz? — zapytał Riot.

— Do aptekarza, a potem we czworo odwiedzimy plebanię i zobaczymy, co jeszcze mogło nam umknąć.

Wkrótce dołączył do nich pan Lennox i ruszyli razem do domu pań Millings.

Riot spytał: — Chodzi o Starego Siarkę?

Bernadette cicho parsknęła w dłoń.

— O zmarłego pastora Millingsa, tak — poprawił go łagodnie Glynn.

Pan Lennox zachichotał. — Siarka.

Riot westchnął głośno, po czym dodał: — Nowy to powiew świeżego powietrza, prawda?

— Zdecydowanie — zgodził się pan Lennox. — Jest zbyt miły, by przylgnęła do niego jakaś przezwiska, no chyba że coś w rodzaju Uroczy Charles!

— Zgoda — powiedziała Bernadette. Dla Glynna jej westchnienie zabrzmiało bardziej tęsknie niż z ulgą.

Znów ogarnęło go dziwne uczucie i rozpoznał je jako zazdrość. Zszokowało go to i zirytowało po równo. Nie miał do tego prawa, żadnego prawa, by być zazdrosnym. Nie był nawet w pobliżu statusu Bernadette, więc co go to obchodziło, czy ona i sympatyczny, odpowiedni pan Charles mieliby się ku sobie?

Nic a nic — upomniał się surowo.

Pani Millings obdarzyła Bernadette ostrożnym uśmiechem, gdy otworzyła drzwi. W chwili, gdy dostrzegła za nią trzech mężczyzn, wdowa już chciała je zatrzasnąć.

— Jesteśmy tu dla pani dobra, pani Millings — zapewnił Glynn.

Niechętnie wpuściła ich do środka.

Bernadette zajęła panią Millings rozmową w saloniku, podczas gdy on, pan Lennox i Riot obejrzeli kuchnię i spiżarnię, szukając ziół lub przypraw, które mogły być źle opisane. Czegokolwiek, co dawałoby jakąś wskazówkę.

Po dokładnym przeszukaniu pan Lennox miał kilka próbek, które chciał zabrać do sklepu do zbadania. Riota ciekawiło rzemiosło pana Lennoxa, więc wyszedł z aptekarzem, bardzo uprzejmie dziękując pani Millings po drodze.

Glynn uznał, że i on powinien już wyjść. Zbyt wiele razy zakłócali spokój pani Millings. Po stronie plusów było to, że nie cierpiała już na migreny.

Ściskając nerwowo dłonie, pani Millings nagle powiedziała: — Chciałabym, żeby państwo zostali, panie doktorze Williams, panno Baxter. Moje sumienie już tego nie znosi.

Glynn zesztywniał, ale chętnie się zgodził. Bernadette także, choć spojrzała na niego szeroko otwartymi oczami, wyraźnie zastanawiając się, do czego wdowa zamierza się przyznać.

— Przenieśmy się do saloniku? — zaproponowała Bernadette.

— Nie, nie, kuchnia wystarczy. Sprowadzę Ruth na dół, ona też musi to usłyszeć.

Minuty dłużyły się, gdy Glynn i Bernadette spoglądali na siebie, czekając na przybycie córki. Był pewien, że pani

Millings zaraz do czegoś się przyzna. Wymagało to całej jego uwagi, by zachować cierpliwość i czekać w milczeniu.

Pani Millings zaczęła krzątać się przy herbacie i nalała cztery filiżanki.

Na dół zeszła Ruth, wyglądając na bardzo zdenerwowaną. Glynn upił łyk herbaty, by nie móc jej przerwać.

Pani Millings zaczęła mówić. — Ruth, kochanie, musisz usłyszeć to ode mnie, zamiast od miejscowych plotek. Przez długi czas...

Ku zaskoczeniu Glynna przerwała jej Ruth, zduszonym głosem.

— Robił mi okropne rzeczy.

Glynna wypełnił lęk. — Kto?

— Bardzo cię przepraszam — powiedziała pani Millings, obejmując córkę. — Błagałam go, żeby przestał.

— Nie przestał — zaszlochała Ruth. — Przychodził po mnie, kiedy miałaś migreny. Mówił, że diabeł we mnie siedzi i musi go wypędzić.

Ona mówi o swoim ojcu!

Przerażenie zalało Glynna, gdy pojął, do czego przyznaje się biedna dziewczyna. Co gorsza, o ile to w ogóle możliwe, czyniło to z niej główną podejrzaną o śmierć ojca.

Mimo to słuchał poszarpanych szlochów młodej Ruth. Co jakiś czas jego spojrzenie napotykało pooraną bólem twarz Bernadette.

Ruth była niezwykle dzielna, wyjawiając, co zaszło. Co dławiło Glynna w gardle, to fakt, że pastor uchodził za ostoję wspólnoty, pouczał wszystkich o moralności i zachowaniu, a jednocześnie dopuszczał się tak nikczemnych czynów wobec własnej córki.

Myśl to była zupełnie niechrześcijańska, ale Glynn miał nadzieję, że Stary Siarka gdzieś tam gnije w piekle.

— Jest mi tak strasznie przykro — powiedział po długiej, wstrząśniętej ciszy.

— To nie twoja wina — dodała Bernadette. — Nie dziwi mnie, że chciałaś go otruć. Sama bym to zrobiła, gdybym wiedziała.

Ruth zmarszczyła brwi i otarła twarz. — Ale ja tego nie zrobiłam!

Glynn starał się, by jego głos pozostał łagodny. — Nikt by cię za to nie winił. To nigdy nie musi wyjść poza te cztery ściany.

— Nic nie zrobiłam — powiedziała Ruth. — On był otruty? Myślałam, że może dostał apopleksji. Albo że Bóg wreszcie wysłuchał moich modlitw i go poraził!

— Wyglądało na otrucie — potwierdził Glynn. — Ale nie wiemy, co...

— To ja — powiedziała pani Millings.

Zapadła cisza; wszystkie spojrzenia zwróciły się ku wdowie, która siedziała zupełnie prosto, z twarzą spokojną.

— Otrułam go, bo nie chciał zostawić Ruth w spokoju. Byłam taka spokojna, kiedy bywała u pani w księgarni, panno Baxter, bo wiedziałam, że przy pani jest bezpieczna. Cieszę się, że nie żyje. To znaczy, że resztę życia spędzi w spokoju.

Glynn i Bernadette spojrzeli na siebie nerwowo, po czym Bernadette spojrzała na Ruth, dodając jej otuchy drobnym skinieniem.

Dziewczyna przełknęła ślinę i powiedziała: — Mamo, nie mogę.

Odsunęła poły szlafroka, ukazując powiększający się brzuch na drobnej sylwetce.

Po policzkach pani Millings popłynęły łzy, gdy pojęła, że córka już jest brzemienna. — Powinnam była zabić go wcześniej. To wszystko moja wina.

— To nie twoja wina, mamo. To jego.

Obie objęły się we wspólnym smutku i wsparciu, łzy płynęły bez przeszkód.

— Powinnam była zrobić więcej — pociągnęła nosem pani Millings przez łzy.

— Ale twoje migreny były tak ciężkie — powiedziała Ruth. — I co mogłaś właściwie zrobić?

Pani Millings wypluła przez zaciśnięte zęby: — Te cholerne, durne migreny!

Przekleństwo zaskoczyło Glynna, lecz w tych okolicznościach nie miał jej za złe.

Upił kolejny łyk herbaty, czekając w milczeniu, aż matka z córką zaczną godzić się z tym, co uczyniły.

Pani Millings zwróciła się do Glynna i powiedziała: — On wywoływał migreny, belladonną czy czymś takim, prawda pan mówił? Próbował mnie uśpić, żebym była z drogi. A ja mu tymczasem zatruwałam herbatę, mając nadzieję, że go to spowolni.

— Czego pani użyła? — zapytała Bernadette, a pani Millings spojrzała na nią.

— Glistnika z ogrodu.

Bernadette zerknęła na Glynna, kiwając głową. To była jedna z roślin, które mu pokazywała, ta trochę podobna do mniszka.

— Zaparzałam z niego herbatę, ale to nie działało. Źle się

czuł, zżółkł, ale wciąż nie zostawiał Ruth w spokoju. Więc potem użyłam wrotyczu. Moja matka zawsze mówiła, że to bardzo niebezpieczne, i miała rację.

Nagle znieruchomiawszy w pół łyku, Glynn odstawił filiżankę i spojrzał z przerażeniem na Bernadette, która odsunęła swoją.

— Nie! Nie musicie się bać — powiedziała pani Millings. — Nigdy bym pani nie skrzywdziła. Ani nikogo innego. Ale zrobiłabym to jeszcze raz, by ochronić Ruth. Szkoda tylko, że nie umiałam lepiej. Och, Ruth, tak mi przykro.

Było sporo pociągania nosem i łez, nie tylko u pani Millings i Ruth. Bernadette ocierała oczy, a gardło Glynna ścisnęło się boleśnie.

Po kolejnej fali łez pani Millings zwróciła się do Glynna i powiedziała: — Może pan już wezwać pana Jonesa, niech mnie aresztuje.

— Nie ma o tym mowy — wyrwało się Glynnowi. A potem uświadomił sobie, że to prawda. Wcale nie zamierzał jej wydać. Ani przez chwilę nie wierzył, że stanowi zagrożenie dla kogokolwiek innego, a pastor dostał dokładnie to, na co zasłużył.

— Gdzie tu byłaby sprawiedliwość? — powiedziała Bernadette. — Ruth pani potrzebuje.

— Ale przyznałam się do zabicia męża.

— Tajemnica lekarska — rzekł Glynn, zadowolony z tego pomysłu. — A poza tym poddawał panią wyniszczającym migrenom, które odbierały pani zdrowy rozsądek.

— Ale co my teraz zrobimy? — Ruth wyglądała, jakby miała wpaść w panikę, patrząc na matkę.

Bernadette uspokoiła je obie. — Znajdziemy dla was jakieś

miejsce, ciche, gdzie urodzisz dziecko z dala od hatfieldzkich plotek.

— Mamy tak po prostu wyjechać? To dopiero rozwiąże języki — powiedziała pani Millings.

— Wcale nie. — Bernadette miała gotowe odpowiedzi, co głęboko zaimponowało Glynnowi. Najwyraźniej wszystko przemyślała i ułożyła plany, mimo że Ruth wcześniej nie chciała współpracować. — Jest pani w głębokiej żałobie i prędzej czy później i tak będzie trzeba opuścić plebanię. Powiemy, że jedzie pani do rodziny, i to wystarczy.

Zastanawiał się, czy ma jakiś plan. Żałował, że nie ma już krewnych w Walii; to byłoby dostatecznie daleko, by wysłać tam Ruth z matką, ale nie zostało tam nikogo, komu mógłby zaufać. Wytężał pamięć. Nie zawarł wielu bliskich przyjaźni w szkole medycznej; wszyscy wiedzieli, że jest niskiego urodzenia, a trafił tam tylko dzięki bogatemu protektorowi, i podobnie było z innymi chirurgami, z którymi służył w armii.

— Tak bym chciała, żeby zrobiła więcej — powiedziała po chwili Bernadette, gdy odchodzili od plebanii.

Skinął głową, czując, jakby i on zawiódł biedną dziewczynę. — Zrobiła pani bardzo wiele — zrozumiał nagle. — Dała jej pani miejsce, do którego mogła codziennie pójść, gdzie on nie miał do niej dostępu.

Kiwnęła głową, jakby rozważała jego słowa.

— I przyjęła pani na siebie ciężar jego gniewu — dodał. — Może trzymała go pani z dala od Ruth właśnie dlatego, że tak zaciekle atakował panią w kazaniach?

Westchnęła ciężko, jakby te słowa niewiele jej ulżyły.

— Ma pani jakiś pomysł, dokąd mogłyby pojechać?

— Owszem. — Przetarła twarz, ale oczy wciąż miała

zaczerwienione od płaczu. Nie ujmowało jej to urody, gdy ciepłe letnie słońce muskało jej twarz złotym blaskiem. — Moja siostra Marie wyszła za hrabiego Renwick, który ma okazały zamek w Kumbrii. Bardzo, bardzo daleko stąd. Marie już zna i lubi Ruth, rzecz jasna. To idealne miejsce, by Ruth i jej matka ukryły się do czasu narodzin dziecka, a jestem pewna, że Renwick pomoże im się osiedlić na nowo.

Musi być miło — pomyślał Glynn z lekką tęsknotą — mieć zamożnych i wpływowych krewnych z zamkami do dyspozycji. — Lepsze to niż odległa walijska wioska rybacka, o której myślałem, w której dorastałem. Zresztą nie mam tam już nikogo.

— Dziękuję za troskę, ale jestem pewna, że odpowiedzią jest Kumbria. Napiszę do Marie od razu.

ROZDZIAŁ 15

Kłopoty

Bernadette uznała, że wysłanie Ruth i jej matki do Marie byłoby rozwiązaniem idealnym. Z listów siostry wynikało, że Alston Castle jest ogromne. Dziewczyna z matką mogłyby bez trudu wtopić się w służbę. Może z czasem Ruth zostałaby towarzyszką Marie? A w okolicy musiały przecież być gospodarstwa, którym można byłoby zapłacić za przyjęcie niemowlęcia, jeśli Ruth nie będzie chciała go zatrzymać — a Bernadette podejrzewała, że nie będzie; dziecko na zawsze przypominałoby jej o tym, co przeszła.

Dr Williams wszedł do księgarni niedługo po tym, jak w poniedziałkowy poranek otworzyła drzwi, co od razu wywołało uśmiech na jej twarzy. Zaraz za nim wszedł pan Thomas.

— Nie wypuśćcie kotów! — zawołała.

Pospiesznie zamknęli drzwi i z ulgą odetchnęli, że nie wypuścili Crafty ani żadnego z jej rozbrykanych kociąt.

Obaj byli odświętnie ubrani, bo dziś przypadał dzień ślubu Rosie i Riota. Ostatnio było wiele wesel.

— Przyszła poczta, panno Baxter — powiedział pan Thomas, podając jej kilka zapieczętowanych kartek. Potem spochmurniał i dodał nieco nieśmiało: — Czy jest może pani Poole?

— Oczywiście — zgodziła się ochoczo Bernadette. — Jest na górze. Proszę jej nie zatrzymywać, szykuje teraz Rosie.

Glynn położył kapelusz na ladzie i rozejrzał się pod nogami za kociakiem, którego ochrzcił Byronem. Uroczy diabełek już dobierał się do jego sznurowadeł; pochylił się, by go złapać, śmiejąc się, gdy kociak próbował wślizgnąć się do nogawki i ukryć. — Szelmo mały! Tylko mi nie podrzyj porządnego ubrania! Jak ja stanę przy Riocie, jeśli będę miał poszarpane nogawki!

Jeden z listów, które właśnie dotarły, był pisany ręką Marie, więc Bernadette otworzyła najpierw ten. Dobrze było mieć od niej wieści, ale treść sprawiła, że westchnęła z frustracją.

— Nie chcę wtykać nosa, ale czy coś się stało? — zapytał Glynn, obserwując jej twarz.

— Psiakrew — mruknęła, przebiegając wzrokiem po szczegółach. — Podwójna psiakrew.

— Złe wieści?

— Niekoniecznie, ale to spore utrudnienie. — W głowie zaczęły wirować jej możliwe wyjścia z sytuacji, jednak żadne rozsądne nie przychodziło do głowy. — To od mojej siostry, wysłała list ekspresowo, żeby dotarł przed nią. Będę zachwycona, że ją zobaczę, ale ona już jest w drodze do nas.

Glynn wyglądał na skołowanego.

Ściszyła głos, na wypadek gdyby pan Thomas znów się

pojawił. — To znaczy, że nie możemy wysłać Ruth do Marie, bo Marie jest już w połowie drogi tutaj.

— Och! — przytaknął Glynn, markotniejąc. — Rzeczywiście, psiakrew.

— Tak. I musimy szybko coś znaleźć. Niedługo ludzie zaczną gadać. Pan Charles okazał tyle cierpliwości, ale powinien przeprowadzić się na plebanię.

— Pani Bell ma dla niego pokój, odkąd Shaun wprowadził się do nowego domu — powiedział Glynn, po czym się rozjaśnił. — Możemy wybadać pana Charlesa później, po ślubie.

— Czy jest skłonny jeszcze się wstrzymać z przeprowadzką? I czy nie zastanowi go, dlaczego o to pytamy?

Glynn zamyślił się i prawie coś powiedział, ale po schodach zszedł pan Thomas. Uchylając kapelusza, rzekł: — Do zobaczenia wkrótce, w kościele.

Pożegnali go i Bernadette wyszła zza lady, po czym odwróciła szyld na drzwiach na zamknięte.

— Chciałeś coś zaproponować? — spytała Bernadette.

— Zastanawiałem się, czy nie wybadać pana Charlesa, czy nie zna kogoś, kto mógłby przyjąć Ruth i panią Millings.

— Genialne! — Rozpromieniła się do niego. — I wiem, że nie będzie plotkował, jest niesłychanie dyskretny. Ani słowa nie słyszałam o nim od Rosie czy pani Poole, tylko że niektóre młodsze panie chcą mieć fryzury na niedzielne poranki!

Dr Williams naprawdę był człowiekiem myślącym o innych — to on zasugerował, by porozmawiać z panem Charlesem. I taki dobry. Z taką troską i uwagą zaopiekował się ludźmi z Hatfield. Nie tylko ich dolegliwościami, ale i ogólnym dobrostanem. Zupełnie nie jak w jej pierwszym wrażeniu, kiedy brała go za kogoś, kto ceni wykształcenie wyżej niż ludzkie doświadczenia.

Bardzo go źle oceniła.

Cudownie było patrzeć, jak bawi się z Byronem. Cała twarz mu się rozjaśniła, a głos przeszedł w dziecinny ton, gdy przemawiał do rozbrykanego kociaka. — Spodoba ci się w nowym domu. Chatka jest prawie gotowa!

Przez chwilę było po prostu zabawnie patrzeć, jak zachowuje się rozkosznie głupkowato i jednocześnie łagodnie wobec maleńkiego stworzenia.

Po kilku minutach jakby sobie przypomniał, że ma publiczność. Spojrzał na nią, zaskoczony.

Oboje roześmiali się, rozpraszając skrępowanie.

— Chciałam jeszcze raz podziękować za szafkę — zaczęła. Kociak wskoczył jej na stopę — to ten odłożony, by towarzyszył panu Charlesowi na plebanię — i podniosła go. Małe ciałko mruczało i było miękkie jak puch; po chwili ta kuleczka futra zaczęła brykać, kopiąc bezsilnymi łapkami w dłoń Bernadette i rozprawiając się z wyimaginowanym smokiem. Teraz to była tylko zabawa, ale kiedy kociak dorośnie w dorosłego kota, gryzonie nie będą miały szans.

— Cieszę się, że ci się podoba — powiedział, gdy Byron wskakiwał do jego kapelusza na ladzie i wyskakiwał z niego w kółko. — Zapełniłaś ją już?

— Jeszcze nie — odstawiła swojego kociaka bezpiecznie na podłogę, żeby przez przypadek nie spadł z lady. Potem sięgnęła po Bryona, ale ten jej umknął, wspinając się po ramieniu Glynna i zatrzymując się na jego barku.

— Spokojnie! — zaśmiał się Glynn.

Bernadette też się roześmiała i sięgnęła po kociaka w tej samej chwili, gdy on wyciągnął rękę, by go złapać. Oboje jakimś cudem trzymali kociaka jednocześnie, a przez całe jej ciało przeszło ciepło. Razem opuścili malucha na podłogę i dopiero wtedy go puścili.

Glynn odjął dłoń, a ciepło znikło,

— Szafka to przepiękny dar — powiedziała, kiedy oboje się wyprostowali, a potem oparli o ladę. Tak osobisty. Upominek na zaloty? Jeśli tak, to idealny.

Glynn przełknął ślinę, ale nic nie powiedział.

Delikatnie ujęła jego dłoń. Sklep był zamknięty, Rosie i pani Poole wciąż się szykowały; nikt im nie przerwie.

Mocno trzymając go za rękę, zaryzykowała. Zrobiła krok bliżej, uniosła głowę. Jej powieki odrobinę opadły, a usta zbliżyły się do jego. To było takie naturalne, takie właściwe.

Bezwład zamknął odległość i ich wargi spotkały się w delikatnym, niewymuszonym dotknięciu. Serce zadudniło jej w piersi. Światło zatańczyło po skórze. Jej dłoń spoczęła na klapie jego marynarki i przyciągnęła go bliżej.

Pocałunek nabrał ledwie wyczuwalnego nacisku, potem jej wargi rozchyliły się w cichym westchnieniu. To było wszystko, na co liczyła.

A potem stało się czymś więcej. Z jego gardła wyrwał się cichy jęk i sięgnął po jej talię, przyciągając ją mocniej.

Piękna chwila przemieniła się w błogość, a ona rozkoszowała się doznaniami.

— O rany, fuj! Wy też?!

Oderwała się od Glynna i odwróciła się; na schodach stał

Brutus. Był nimi całkowicie zniesmaczony, a jego młoda twarz wykrzywiła się z odrazy.

Pewnie płonęła rumieńcem, ale Bernadette to nie obchodziło. — Kochany Brutusie, zmienisz zdanie, jak dorośniesz.

— W życiu! — obruszył się i zawrócił, wspinając się z powrotem na górę.

Wydobył się z niej nerwowy śmiech i gdy odwróciła się z powrotem do Glynna, mając nadzieję, że podejmą, gdzie przerwali, w jego wyrazie twarzy dostrzegła jedynie głęboką trwogę.

Dlaczego wyglądał na przygnębionego? To nie miało sensu, ich pocałunek był cudowny!

Ku jej dalszemu zdumieniu Glynn cofnął się i nie chciał spojrzeć jej w twarz.

— Nie powinienem był... — zaczął, ale nie dokończył. — To nie było... — kolejna myśl zawisła niedopowiedziana. Wciąż się cofał.

— Myślałam, że podobało ci się to tak samo jak mnie?

Odpowiadał tak gorąco, a teraz uciekał. Nic nie miało sensu. Chwilę temu tonęła w doznaniu pocałunku, a teraz zdawało się, że traci go całkiem, gdy pospiesznie ruszył do drzwi i wyszedł.

Zdezorientowana i oniemiała, przeszła na drugi koniec lady i odnalazła stołek. Usiadła, ukryła twarz w dłoniach, zastanawiając się, co się właśnie stało i dlaczego tak źle się skończyło.

Wszystkie plotki, które słyszała od Rosie i całkiem sporej grupy klientek, zwłaszcza tych, które potrzebowały jej po sezonowych potańcówkach, mówiły, jakie to pocałunki są cudowne. Że mężczyźni tak ich pragną, iż często nie umieją przestać.

Czy trafiła na jedynego mężczyznę w Hatfield, który nie lubi się całować?

Zadźwięczał dzwonek u drzwi i znów stanął w nich Glynn. Nadal nie spojrzał jej w oczy; szybkim krokiem podszedł, chwycił zapomniany kapelusz z lady i bez słowa ponownie wyszedł.

— Nie możesz mnie tak ignorować przez resztę dnia — powiedziała do zamkniętych drzwi. — Oboje będziemy na ślubie Rosie i Riota.

Gdy słowa spłynęły jej z ust, coś zimnego przewróciło się w jej brzuchu. Bernadette zgodziła się być druhną honorową Rosie, a dr Williams był świadkiem Riota. Pewnie byłby nim pan Jackson, ale nie chcieli czekać, aż wróci z podróży poślubnej.

Przynajmniej łatwo będzie zwrócić uwagę pana Charlesa po ceremonii — będą mieli aż nadto okazji, by przemówić mu do ucha, gdy tylko podpiszą dokumenty.

Westchnęła nieszczęśliwie. *Co zrobiłam źle? Czy dlatego, że to ja zainicjowałam pocałunek? Uznał mnie za zbyt śmiałą? Ale po tak pięknym prezencie na zaloty, jakim była szafka, to było takie naturalne!*

Jakoś musiała popełnić błąd. Jak bardzo chciałaby mieć tu którąś z sióstr, żeby poradzić się, co robić!

Ślub Rosie i Riota był przeuroczy. Skromniejszy niż ten Louise i Shauna, rzecz jasna, ale Rosie wyglądała pięknie w nowej sukience, a Riot całkiem przystojnie w najlepszym garniturze, z szerokim uśmiechem, gdy patrzył, jak jego panna młoda idzie ku niemu środkiem nawy. Ponieważ Rosie była katoliczką, ślub był w kościele katolickim, do którego Bernadette dotąd nie zaglądała. Ksiądz wydawał się jednak życzliwy i bardzo gościnny, a większość ceremonii była znajoma.

Pan Charles przyszedł, by okazać wsparcie, i po mszy stał na przykościelnym placu, gawędząc z wieloma parafianami. Bernadette poczekała, aż skończy wymieniać uprzejmości z księdzem, po czym podsunęła się bliżej, kątem oka widząc, jak Glynn do nich dołącza. Ani razu nie spojrzał na nią podczas ceremonii, wpatrzony to w młodą parę, to w księdza, a Bernadette próbowała odsunąć na bok ukłucie bólu.

— Czy moglibyśmy porozmawiać, panie Charles? — skinęła głową w stronę Glynna.

Pan Charles spojrzał raz na nią, raz na Glynna, a jego pogodny wyraz stężał, gdy dostrzegł ich powagę. — Oczywiście, panno Baxter. Przejdziemy się razem?

Kościół katolicki nie stał w centrum Hatfield; czekał ich około półmilowy spacer z powrotem do księgarni. Bernadette skinęła, przyjmując z grzecznością podane ramię pana Charlesa. Glynn szedł za nimi w milczeniu, a ona przypomniała sobie, że kiedyś myślała, iż może być trochę zazdrosny o pana Charlesa. Zerknęła na niego przez ramię i przyłapała go, jak patrzy na nią ze zaciśniętą szczęką, choć szybko odwrócił wzrok, gdy ich spojrzenia się spotkały.

W ogóle go nie rozumiem. Łzy zaszczypały ją pod powiekami, ale stanowczo je odmrugała. Musiała się skupić na pilnym kłopocie Ruth, a nie rozklejać się przez mężczyznę, który daje tak sprzeczne sygnały.

— O co chciała mnie pani prosić, panno Baxter? — zapytał pan Charles. — Z pani miny wnioskuję, że sprawa jest dość poważna, a z obecności doktora Williamsa — że może mieć charakter medyczny. Zapewniam panią, że cokolwiek mi pani powie, nie wyjdzie poza te ramy — może nie obowiązuje mnie pieczęć spowiedzi jak mojego katolickiego kolegę, ale wiem, jak dochować dyskrecji.

Było zbyt wiele osób wokoło; właśnie ktoś zatrzymał Glynna z pytaniem, a widziała też, jak inna kobieta zmierza ku nim zdecydowanym krokiem, wpatrzona w pana Charlesa. Bernadette nie śmiała wypowiedzieć imienia Ruth w tej chwili. — Czy moglibyśmy spotkać się prywatnie, panie Charles, we troje: ja i doktor Williams?

— Oczywiście. — Pan Charles najwyraźniej też dostrzegł problem z prywatnością. — Może w gabinecie doktora Williamsa? Mam wizytę o czwartej... ale po niej?

Bernadette wolałaby zaproponować inne miejsce, ale w księgarni będą pani Poole i Brutus, w Red Lion pewnie zrobi się gwarno od weselników, a nie mogła prosić pana Charlesa, by otwierał kościół specjalnie dla nich. Gabinet Glynna miał sens, nawet jeśli pani Bell będzie w domu — można było liczyć na jej dyskrecję. Bernadette i tak planowała poprosić doświadczoną akuszerkę, by zbadała Ruth.

— Dobrze — zgodziła się niechętnie.

— W takim razie zobaczymy się o piątej — powiedział pan Charles, po czym podniósł głos, gdy kobieta podeszła. — Dzień dobry, pani Frakes! Jak się pani dzisiaj ma?

Bernadette wysunęła się spod ramienia młodego wikarego i odwróciła się; akurat w tej chwili Glynn wyrwał się z rozmowy z mężczyzną, który go zatrzymał.

— Nie mamy teraz czasu na rozmowę — powiedziała Bernadette. — Spotka się z nami w twoim gabinecie o piątej.

Glynn krótko skinął głową, nie patrząc jej w oczy. — Do zobaczenia na miejscu. Muszę odwiedzić pana Hawleya. Wybacz. — Odszedł bez choćby jednego spojrzenia za siebie, a Bernadette została, by sama wrócić do księgarni, znów zachodząc w głowę, co takiego zrobiła źle.

ROZDZIAŁ 16

Planowanie

Mr Charles przybył tego wieczoru minutę lub dwie przed Bernadette, za co Glynn był wdzięczny. Nie chciał zostać sam na sam z Bernadette; gdyby przyszła pierwsza, mógłby stracić głowę i znowu ją pocałować. Od rana nie potrafił myśleć o niczym innym jak o tym pocałunku, choć nienawidził siebie za to.

Nie powinien był go zachęcać, a tym bardziej tak bardzo się nim delektować.

Kiedy w końcu nadeszła, spojrzała na niego tymi pięknymi piwnymi oczami pełnymi bólu i zagubienia, a on nie był w stanie nawet odwzajemnić spojrzenia, tonąc bez reszty w poczuciu winy.

— O czym chcieliście mi porozmawiać? — powiedział Mr Charles, a Glynn z wdzięcznością zwrócił się ku niemu. To, czego pragnęło jego serce, nie miało znaczenia w wielkiej skali rzeczy. — Mr Charles... — zawahał się. — Jeśli wolno mi mówić otwarcie?

— Proszę bardzo — Mr Charles uśmiechnął się zachęcająco. — Zapewniam, niczym mnie pan nie urazi, a skoro przyszliście do mnie we dwoje, to z pewnością sprawa jest poważna. Lepiej nie owijać w bawełnę.

— Dobrze. — Rzucił ukradkowe spojrzenie Bernadette, ale ona siedziała cicho, wpatrzona w swoje dłonie, najwyraźniej zadowolona, że na razie on przejmie inicjatywę. — Nie poznał pan swojego poprzednika, pastora Millingsa. Ja też nie znałem go długo, bo niedawno przybyłem do Hatfield. Ale szczerze mówiąc, był jednym z najmniej chrześcijańskich ludzi, jakich miałem nieszczęście spotkać. To, że był duchownym, czyniło go jeszcze gorszym, bo zupełnie nie nadawał się do tej posługi.

Mr Charles skrzywił się. — Nie jest pan pierwszym, kto zwraca mi na to uwagę, panie doktorze. Obawiam się, że lat mi zajmie naprawianie szkód, jakie pastor Millings wyrządził wielu duszom w Hatfield.

Zachęcony tym porozumieniem, Glynn skinął głową. — Jest jedna dusza, której wyrządził najwięcej krzywdy, i właśnie w sprawie tej osoby panna Baxter i ja chcielibyśmy zasięgnąć pańskiej rady. Córka pastora, panna Ruth Millings.

Mr Charles zamrugał, po czym spoważniał. — Ta biedna dziewczynina? Sprawia wrażenie przestraszonej myszki. Ledwie miałem okazję z nią porozmawiać.

— Jej ojciec okrutnie się nad nią znęcał — powiedział Glynn. — A kiedy mówię „znęcał"... — Zawahał się, próbując znaleźć taktowny sposób ujęcia niewypowiedzianego.

Na twarzy Mr Charlesa narastała groza. — Chce pan zasugerować...

— Ona jest w ciąży — powiedziała bez ogródek Bernadette.

— Własny ojciec! — Mr Charles wyglądał na zdruzgotanego, zasłaniając usta. — Nie. Och, nie. — Zamknął oczy i na moment złączył dłonie, najwyraźniej prosząc o wskazówkę. Gdy je otworzył, miał już zdecydowany wyraz twarzy. — Co mogę zrobić, by pomóc?

— Ruth musi jak najszybciej wyjechać z Hatfield. Ma poparcie matki — powiedziała Bernadette. — Napisałam do mojej siostry, Lady Renwick...

— Doskonały wybór! — Mr Charles natychmiast skinął głową. — Lord i Lady Renwick to ludzie wielkiego serca, którzy dyskretnie pomogą pannie Millings, a Alston leży daleko od hatfieldzkich plotek.

Bernadette musiała przerwać jego pochwały. — Oni już są w drodze tutaj, a nasze listy miną się po drodze. Ruth musi wyjechać teraz. Zanim oznaki będą nie do przeoczenia.

— Rozumiem — powiedział Mr Charles, stukając palcem w usta jedną dłonią, podczas gdy druga powędrowała za plecy, jakby miał zaraz zacząć chodzić po pokoju. Pozostał jednak siedzieć i skinął głową. — Wiecie zapewne, że również pochodzę z Alston? Moi rodzice mają duże gospodarstwo, a mój brat niedawno ożenił się z młodą Szkotką. Mają mnóstwo miejsca i chętnie przyjęliby panie Millings... w istocie, jeśli Ruth nie będzie chciała zatrzymać dziecka, jestem pewien, że Morag z radością przyjęłaby pod opiekę maleństwo, by wychować je jak własne. Napiszę z wyprzedzeniem, ale sądzę, że możemy bezpiecznie wysłać Ruth i panią Millings na północ przy pierwszej nadarzającej się okazji, nie czekając na lorda i lady Renwick. Zapewniam, że będą bezpieczne u mojej rodziny, dopóki lord Renwick nie zorganizuje im stałego miejsca.

— To z pana strony wielka uprzejmość! — Twarz Bernadette rozjaśniła się szczęściem, gdy razem z młodym wikarym dopracowywali logistykę planu, a Glynn nie mógł oderwać od niej wzroku.

To była udręka — tak blisko, a jednak tak daleko poza zasięgiem.

Nigdy nie powinien był jej dotykać, choć serce pękało mu z pragnienia, by przyciągnąć ją do siebie.

Swoją drogą, nie powinien był dawać jej tej szafki na lekarstwa. Cóż to za beznadziejny głupiec kupuje tak osobistą rzecz niezamężnej kobiecie?

Jeśli chciał znać odpowiedź, wystarczyło spojrzeć w lustro.

Gdy Bernadette — dla własnego zdrowia psychicznego naprawdę powinien myśleć o niej jako o pannie Baxter — i Mr Charles rozmawiali o szczegółach wyjazdu panny Millings i jej matki z miasteczka, Glynn dalej beształ się w myślach za swoje młodzieńcze zachowanie. Dopiero ten dzisiejszy pocałunek sprowadził go z hukiem na ziemię. Przekroczył granicę, to było oczywiste. Jedyne, co mu pozostawało, to czym prędzej wycofać się na swoją stronę.

I na niej pozostać.

Sprowadził myśli z powrotem do sprawy, gdy Mr Charles oznajmił, że natychmiast napisze list i wyśle go jeszcze tego samego dnia, by jego matka mogła przygotować się na gości. — To kwestia chwili. Dojdzie przed nimi. Wszystko będzie dobrze.

— Odwiedzę Ruth i jej matkę, pomogę im się spakować — powiedziała Bernadette — i dopilnuję, by miały wystarczające środki na podróż. Mogą znajomym powiedzieć, że jadą do krewnych.

— Co będzie prawdą! — powiedział Mr Charles. — Byle tylko nie doprecyzować, *czyich* krewnych.

Oboje roześmiali się beztrosko, a Glynn poczuł skręt żołądka. To był właśnie ten rodzaj mężczyzny, za którego panna— panna Baxter powinna wyjść. Dżentelmen z krwi i kości, w jej wieku, życzliwy i czarujący... Mr Charles był wszystkim, czym Glynn wiedział, że nigdy nie będzie.

— O rany — powiedział Mr Charles — aż mam wyrzuty sumienia, że przy okazji rozwiąże to moje kwestie lokalowe. Red Lion to wygodna gospoda, ale własne lokum to prawdziwe błogosławieństwo. Nie mogę się doczekać, aż upomnę się o mojego kociaka!

Glynn również wkrótce będzie miał własne lokum. Dobrze mu zrobi, jeśli nie będzie już codziennie tak blisko panny Baxter.

By nie kusiła go jej dobroć, bystrość i skłonność do niesienia pomocy. To musiało być źródłem bólu w sercu. Zwykła bliskość.

Widzieli się codziennie, dlatego pozwolił sobie na poufałość. Kobieta, której siostra była hrabiną! Czyste szaleństwo, że w ogóle dopuścił myśl o niej w sposób romantyczny.

Pożegnali się z Mr Charlesem. Glynn był przekonany, że Bernadette pójdzie do plebanii, by przekazać wieści, lecz zamiast tego zamknęła drzwi.

I została po jego stronie, ku jego niemałemu dyskomfortowi.

— Dlaczego mnie dziś rano pocałowałeś? — zapytała.

Nie spodziewał się tak bezpośredniego pytania. — Yy... —

mózg mu się zaciął, gdy spojrzał na jej miękkie, różowe usta. *Fatalny pomysł!* — Wydaje mi się, że to ty mnie pocałowałaś.

— I co z tego? Odwzajemniłeś pocałunek. Odpłaciłeś tym samym gestem.

Czy musiała akurat wtedy przejechać językiem po dolnej wardze?

Prawda, podobało mu się. Bardziej niż podobało. *Rozsmakował się* w tym. Dręczyło go poczucie winy, bo jej nie powstrzymał ani nie odsunął się. Przeciwnie — z radością się przyłączył i zachęcał do więcej. Któż wie, gdzie by się to skończyło, gdyby Brutus im nie przerwał!

— Myślałam, że mnie lubisz — powiedziała Bernadette z wyrazem bólu na twarzy, a jej piękne piwne oczy zalśniły od niewylanych łez. — Myślałam, że to... naturalny bieg wydarzeń. Szafka była tak osobista i przemyślana, a powiedziałeś, że kupiłeś ją z własnych pieniędzy, nie obciążyłeś kosztami lorda Ferndale'a. Mogłam to tylko odczytać jako podarek na zaloty. Powiedz, jak mogłam aż tak źle odczytać sytuację?

W tym był problem. Wcale nie odczytała źle. Zrozumiała wszystko zupełnie poprawnie, z tą różnicą, że to on był w błędzie. Od początku był w błędzie.

Jako wnuczka jego pracodawcy — choć to było raczej honorowe pokrewieństwo — i tak miała bliską więź z rodziną, więc nie powinien był jej zachęcać.

Jedna siostra miała kiedyś zostać baronową, a druga już była hrabiną. To wynosiło Bernadette ponad chmury i daleko, daleko poza jego zasięg, nieważne, jak bardzo jej pragnął.

Gdyby tylko była po prostu kupcową, mogliby być razem.

Słowa — To przez handel — wymknęły mu się.

— Co? — Wpadła mu w słowo, zanim zdążył uporządkować myśli. — Nie podoba ci się, że jestem w handlu?

— Nie, czekaj, nie o to mi chodziło. — Rozsądne słowa uciekły z głowy. Próbował je pochwycić, lecz rozsypywały się jak jesienne liście i ulatywały.

— A jednak to powiedziałeś — wytknęła Bernadette, gdy nie zdobył się na sensowną odpowiedź. — Nie zauważyłeś, że sam też jesteś w handlu? Jako lekarz ledwie jesteś dżentelmenem.

— Wiem o tym! — wyrwało mu się.

Ona drgnęła.

Serce mu pękło. — Nie chciałem naskoczyć, nie w tym sensie...

— I to jest z tobą problem. Skąd mam wiedzieć, co masz na myśli, skoro *ty* sam nie wiesz, co masz na myśli?

Zachowywała się jak porzucona kochanka. Niemożliwe, żeby zaszło to aż tak daleko. Prawda? Nie liczyły się jego uczucia, ale musiał ochronić jej serce, nim rozwinie do niego jeszcze silniejsze. A to było tak dziwne — że taka kobieta jak Bernadette Baxter mogłaby oddać serce mężczyźnie z walijskiej wioski rybackiej.

— Jesteś młoda — zaczął, nienawidząc, jak protekcjonalnie to brzmiało, ale musiał mówić dalej, musiał ją jakoś przekonać, że się myli. — Z czasem zrozumiesz, że pomyliłaś przyjaźń z czymś więcej. Za parę miesięcy pojawi się ktoś o wiele stosowniejszy.

Stała z otwartymi ustami, zszokowana.

Żołądek ścisnął mu się na myśl, jak bardzo ją zranił, ale jak inaczej miał wytworzyć między nimi przyzwoity dystans?

— Parę miesięcy? Naprawdę uważasz, że moje uczucia są tak ulotne? — wydusiła w końcu.

Jej oczy napełniły się łzami, ale nie spłynęły. Rozdzierało mu serce, że widział ją w takim stanie. Że to on był tego przyczyną.

Glynn nic nie powiedział, przerażony, że cokolwiek wyrwałoby mu się z ust, byłoby niewłaściwe. Że zdradziłby, jak rozpaczliwie ją kocha. Nigdy nie może się dowiedzieć.

— Skoro tak — powiedziała, gdy milczał, po czym odwróciła się i wyszła.

Pozwolił jej mieć ostatnie słowo. Jego własne gardło było zbyt ściśnięte, by mówić.

Wymknęło mu się zirytowane westchnienie, gdy zamknęła za sobą drzwi. Zatoczył się do swojego pokoju i padł na łóżko z jękiem. Potem wstał i zasunął zasłony, żeby go nie kusiło wyglądać przez ulicę na Baxter's Bookshop, i tym razem naprawdę runął na posłanie.

ROZDZIAŁ 17

Pożegnanie i witaj w domu

Następnego ranka Bernadette zawinęła kilka powieści w arkusz brązowego papieru, obwiązała paczkę sznurkiem i poszła do Red Lion, skąd miały wkrótce odjechać pierwsze dyliżanse. Ten jadący na północ miał zabrać Ruth i jej matkę daleko od Hatfield. Przeszły przez ulicę, każda z torbą podróżną; Ruth trzymała swoją obiema rękami tak, by zasłaniała widok jej brzucha. Obie miały na sobie czarne żałobne stroje, które sprawiały, że ich blade twarze wyglądały jeszcze bardziej bez życia. Pan Thomas ładował na dach dyliżansu skrzynie i bagaże, podczas gdy reszta pasażerów zajmowała miejsca. Pani Millings uśmiechnęła się do Bernadette nieco sztywno.

— Napiszemy, gdy dotrzemy do mojej siostry — powiedziała, podtrzymując pozory na użytek obcych uszu.

— Proszę, weźcie to, może pomoże zabić czas — rzekła Bernadette, usiłując nie wybuchnąć płaczem, kiedy obejmowała Ruth po raz ostatni. Słyszała w uchu szybki oddech dziewczyny, która przywarła do niej na krótką chwilę, po czym puściła. — Będę za tobą tęsknić. Uważaj na siebie — wyszeptała Ruth do ucha.

— Dziękuję — powiedziała Pani Millings, zachowując niewzruszoną twarz, gdy przyjmowała pakunek.

— Dziękuję za wszystko — szepnęła Ruth, ściskając dłonie Bernadette jeszcze raz z całych sił, zanim — popędzana przez matkę — odwróciła się i weszła do karety.

Ku wielkiej uldze Bernadette w tej samej karecie nie jechał żaden mieszkaniec Hatfield, co jeszcze bardziej zmniejszało ryzyko plotek.

Pan Thomas sprawdził, czy drzwi są dobrze zamknięte, gdy Pani Millings usiadła obok córki. Szybko przeliczył pasażerów i wyglądał na zadowolonego, że liczba się zgadza. Chwilę później dał szoferowi znak do odjazdu, woźnica trzasnął biczem i zawołał na konie.

Choć Bernadette bardzo chciała zostać i patrzeć, jak kareta opuszcza miasteczko, miała do zrobienia tyle rzeczy, że nie mogła sobie pozwolić na taki luksus. A może po prostu widziała w ostatnim roku już zbyt wiele odjeżdżających karet, które zabierały jej siostry ku dalekim przygodom, podczas gdy ona zostawała w tyle. Mrugnęła, powstrzymując łzy, i z rozmysłem nie patrzyła.

Wracając do drzwi księgarni, zerknęła na gabinet pana Williamsa po drugiej stronie ulicy. Nie rozmawiała z nim, odkąd sprzymierzyli się z panem Charlesem, by rozwiązać kłopot Ruth. Potem on odrzucił ją tak bezdusznie. Coś wyglądało inaczej; zatrzymała się i wpatrzyła przez chwilę. Świeży ból przeszył ją na widok jego nowego ustawienia mebli w pokoju. Przestawił wszystko tak, by siedzieć plecami do ulicy — a wraz z nią, do niej!

Czy była aż tak okropnym rozproszeniem, że nie mógł już na nią patrzeć?

Pospiesznie wpadła do księgarni i szybko zatrzasnęła za sobą drzwi. Powinna obrócić tabliczkę z napisem Zamknięte na Otwarte, ale najpierw musiała dojść do siebie.

Odrzucenie przez Glynna nie mogło przyjść w gorszym momencie. Gdyby Louise tu była, mogłaby się wygadać, ale Louise była w podróży poślubnej. Kiedy siostra wróci, będzie na nią czekać skrzynia opraw i napraw do zrobienia.

Pani Poole i Brutus wciąż tu byli, ale ten drugi do niczego się w tej kwestii nie nadawał. Zdawał się być zniesmaczony samą koncepcją miłości. Musiała zostać za ladą na wypadek, gdyby wszedł klient, więc nie mogła teraz pójść na górę i porządnie się wypłakać u Pani Poole.

Bernadette dała sobie dwie minuty na opanowanie się, wyjęła chusteczkę z kieszeni i wysmarkała nos. Zaczerpnęła uspokajającego oddechu, obróciła tabliczkę na Otwarte i przybrała uśmiech.

Chwilę później przyszła Rosie, promiennie uśmiechnięta, z młodą kobietą u boku. — Panno Baxter, przyprowadziłam moją kuzynkę Mary, żeby zobaczyć, czy nadawałaby się na moje miejsce.

— Och, Rosie, jesteś taka dobra — Bernadette otarła oczy i wymówiła się, że tęskni za Louise, kiedy Rosie spojrzała na nią przenikliwie i spytała, czy płakała. — Bardzo mi miło, Mary, czy radzi sobie Pani z księgami rachunkowymi?

Dziewczyna wyglądała na zszokowaną i powiedziała: — Myślałam, że będę sprzątać, nie liczyć? Nie umiem czytać!

— Nic nie szkodzi — powstrzymała chichot. — Moja

siostra Marie była w tym najlepsza, ale już tu nie mieszka, więc spadło to na mnie.

— Jeśli Mary się nie sprawdzi — rzekła Rosie — mam mnóstwo kuzynek, które chętnie podejmą pracę. Ale ona dobrze sprząta i pierze...

Bernadette uspokoiła obie kobiety. — Skoro Rosie za Panią ręczy, Mary, to mi wystarczy. Dziękuję, że Pani przyszła. Rosie, zaprowadzisz ją na górę do Pani Poole? Pokaże wam wszystko. Czy potrzebuje Pani pokoju, żeby się zatrzymać? Mamy ich sporo wolnych.

Mieszkanie i księgarnia wydawały się bez sióstr takie puste. Bernadette aż rwało, by znów chodzić po Hatfield, jak dawniej. Zanosić zioła i mikstury ludziom w całym miasteczku. Ale nie było nikogo innego, kto zostałby za ladą, więc spadło to na nią.

Uderzyło ją wtedy, że po raz pierwszy w życiu musi zrobić wszystko. Wszystko, co dotąd dzielił między siebie ojciec i jej siostry. Odpowiedzialność ciążyła jej na ramionach; choć nie groziła już utrata sklepu, gdyby zamknęły drzwi na kilka dni, jakoś nie potrafiła się na to zdobyć. Ojciec ufał córkom, że utrzymają interes, i choć została tylko Bernadette, to ona go poprowadzi.

W ciągu dnia do sklepu zaglądał powolny strumień klientów. Jedni chcieli książek, inni mówili, że pan Williams ich przysłał, bo ona ma większą wiedzę o ich dolegliwościach.

To był uroczy komplement. Gdyby nie była na niego tak wściekła, mogłaby niemal pomyśleć, że ją podziwia. Ale to było wtedy, kiedy opacznie odczytywała wszystkie sygnały, które jej wysyłał. Teraz już wiedziała, że to nie był podziw. Zapewne coś o wiele bardziej prozaicznego — pacjenci byli dla niego „poniżej" jego uwagi, skoro potrzebowali tylko ziół, a nie preparatów leczniczych od pana Lennoxa.

Pani Bell wpadła po południu z marsową, skonfundowaną miną. — Nie lubię wdawać się w puste plotki, ale nie sposób było nie zauważyć zmiany u pana Williamsa. Widziałam już dość mężczyzn zawiedzionych w miłości, by czytać oznaki. Odrzuciłaś jego starania, prawda?

— Jest nieszczęśliwy? — Rozkoszna satysfakcja wypełniła Bernadette lepiej niż jej własne toniki.

— Jest, i kazał mi pomagać w przestawianiu mebli tak, żeby nie musiał patrzeć w tę stronę, więc wiedziałam, że coś jest nie tak. Dla zachowania pokoju pod moim dachem, proszę, powiedz mi, co się stało.

— Dobrze, powiem — odparła Bernadette, wstała, oparła dłonie o ladę i pochyliła się. — Rzecz ma się tak. To nie ja odrzuciłam pana Williamsa. *On* odrzucił *mnie*.

Szczęka położnej opadła i tak już została.

Bernadette by się roześmiała, gdyby nie bolało jej serce. Ewidentnie Pani Bell wcale się tego nie spodziewała.

— Jest idiotą — powiedziała w końcu Pani Bell, zamykając usta. — Ja... najmocniej przepraszam. Czy paliły cię ostatnio uszy? Zbyt często szeptałam twoje imię pod nosem... Strasznie mi przykro. Całkiem źle odczytałam sytuację.

Bernadette westchnęła i przyznała: — Ja też.

— Och, moja droga — Pani Bell obeszła ladę z rozłożonymi rękami, gotowa do uścisku.

Zrobiła jeszcze krok, a Bernadette wyciągnęła rękę i rzekła: — Stój!

Pani Bell odskoczyła.

Na podłodze, między nimi, leżał stos mysich wnętrzności.

— Byłam tak zajęta, że rano zapomniałam sprawdzić — mruknęła Bernadette, chwyciła szmaty i szufelkę, po czym wyniosła paskudztwo na podwórze.

Gdy wróciła, Pani Bell znów była gotowa z otwartymi ramionami i Bernadette w pełni skorzystała z matczynego uścisku.

— Nie miałam też czasu wyjść do moich stałych klientów. Wiem, że i ty masz pełne ręce roboty, ale gdybym dała ci listę, zdołałabyś kilkoro z nich dziś odwiedzić? — zapytała Bernadette z nadzieją.

— To najmniej, co mogę zrobić — odparła Pani Bell. — Chciałabyś, żebym mu zatruła kolację?

— Nie, nie — sama myśl o truciznach była póki co zbyt bolesna. — Nie trzeba aż tak. Hatfield potrzebuje swojego lekarza.

— Szkoda, że lekarz Hatfield nie rozumie, jak bardzo potrzebuje ciebie — odcięła położna. — Mężczyźni potrafią być takimi bałwanami!

Bernadette pławiła się w współczuciu i zrozumiała, że nawet jeśli jej sióstr akurat tu nie było, miała wokół siebie dobrych przyjaciół.

Bernadette wyjaśniła też, że pan Charles jednak nie będzie potrzebował pokoju, jako że — ujęła to bardzo ostrożnie — Pani Millings i Ruth wyjechały do krewnych. Nie było czasu, by Pani Bell zbadała Ruth, ale pan Charles zapewnił, że jego matka ma doświadczenie położnej. Będzie wiedziała, jak Ruth pomóc.

— I dom lekarza też wkrótce będzie gotów — dodała Pani Bell. — Znowu będę w domu sama. Sama nie będę wiedziała, co ze sobą począć.

— Poradzi sobie Pani?

— Cóż, było mi żal pana Williamsa, ale teraz, kiedy znam prawdę, niemal cieszę się na jego wyprowadzkę. Może pogadam z Riotem Jonesem, zobaczę, czy któryś z patrolowych nie szuka pokoju. Porządni, praworządni mężczyźni, którym nie przeszkadzają moje dziwne godziny!

Uściskały się jeszcze kilka razy i Pani Bell dalej pocieszała Bernadette, nim ta sięgnęła po kartkę i pióro. Wkrótce powstała krótka lista pacjentów, o których najbardziej się troszczyła. Wyposażyła Panią Bell w kosz starannie dobranych ziół i rozstały się w jak najlepszej komitywie.

Bolało tak bardzo widzieć plecy pana Williamsa przez frontowe okna domu Pani Bell, kiedy Bernadette odprowadzała położną wzrokiem.

Wracając na miejsce za ladą, nie zdołała powstrzymać łez, gdy Byron, kociak wybrany przez Glynna dla siebie, rzucił się na jej buty.

— Dlaczego? — pociągnęła nosem nieszczęśliwie, podnosząc kociaka i tuląc go, wtulając twarz w miękkie futerko. — Czemu on już nawet nie chce ze mną rozmawiać? Tęsknię za nim!

Mały Byron otarł policzek o jej policzek i zamruczał, jakby czuł, że jest smutna, i próbował ją pocieszyć. Łzy popłynęły jeszcze mocniej.

Dzwoneczek zabrzmiał, a Bernadette wzięła wielki, szlochliwy oddech, próbując się przygotować na klientów. Miała chusteczkę w kieszeni? Usiłowała wytrzeć łzy w futerko Byrona, bez powodzenia.

— No, to dopiero powitanie — rozległ się wesoły głos. — Gdzie się wszyscy podziali?

Oczy Bernadette rozszerzyły się, zerwała się na równe nogi, o mało nie upuszczając Byrona, który wbił pazurki w jej ramię, by się utrzymać. Nawet tego nie poczuła, wpatrzona w piękną, bardzo ciężarną kobietę stojącą przed nią.

— *Estelle?*

— Droga siostro — odezwała się Estelle, najstarsza z sióstr Baxterówien, a teraz pani Yates, podchodząc z promiennym uśmiechem. Zgrabnie wyjęła kociaka z rąk Bernadette i podała go mężowi, po czym porwała Bernadette w serdeczne objęcia.

— Kiedy... kiedy wróciliście? — wyjąkała Bernadette, kompletnie zaskoczona, odwzajemniając uścisk Estelle. A przynajmniej próbując, bo brzuch Estelle bardzo w tym przeszkadzał. Wiedzieć, że siostra jest w ciąży, to jedno; czuć twardy dowód tego mocno przyciśnięty do siebie — to zupełnie co innego!

— Właśnie teraz! Wysłaliśmy list, kiedy statek przybił do Bristolu, ale jechaliśmy szybko i prosto tutaj. Śmiem twierdzić, że mogliśmy go wyprzedzić.

— Wyprzedziliście! Jak dobrze was widzieć.

Wyswobodzona z objęć Estelle, Bernadette spojrzała na jej męża, który trzymał Byrona w górze i ciumkał do niego. — I pana też, panie Yates!

— Nawet nie waż się mnie tak nazywać, mam na imię Felix, jak doskonale wiesz — odparł Felix Yates z promiennym uśmiechem, po czym podszedł i pochylił się, by pocałować ją w policzek. Czując wilgoć, mrugnął zdezorientowany. — Ty... płaczesz?

— Cieszę się, że was widzę — skłamała Bernadette, ocierając policzek dłonią.

— Co, oczywiście, wyjaśnia, czemu płakałaś, kiedy weszliśmy — stwierdziła sucho Estelle. — Felix, najdroższy, wiem, że planowaliśmy jechać dalej do Ferndale Hall, ale robi się dość późno. Może zostaniemy dziś u nas, a pojedziemy rano?

— Skoczę do Red Lion i poproszę kogoś, żeby pogalopował i uprzedził Dziadka — odparł pogodnie Felix.

— Nie...

— ...wypuszczać kota, wiem — postawił Byrona na ladzie i wyszedł, posyłając Estelle spojrzenie pełne uwielbienia, którego Bernadette nie mogła nie zauważyć.

— Spójrz na siebie, aż promieniejesz — powiedziała pospiesznie Bernadette, nie chcąc, by Estelle drążyła przyczynę łez. — Kiedy, myślisz, masz termin? Widział cię już ktoś z położnych?

— Och tak, oczywiście. Pod koniec października albo na początku listopada — Estelle otoczyła dłonią brzuch z wyrazem, którego Bernadette nigdy wcześniej na jej twarzy nie widziała: miękkiej, zdumionej czułości. — Byłam absolutnie zdeterminowana, żeby do tego czasu być w domu, ale, dobry Boże, nigdy nie byłam tak okropnie chora. Nazywają to porannymi mdłościami, a trwały cały dzień!

— Biedactwo! Udało ci się dostać trochę imbiru? Na pewno pomaga — szklarnie w Ferndale w tym roku wydały go mnóstwo, mogłam zrobić doskonałą herbatę. Chodź na górę, napijesz się, Pani Poole będzie wniebowzięta, że cię widzi!

— A Louise?

Bernadette mrugnęła na Estelle. — Kiedy ostatni raz dostałaś od nas list?

— Pod koniec lipca. Ten, który pisałaś, ze szczegółami o tym, co Joshua knuje w Sądzie Kanclerskim, łajdak jeden! — Oczy Estelle zabłysły sprawiedliwym gniewem. — Powiedziałam więc Felixowi, że musimy wracać do domu, choćbym miała chorować na każdym mili drogi.

To był list, który wysłała na początku lipca... Shaun Jackson wciąż wtedy był zaginiony. I nie złapano jeszcze Benjamina jako podpalacza, a Bernadette była skłócona z panem Williamsem. No cóż, znów była z nim skłócona. Przyłożyła dłoń do ust. — Och, siostro. Ile ja mam ci do opowiedzenia!

— Może zacznij od tego, gdzie jest Louise! — rzekła Estelle, kiedy Bernadette podeszła do drzwi i obróciła tabliczkę na Zamknięte. Nie zamknęła na klucz, żeby Felix mógł wrócić, ale z pewnością nie miała już dziś ochoty zajmować się klientami.

— W Eastbourne. W podróży poślubnej, z panem Jacksonem.

Bernadette z satysfakcją zobaczyła, jak Estelle wygląda na zupełnie osłupiałą.

— I nie musisz się już martwić o Joshuę. Benjamin okazał się podpalaczem, a kiedy pan Jackson przyłapał go na próbie podpalenia księgarni, on i lord Ferndale sprawili, że Joshua i Phoebe wyjechali do Ameryk w zamian za odstąpienie od oskarżenia.

— Benjamin był... — Estelle chwyciła się krawędzi lady dla oparcia. — Czym?

Bernadette nagle sobie przypomniała, że dawno temu z Louise postanowiły nie martwić Estelle szczegółami serii podpaleń. W istocie, robiły wszystko, by malować sielankowy obraz życia w Hatfield, aż do chwili, gdy — wobec zbliżającego się posiedzenia Sądu Kanclerskiego — sprawy zaszły poza to, z czym mogły same sobie poradzić.

— Chodźmy na górę, usiądziemy, a ja zrobię ci cudowną herbatę imbirową — powiedziała szybko Bernadette. — Naprawdę mam ci bardzo dużo do opowiedzenia.

Pani Poole powitała Estelle z okrzykami radości, a wkrótce potem także Felixa, gdy wrócił na górę objuczony kociętami. Chwilę później wsunął się Brutus, szczerząc się szeroko, a Bernadette zaczęła od wyjaśnień, że Brutus teraz z nimi mieszka i księgarnia jest bezpieczna, bo Brutus jest jej oczywistym sukcesorem, przy czym majątek trzymany jest w zaufaniu do osiągnięcia przez niego pełnoletności.

Estelle miała sto pytań, ale wkrótce stało się jasne, że nie zadowoli się samymi szczegółami romansu Louise i upadku Joshu i Phoebe w niełaskę.

— A teraz wróćmy do kwestii, czemu, 'Dette, płakałaś w kociaka, kiedy weszliśmy — rzekła Estelle, spoglądając na Bernadette znad brzegu filiżanki bystrymi piwnymi oczami, popijając herbatę imbirową.

Pani Poole prychnęła. — Przez durnego chłopa, który nie wie, co dla niego dobre!

— O? — Estelle uniosła pytająco brew.

Bernadette zacisnęła usta. Pani Poole jednak nie zamierzała zostawić Estelle w niewiedzy.

— To ten nowy lekarz, pan Williams. Chłopak mądry, wie o medycynie więcej, niż pan Rasley kiedykolwiek się nauczył, ale o zalotach do panienki — niewiele.

— Rozumiem — powiedziała Estelle, znów wpatrując się

w twarz Bernadette, a ta spuściła wzrok. Jej siostra widziała zbyt wiele.

— Felix, najdroższy — odezwała się Estelle do męża. — Może powinieneś pójść i poznać tego pana Williamsa.

— Znakomity pomysł! Przyda mi się rozprostować nogi po całym dniu w dyliżansie.

— Daleko nie trzeba. Tuż przez ulicę, do Pani Bell. On tam mieszka i ma gabinet, póki odbudowują dom lekarza. Zobaczy go pan przez okno na parterze — podpowiedziała życzliwie Pani Poole, a Felix poszedł.

— No dobrze, kochanie — Estelle odstawiła filiżankę i ujęła dłoń Bernadette. — Opowiedz mi wszystko.

Bernadette znów rozpłakała się, a Estelle natychmiast przyciągnęła ją bliżej.

— Już, już — wyszeptała Estelle we włosy siostry. — Wszystko będzie dobrze. Jestem w domu i wszystko naprawimy. Obiecuję.

Bernadette nie miała pojęcia, jak to miałoby być możliwe, ale rozpaczliwie chciała w to uwierzyć. Uczepiła się Estelle jak tonący liny, licząc na to, że starsza siostra będzie wiedziała, co zrobić, by wszystko znów było w porządku.

Elegancka wiwisekcja

Glynn nie znosił siedzieć tyłem do ulicy, ale przestawienie mebli w gabinecie spełniło swoje zadanie: nie cierpiał już męki polegającej na tym, że regularnie widywał Bernadette Baxter. Albo gapił się na drzwi księgarni, licząc, że zobaczy Bernadette Baxter. Siedział przy biurku, słońce za jego plecami rzucało cień jego sylwetki na papiery, po których pisał.

Drugim problemem wynikającym z odwrócenia się od ulicy było to, że nie widział pacjentów podchodzących do drzwi pani Bell. Zapukał klient, co zaskoczyło go na tyle, że rozmazał atrament na kartce.

Westchnąwszy niecierpliwie, wsadził pióro do kałamarza i podszedł do frontowych drzwi. W progu stał elegancko ubrany mężczyzna, o złotych lokach lśniących jak aureola w późnopopołudniowym słońcu.

Uśmiechnął się szeroko i powiedział — Doktor Williams, jak mniemam?

— Tak — odparł. — Czy to nagły przypadek? Kończę na dziś papierkową robotę.

— Ależ skąd — odrzekł mężczyzna i mimo to wszedł, odkładając kapelusz na stojak obok drzwi. — Właściwie tak, to nagłe, ale bynajmniej nie medycznie. Nie, mylę się — mówił dalej, idąc w stronę gabinetu — Ależ tu nowocześnie! Miło widzieć, że Hatfield ma nowoczesnego medyka.

Glynn podrapał się po głowie, zdezorientowany, i powiedział — Proszę wejść — choć mężczyzna już był w środku i rozglądał się po pokoju.

Miał w sobie energię ciekawego szczeniaka. Szerokie uśmiechy, błyszczące oczy i wrażenie, że jeśli nie będzie ostrożny, coś cennego wnet trzaśnie.

— W czym mogę panu pomóc, panie...?

— Jestem Felix Yates — oznajmił, po czym po prostu stał. Czekał na oklaski?

— Bardzo mi przykro, panie Yates, nazwisko nic mi nie mówi. Wciąż jestem w Hatfield raczej nowy.

— Daj temu chwilę. Na pewno zna pan pannę Florence Yates, działa w każdej komisji.

— Owszem. — Lecz ona była panną.

— A mój dziadek, Lord...

— Ferndale! — Klocki ułożyły się Glynnowi w głowie. A potem zrobiło mu się nagle straszliwie niedobrze. — Jest pan mężem...

— Estelle, siostry Bernadette Baxter. Tak. — Usiadł na skraju biurka Glynna, roześmiany od ucha do ucha. — A Bernadette Baxter w tej chwili rzęsiście szlocha na ramieniu mojej żony, po nieudanej próbie użycia kociaka jako chusteczki. Ubóstwiam moją żonę i robię wszystko, by była szczęśliwa, doktorze Williams. Niestety, jesteśmy w Hatfield ledwie od pół godziny, a moja żona już jest rozpaczliwie nieszczęśliwa.

Glynn stał, niepewny, co robić. Usiąść? Wypadłoby, że zasiądzie sporo niżej od pana Yatesa... co, oczywiście, było prawdą. Pan Yates pewnego dnia odziedziczy baronię Ferndale, a przy tym będzie jego przyszłym pracodawcą.

— Usiądź — powiedział pan Yates, a siedzenie samo znalazło pod Glynnem krzesło.

— Zaszczyt wreszcie pana poznać, panie Yates — zdołał w końcu wydobyć coś składnego i rozsądnego.

— Pewnie powinieneś mówić mi Felix. A jak masz na imię?

— Glynn — powiedział, po czym mrugnął. — Ale to nie do pomyślenia...

— Cóż, może zaczekajmy z tym do czasu, aż zostaniemy szwagrami.

Glynn się zakrztusił.

— A może całkiem opacznie to odczytałem? — Pogodne, błękitne oczy pana Yatesa stwardniały, nagle stały się lodowate. — Zechciałbyś mnie oświecić, dlaczego Bernadette zalewała się łzami do kociaka z twojego powodu, gdy przyjechaliśmy?

Absolutnie nie powinien czuć nawet odrobiny radości, że Bernadette przejęła się nim na tyle, by płakać. Glynn zacisnął szczękę i spojrzał panu Yatesowi prosto w oczy. — Niestety, panna Baxter wzięła okazywany przeze mnie zawodowy szacunek za silniejsze uczucia. Obawiam się, że uroiła sobie, iż jest we mnie zakochana.

— Mój ty świecie. — Oczy Felixa wciąż były dość lodowate. — Uroiła sobie, że się w tobie zakochała. A ty nie możesz odwzajemnić jej uczuć, bo jesteś... już żonaty?

— Nie! — Glynn drgnął. — Za kogo pan mnie ma? Nigdy bym nie po... — w porę się ugryzł w język.

— Pocałowałeś ją, rozumiem — rzucił Felix tak, jakby tamten wcale się nie zatrzymał.

— To nie ja ją pocałowałem, tylko ją pocałunek *odwzajemniłem* — odparł uporem osła, świadom, że słowa, które właśnie wypowiedział, nie mają najmniejszego sensu.

— Bernadette. — Wargi Felixa drgnęły. — Nie pomyślałbym o niej w ten sposób. I po tym epizodzie, w którym to ty nie zainicjowałeś pocałunku, ale pocałunek jednak był? — Uniósł złocisty łuk brwi.

— Oprzytomniałem — powiedział dobitnie Glynn. — Z całym szacunkiem, panie Yates. Ledwie ze mnie dżentelmen — z pewnością urodzeniem nie jestem. Nie mam nic prócz pensji; nawet własnego domu. Będę mieszkał w domu zapewnionym przez pracodawcę. Nie mam nic do zaoferowania żonie, a już na pewno nie dam rady zapewnić tego pani takiej, jak panna Baxter. — Wbił wzrok w Felixa. — Pani, której jedna siostra jest hrabiną, a druga przyszłą baronową. Panna Baxter może się rozglądać znacznie wyżej niż za człowiekiem, który zarabia na chleb pracą.

Felix powoli skinął głową. — Rzeczywiście, widzę. Powinienem był o tym pomyśleć wcześniej; dziadek i ja naprawdę powinniśmy byli coś zorganizować, żeby zapewnić posagi pozostałym siostrom, kiedy poślubiłem Estelle...

Glynnowi pociemniało w oczach. Zrywając się na równe nogi, warknął — Nie będę żył z pieniędzy żony. Na wszystko, co mam, ciężko zapracowałem, nie jestem *arystokratą*.

Natychmiast pożałował tych słów. Pan Yates był uosobieniem urodzonego arystokraty, choć póki co bez „Lorda" przed nazwiskiem. Złotowłosy mężczyzna nie wyglądał jednak na urażonego — roześmiał się serdecznie.

— No cóż, zasłużyłem, Glynn! Widzę, że masz dumę. Ale pozwól, że cię przestrzegę. — Felix zsunął się z biurka i podszedł do drzwi swobodnym, absolutnie pewnym siebie krokiem. — Pycha to danie, które kiepsko smakuje. Zaufaj, wkrótce się o tym przekonasz.

Glynn miał ochotę zetrzeć uśmieszek z nazbyt przystojnej twarzy Felixa, ale jakimś cudem pozostał na miejscu. *Przecież on będzie moim pracodawcą* — to była jedyna myśl. *Nie mogę.*

— Dobrego wieczoru, Glynn — rzucił wesoło Felix. — Jestem pewien, że wkrótce znów się zobaczymy. Bardzo wkrótce.

Dobry Panie, oby nie.

— Zanim się obejrzysz, będziesz zapraszany na niedzielne obiady do Ferndale Hall jako członek rodziny!

Glynn mrugnął, słysząc to pożegnalne kuksańce. Niedzielne obiady w Ferndale Hall były niemal stałym punktem programu od chwili, gdy przybył do Hatfield. Czy to znaczyło, że był... *już* przyjęty jak swój? Zdołał się bardzo przywiązać do lorda Ferndale i panny Yates. Życzliwy starszy pan i jego urocza siostra zapełnili w życiu Glynna lukę, o której nawet nie wiedział.

Czy kiedykolwiek jeszcze zaproszą go na obiad po tym, jak najwyraźniej złamał Bernadette serce? Jak miałby w ogóle pójść, nawet gdyby zaprosili, i spojrzeć na Bernadette po drugiej stronie stołu?

— Niezłego bigosu narobiłeś, chłopcze — mruknął do

siebie, słysząc w głowie głos nieżyjącego ojca, gdy osunął się z powrotem na krzesło i wbił wzrok w podłogę.

Dźwięk zamykanych drzwi oznajmił powrót pani Bell do domu. Spojrzała przez otwarte drzwi gabinetu — Felix nie zamknął ich, wychodząc — i zobaczyła Glynna siedzącego samotnie.

— Co za idiota — powiedziała pogardliwie, a szczera prawda była taka, że Glynn zaczynał się z nią zgadzać.

— I pani też? — Glynn uniósł wzrok na swoją gospodynię i skrzywił się. Powinien był milczeć i pozwolić jej przejść, ale skoro już odpowiedział, wmaszerowała do gabinetu i stanęła przy biurku.

— No już, przestawmy te meble tak, jak powinny stać.

Miała rację, że teraz meble były ustawione dużo mniej wygodnie, ale poprawianie tego było ostatnią rzeczą, na jaką miał ochotę. Tak naprawdę chciał tylko posmęcić nad swoim nieszczęściem polegającym na tym, że jego uczucia pobłądziły, a on nie miał nic do zaoferowania pannie Baxter.

Myślenie o niej jako o pannie Baxter zamiast o Bernadette trochę pomagało. Mniej więcej tak, jak trochę pomaga walić głową w ścianę z bali zamiast w ceglany mur.

Najwyraźniej jednak opór był daremny. Pani Bell nie zamierzała przyjąć odmowy, więc Glynn westchnął, podniósł się i chwycił za jeden koniec biurka.

Kiedy przesuwali biurko z powrotem na dawne miejsce, pani Bell powiedziała — Teraz będzie pan mógł widzieć pacjentów, gdy nadchodzą.

Aluzja była aż nadto czytelna. Chciała, żeby widywał pannę Baxter, kiedy będzie wchodziła i wychodziła z księgarni.

— Wygląda na to, że chce mi pani wygarnąć, pani Bell?

Mogła go równie dobrze obedrzeć ze skóry: i tak został już wesoło ustawiony do pionu przez pana Yatesa. Co tylko potęgowało jego ból. Jego miejsce było tak daleko poniżej panny Baxter — jak mógł taki arystokrata jak pan Yates nie widzieć, jak kiepskie to byłoby małżeństwo? A jednak zdawał się je zachęcać? O szlachcie mówiono, że miewa fioła, bywa ekscentryczna, ale Felix Yates to już szczyt wszystkiego.

— Nie muszę panu mówić niczego, o czym już pan nie wie, że to prawda. Pan i panna Bernadette jesteście dla siebie stworzeni. Proszę przestać stroić fochy, przeprosić i błagać, by pana przyjęła na powrót.

Nie zamierzał spierać się, jak niemożliwe to będzie. Pozwolił jej odnieść triumf.

— Zjem dziś kolację w Red Lion — oznajmił, podejrzewając, że gdyby był dość niemądry, by jeść w domu, zwykle znakomite gotowanie pani Bell mogłoby się dziś okazać mniej znakomite. Przypalone albo przesolone — to byłby jego los.

— Bardzo rozsądnie — powiedziała pani Bell.

Po błysku w jej oku Glynn podejrzewał, że miała w zanadrzu coś jeszcze gorszego! A ponieważ nie chciał spędzić nocy w nader bliskiej znajomości z nocnikiem, nader roztropnie wyniósł się z domu, aż jej gniew ostygnie.

***

Glynn najchętniej unikałby Felixa Yatesa po kres czasu, ale los sprawił, że następne posiedzenie rady miejskiej wyznaczono już dwa dni później, a gdy Glynn wszedł do sali zebrań w Red

Lion, Felix Yates siedział na miejscu lorda Ferndale u szczytu stołu.

Wszyscy pozostali, jak się zdawało, już pana Yatesa znali, włącznie z panem Charlesem i Riotem Jonesem, którzy musieli poznać go w ciągu ostatnich dni. Wszyscy ściskali mu dłoń z wielką serdecznością, po czym z niepokojem dopytywali o zdrowie lorda Ferndale.

— Dziadek cieszy się znakomitym zdrowiem, dziękuję za troskę — powiedział pan Yates w swoim denerwująco pogodnym tonie. — Od jakiegoś czasu wyrażał jednak chęć, bym objął większą rolę w zarządzaniu baronią i, wspierany przez moją znamienitą żonę, z radością słucham jego wskazówek i zrobię, co trzeba. Zaczynając od zastąpienia go dziś.

— Gratulacje dla pana i pani Yates, jak rozumiem — powiedział Riot Jones. Zastępował Shauna Jacksona; Glynn miał nadzieję, że jego krajan, człowiek bardzo twardo stąpający po ziemi, podzieli opinię Glynna o tym niedorzecznie młodym arystokracie, lecz Riot wydawał się panem Yatesem całkiem zachwycony.

Glynn miał ochotę warknąć pod nosem na to, jak irytująco sympatyczny był pan Yates w istocie. Zapadł się w krzesło i starał się nie dąsać, robiąc, co mógł, by ignorować obrady, chyba że wzywano go do głosowania.

Niestety, Glynn nie mógł udawać nieobecnego przez całe posiedzenie, bo wkrótce podniesiono sprawę szpitala, a pan Yates okazał się nią nad wyraz zainteresowany. Pan Charles z zadowoleniem poinformował radę, że biskup przyjął jego rekomendację, by duży, pusty teren obok plebanii przeznaczyć pod budowę szpitala.

— Znakomita wieść — powiedział pan Yates. — A czy mamy dostępnych robotników i materiały?

— Wkrótce — odparł Riot. — Ludzie kończą w tym tygodniu pracę przy domku dla doktora, ale zaczynają się żniwa i wszyscy będą potrzebni w polu. Do czasu, aż zboże będzie zebrane, zamówione materiały powinny zostać dostarczone i nie zajmie długo oczyszczenie terenu i postawienie budynku.

— A wyposażenie? — Pan Yates spojrzał na Glynna. — Doktorze?

— Mam listę — odparł niechętnie. — Mogę złożyć zamówienia w dowolnym momencie, jeśli tylko będzie gdzie przechować wszystko do czasu ukończenia budowy.

— W Ferndale Hall mamy mnóstwo miejsca. — Pan Yates zanotował coś w leżącej przed nim książce. — Proszę zamawiać wszystko z dostawą do Hall, panie doktorze. Zorganizuję transport do miasta, gdy będzie pan na to gotów. Lepiej mieć wszystko pod ręką niż czekać na rzeczy, które niespodziewanie długo idą.

Miał rację; i to było z jego strony hojnie. Glynn zacisnął zęby, bardzo usilnie starając się nie lubić Felixa Yatesa, ale uświadamiając sobie, że to niemożliwe. Ten człowiek był zbyt miły. Przystojny, hojny, rozsądny... dokładnie taki mężczyzna, na jakiego zasługują siostry Baxter. Nic dziwnego, że jedną poślubił. Pewnie miał tuzin kolegów dokładnie takich jak on, których z radością przedstawiłby Bernadette.

Glynn nie zorientował się, że zaciska pięść, dopóki ołówek nie pękł mu między palcami.

ROZDZIAŁ 19

Kolejne spotkanie

To było ogromnie kojące znów mieć Estelle w domu. Siostra promieniała szczęściem, choć chwilami wyglądała na nieco niekomfortowo czującą się. Imbirowa herbata bardzo łagodziła mdłości, co z kolei sprawiało, że Bernadette czuła się potrzebna. A jednak ciężko było patrzeć na tak oczywiście, błogo zakochaną i szczęśliwą parę, kiedy sama była tak straszliwie nieszczęśliwa.

Było też tyle do opowiedzenia Estelle o wydarzeniach, a jednocześnie trzeba było pominąć wiele szczegółów, by jej nie przytłoczyć ani nie napędzić lęku. Najważniejsza była rozprawa w Sądzie Kanclerskim; na tym najlepiej skupić energię.

W ogólnym rozrachunku cóż znaczył zawód miłosny, kiedy sędzia miał właśnie rozstrzygać o całej jej przyszłości?

Przynajmniej Estelle i Felix zatrzymali się tylko na jedną noc, nim pojechali do Ferndale Hall, a Estelle nie była w stanie kursować tam i z powrotem do Hatfield. Bernadette będzie musiała pojechać do niej.

Brutus, kochane stworzenie, wstał wcześnie i sprawdził, czy na podłodze nie ma wnętrzności. Wymienił nawet jutę u dołu schodów, żeby Crafty mogła ostrzyć pazury. Kocięta brykały, naśladując matkę. Pan Thomas wszedł z kilkoma listami, a Bernadette uśmiechnęła się i skinęła głową w stronę schodów, dając mu znać, że pani Poole jest na górze.

Wydawało się, jakby wszyscy wokół niej byli zakochani. Gdyby byli jeszcze szczęśliwsi, sama musiałaby popijać imbir, żeby nie dostać mdłości z samego patrzenia.

Po południu przybyli kolejni szczęśliwcy, a jej serce się rozweseliło.

Dwóch szkolnych chłopców wpadło do księgarni, oczy roześmiane z zachwytu. — Halo, ciociu Bernadetto! — zawołali.

— George i Richard! — Rozpłynęła się na widok swoich nowych siostrzeńców. To mogło znaczyć tylko tyle, że jej siostra i hrabia są tuż za nimi.

Mimo że była teraz hrabiną, Marie wskoczyła do środka i z radością dopadła Bernadette, obejmując ją tak mocno, że tamtej aż zaparło dech.

Objęły się i płakały ze szczęścia. Bernadette wyznała: — Tak za tobą tęskniłam. Louise była okropna w rozliczeniach!

— Potrzebujesz, żebym je przejrzała?

Roześmiała się i odparła: — Najpierw wolno ci wejść i odpocząć po podróży. — Potem zwróciła się do szwagra: — Lordzie Renwick, to wielka przyjemność znów Pana widzieć — i chłopców również.

George i Richard już znaleźli kocięta i na dole schodów bawili się z nimi.

Brutus zszedł na dół, a chłopcy od razu się rozpoznali.

U usiedli razem, a bliźniacy przechwalali się, jak ogromny i groźny stał się The Pied Piper w Alston, podczas gdy Brutus snuł opowieści z Hatfield, włącznie z podpaleniem samej księgarni.

Marie zdawała się wcale niezmieniona, poza tym, że jej stroje nabrały dystynkcji. Renwick chętnie się cofnął, by pozwolić siostrom nadrobić zaległości, byle tylko pokazały mu ewentualne rzadkie woluminy. Bernadette roześmiała się i otworzyła zamykane gabloty, by mógł je przejrzeć, a on rozsiadł się z zadowoleniem przy ladzie i zaczął buszować po półkach.

Od stycznia nie nadeszło nic od ojca i ta cisza sprawiła, że Bernadette drgnęła z bólem, gdy Marie o niego spytała.

— Nadal nic? — zapytała Marie, głęboko zaniepokojona.

— Napisałabym od razu, gdyby coś przyszło. — Bernadette pokręciła głową, przyciskając dłonie do brzucha i próbując odegnać mdłości, które teraz zawsze ją dopadały na myśl o tym długim milczeniu ojca.

Pani Poole zeszła po schodach i dostrzegłszy nowych gości, podeszła, by uścisać Marie. Szybko wszystkich powitała i obiecała, że zaraz wróci z herbatą i wiktuałami dla strudzonych podróżnych.

— Mamy sporo miejsca, jeśli chłopcy chcieliby zostać u nas na górze? — zaproponowała Bernadette.

— Bardzo chcą zobaczyć pana Charlesa — Marie przygryzła dolną wargę. — I mieliśmy cichą nadzieję, że może przeprowadził się już na plebanię?

— Niedawno się wprowadził — powiedziała Bernadette i uznała, że to równie dobry moment, by szepnąć siostrze na osobności, jak to się dokładnie stało.

— Brutusie, kochany, przypilnujesz sklepu, podczas gdy my z Marie powspominamy?

Przeszły do półek biblioteki wypożyczalni. Ściszonym głosem Bernadette streściła najważniejsze wydarzenia, a Marie wydawała najpierw zszokowane, a potem kojące odgłosy i kiwała głową ze zrozumieniem.

— Zrobiłaś dokładnie to, co trzeba — orzekła Marie. — Morag będzie zachwycona młodą przyjaciółką, choć Ruth na początku może mieć trudność, żeby ją dobrze rozumieć. Napiszę też, że oferujemy pełne wsparcie, kiedy wrócimy, i poproszę naszą gospodynię, panią Ellwood, żeby do nich zaglądała.

— Dziękuję — Bernadette myślała, że już nie ma łez, ale ulga na wieść, że Ruth i jej matka będą pod opieką, uruchomiła nowy ich zapas.

Marie i Renwick mieli zatrzymać się w Ferndale Hall, ale chłopcy byli zachwyceni, że będą mieszkać u pana Charlesa i nadrobią czas ze swoim dawnym nauczycielem. Dzięki temu mogli przychodzić do księgarni, kiedy tylko zechcą, i przeżywać przygody z Brutusem i kociętami. Zostaną w Hatfield, podczas gdy rodzina Baxterów stawi się w Sądzie Kanclerskim, a potem Renwick wróci i zabierze ich do Eton na trymestr jesienny.

Po herbacie i kruchych maślanych ciasteczkach Marie niemal musiała odciągnąć męża, który wciąż dokładał „jeszcze jedną" książkę do stosu, i zapakowała chłopców do powozu Renwicków.

— Ale z nich ubaw! — powiedział Brutus. — Zostają w Hatfield?

— Jeszcze jakieś dwa tygodnie, a potem do szkoły aż do Bożego Narodzenia, obawiam się — odparła Bernadette.

Brutus ściągnął usta w zadumie. — Chciałbym iść z nimi do szkoły.

Bernadette miała już na końcu języka, żeby powiedzieć, że Eton może być dla Brutusa nie do osiągnięcia. Ale z drugiej strony, jej siostra poślubiła hrabiego. A pieniędzy z połowy majątku Joshuy w funduszu powierniczym dla Brutusa powinno wystarczyć.

Tak naprawdę nic nie było niemożliwe.

Wtedy chandra wróciła ze zdwojoną siłą. Gdyby tylko tępy doktor po drugiej stronie ulicy, któremu oddała serce, o tym wiedział. Felix opowiedział jej, co powiedział Glynn, i Bernadette miała ochotę przemarszować przez ulicę i wybić mu to z głowy! Nie obchodziło jej, że Glynn nie ma własnego domu ani że nie urodził się dżentelmenem. To nie miało znaczenia! Liczyło się to, że jest życzliwy i mądry, a przede wszystkim, że wspiera jej zainteresowanie medycyną i zdrowiem bliźnich. A raczej — bliźnic. Mężczyzn niech sobie dogląda Glynn, o ile ją to obchodzi. Byłby to nader rozsądny podział obowiązków!

Mieli już świetne porozumienie w pracy — a przynajmniej mieli, zanim przestał się do niej odzywać. Czemu nie chciał dostrzec, że mogliby być partnerami także w miłości? Starła wściekłe łzy. Głupi, głupi mężczyzna!

Gdy wnuk i żona bezpiecznie wrócili do Hatfield, lord Ferndale i panna Yates urządzili uroczystą kolację w Ferndale Hall. Było to powitanie po powrotach, ale też ostatnie ustalenia tuż przed wyjazdem do Londynu na rozprawę w Sądzie Kanclerskim. Bernadette i Brutus zamknęli księgarnię na ten dzień, bo pani Poole miała jechać z nimi. Podróżowali powozem Renwicków na plebanię, gdzie zrobiono miejsce dla pana Charlesa, George'a i Richarda. Brutus i Richard stanęli z tyłu powozu, tam gdzie zwykle stoją lokaje. Krzyczeli i śmiali się, czując wiatr na twarzy. George usiadł obok woźnicy, z obietnicą, że w drodze powrotnej stanie z tyłu. Trzej chłopcy byli już serdecznymi druhami, a George i Richard rwali się do pomocy w księgarni. Naprawdę miło było ich mieć przy sobie.

Późnoletnie słońce rozświetlało gabinet Glynna, gdy wypełniał kolejny karton pacjenta. Pan Black i jego ludzie przygotowali papeterię, na której pisał, i fala dumy przeszła przez niego, kiedy wpisywał szczegóły dolegliwości najnowszego pacjenta. Przypadkiem był to mężczyzna pracujący u pana Blacka, który skarżył się na ból barku. Biorąc pod uwagę jego wiek, nie było to zaskoczenie. Może zajrzy do drukarni, by zobaczyć, jak mężczyzna pracuje i czy nie dałoby się ulżyć bólowi, zmieniając technikę pracy.

Czytał akurat raport dotyczący urazów pracowniczych i czynności powtarzalnych. Fascynujące (i trochę przygnębiające) było to dla niego: jednego dnia drobiarze, którzy wyrywają pióra godzinami, a następnego nie są w stanie poruszyć dłońmi. Musiał też uważać, by nie zacząć natychmiast wypatrywać podobnych urazów w Hatfield tylko dlatego, że czytał o badaniach aż w Manchesterze.

Widział, jak elegancki powóz zatrzymał się przed księgarnią, ale zasłonił drzwi sklepu. Mógł tylko przypuszczać, że właścicielem jest arystokrata, sądząc po herbie na drzwiach, liberii woźnicy i pięknych koniach.

To tylko utwierdziło go w przekonaniu, jak bardzo nie pasuje do Bernadette — ona obracała się w tych wyżynach, a on studiował raporty o urazach nadgarstków u skubaczy kur.

Dokończył kartę pacjenta i odłożył ją alfabetycznie.

Usiadł znów i sięgnął po kolejny raport medyczny. Wkrótce potem powóz Ferndale stanął przed jego oknem, całkowicie zasłaniając widok.

Ten radośnie irytujący pan Yates wrócił.

— Glynn! — zawołał, wchodząc tym razem nawet bez pukania.

— Panie Yates — podniósł wzrok znad biurka. Znów siedział nisko, gdy tamten górował nad nim.

— „Panie Yates" to mój marnotrawny ojciec. Mów mi Felix. Wszyscy tak mówią. — Akcent był taki, że jeśli Glynn nie będzie go tak nazywał, to znaczy, że jest nikim.

Zachował jak najbardziej neutralny ton: — Czym zawdzięczam... przyjemność, Felix?

— Pamiętasz, jak mówiłem, że prędzej czy później będziesz jadł w Ferndale Hall?

Pamiętał to spotkanie. Każdą boleśnie poprawną chwilę. Skinął głową.

— No więc jesteś zaproszony. Moja ukochana żona siedzi w powozie, nie każmy jej czekać.

— Ja... chwileczkę. Nie mogę — rozejrzał się za wymówkami, ale gabinet był pusty, a wszystko wyglądało zbyt schludnie, by udawać, że trzeba cokolwiek porządkować.

— Zaproszenia na wspaniałą ucztę w Ferndale Hall po

prostu się nie odrzuca! — powiedział Felix w tym swoim uroczo groźnym tonie.

Ten człowiek umiał obedrzeć kogoś ze skóry, a jednocześnie sprawić, że ten się uśmiechał.

Ale to było niemożliwe. Po prostu niemożliwe. Nie po tym, jak tak podle potraktował Bernadette — nawet jeśli dla jej dobra.

— Nie mogę stanąć z nią twarzą w twarz — przyznał.

Na litość, co takiego miał w sobie Felix Yates, że skłonił go do takiego wyznania?

— Cóż, obawiam się, że to nie zależy od ciebie. Jako twój pracodawca — Felix skinął na powóz za oknem — rozkazuję ci wsiąść.

Na to Glynn nie miał żadnej odpowiedzi poza: — Tak jest, proszę Pana.

— Felix. A to moja żona, Estelle — dodał Felix, kiedy Glynn wsiadł do powozu.

— Czy państwo naprawdę przyjechali aż z Ferndale Hall do Hatfield tylko po to, żeby mnie zabrać? — zapytał Glynn zrzędliwie, zerkając na wyraźnie zaokrąglony brzuch pani Yates. — Naprawdę nie powinna się Pani tak obijać po drogach, proszę Pani.

— Musiałam wyjść z domu — odparła Estelle. — I tak, to prawda. Felix uparł się, że mamy po ciebie przyjechać.

— Oczywiście — rozpromienił się Felix. — Byłem niemal pewien, że każdemu innemu odmówiłbyś, gdyby próbował kazać ci przyjechać.

To było jakby wypatroszył go uroczy króliczek. Glynnowi aż ścisnęło się w żołądku, a jednak nie mógł oderwać wzroku.

— Poślubiła Pani bardzo irytującego człowieka, pani Yates —

wyrwało się Glynnowi. Estelle roześmiała się, wyraźnie nie dotknięta.

— Widzę, że spędził pan już z Felixem dość czasu, by dobrze go podsumować. — Usiadłszy wygodniej, z dłońmi złożonymi na brzuchu, posłała mężowi spojrzenie czystej adoracji. — Jednak jakoś z czasem ta irytacja przemienia się w czułość. Nie wiem, jak on to robi, ale człowiek się do niego przywiązuje.

— Jak do pleśni — mruknął Glynn.

— Wciąż tu jestem — odezwał się Felix tonem udawanej urazy — i słyszę, jak mnie oboje obrażacie.

— Nie wątpię, że oboje obmawialiście mnie — tam, gdzie nie mogłem słyszeć — Glynn postanowił przejść do ataku.

— Cóż, zachowywałeś się jak skończony idiota, z tego, co słyszę — odparła wesoło Estelle. — Czy już przyszedłeś po rozum do głowy?

— Nic się nie zmieniło! — obstawał Glynn. — Wszyscy próbujecie doprowadzić do związku, który jest pod każdym względem nieodpowiedni, i wygląda na to, że tylko ja zachowuję zdrowy rozsądek!

— Tyle miesięcy z Bernadette, a wcale jej pan nie zna — powiedziała Estelle z lekkim smutkiem.

— Wiem, że zasługuje na kogoś, kto da jej życie, na jakie powinna liczyć.

— A któż pan jest, by to osądzać? — Estelle uniosła brew, a on zobaczył w tym geście echo Bernadette. To było dokładnie to samo spojrzenie, jakim Bernadette zawsze go obdarzała, gdy go w jakiś sposób wyzywała na myślowy pojedynek, każąc mu wyjść poza granice jego edukacji i doświadczenia.

— To, czego Bernadette *potrzebuje* — powiedziała stanowczo Estelle — to ktoś, kto będzie ją wspierał w powołaniu. A choć świetnie prowadzi nasz rodzinny interes całkiem sama, jej powołaniem jest pomaganie innym medycznie. I z tego, co mi Bernadette mówiła, znajduje to wsparcie u pana. Czy zaprzeczy pan, że regularnie odsyła do niej pacjentów, co do których uważa pan, że jest lepiej przygotowana, by im pomóc, niż pan sam?

— Jesteś równie uparta na swoim, co Bernadette — burknął Glynn, niezdolny znieść tego wyzywającego spojrzenia i gapiąc się zamiast tego w okno.

Estelle westchnęła. — A ty jesteś zdeterminowany, żeby być uparty. Trudno. Zobaczymy. Być może Sąd Kanclerski zdejmie ci decyzję z głowy.

— Co z Sądem Kanclerskim? — zmarszczył brwi Glynn, ale powóz właśnie zatrzymał się przed Ferndale Hall i Felix oraz Estelle wysiedli, nie odpowiadając.

Glynn powlókł się za nimi. Panna Yates zagadnęła go jak zawsze życzliwie, nim przedstawiła go lordowi i lady Renwickom oraz ich synom.

Lord Renwick nie był tak onieśmielający, jak Glynn się spodziewał. Owszem, wysoki i ciemnowłosy, i Glynn podejrzewał, że potrafi wyglądać bardzo groźnie, jeśli zechce, ale szeroki uśmiech nie schodził mu z twarzy, czyniąc go niezwykle przystępnym.

Lady Renwick również była inna, niż oczekiwał. Spotkawszy już trzy z czterech sióstr Baxter, Glynn spodziewał się fizycznego podobieństwa — brązowych włosów i piwnych oczu — ale lady Renwick nosiła okulary i miała znacznie cichsze usposobienie. Jednak zasiadłszy między panną Yates a hrabiną przy lunchu, Glynn wkrótce pojął, że Marie jest bardzo bystrą kobietą. Zadała kilka przenikliwych pytań i nim się spostrzegł, opowiadał jej coś o swoim pochodzeniu.

Byli tak czarujący i wciągający, że nie zauważył, jak bardzo jest poza swoją głębią, dopóki już się nie topił. Estelle Yates rzuciła uwagę, która powierzchownie brzmiała grzecznie, ale niosła mocne podskórne prądy. — Bernadette, ta nowa szafka jest olśniewająca. Chciałabym coś podobnego do Ferndale Hall.

Bernadette przełknęła ślinę i rzuciła szybkie spojrzenie w stronę Glynna, po czym wróciła wzrokiem do siostry. — Tak, jest śliczna.

— Od miejscowego stolarza?

— Ach, nie jestem pewna, to był prezent.

Estelle zerknęła na barona. — Och, to dziadek jej ją podarował?

— Jestem niewinny! — zaprotestował lord Ferndale z niewinną miną.

Glynn odchrząknął. — Ja, eee, ja ją podarowałem Ber... pannie Baxter.

Cisza opadła na stół szybciej niż ostrze gilotyny, wszyscy wlepili w niego wzrok.

Lord Ferndale rzekł: — Co za przemyślany, *osobisty* podarunek.

Glynn przymknął oczy i zapragnął zapaść się pod ziemię.

Męczarnia trwała jeszcze chwilę, po czym panie oddaliły się, by panowie mogli zostać i omówić taktykę.

Glynn rozpaczliwie chciał się ulotnić, ale nie miał pojęcia, co zrobić. Jeśli wyjdzie, czy nie znieważy gospodarzy? Jeśli zostanie, czy nie nadużyje i tak wątpliwej gościny?

Nie miał najmniejszego pojęcia.

Jeszcze jeden powód, dla którego on i Bernadette tak do siebie nie pasowali.

— Doktorze Williams, cieszę się, że pan tu jest — powiedział lord Ferndale.

Glynn wrył się w miejsce.

— No to przejdźmy do konkretów. Jest pan porządnym człowiekiem i dobrym kandydatem dla Bernadette. Jestem za stary, by czekać, aż dojdzie pan do rozumu. Słyszy mnie pan?

— Chyba tak — odparł, wciąż nie bardzo rozumiejąc, co się dzieje.

— Doskonale. Myślałem, że Felix trzyma sprawę w garści, ale najwidoczniej nie, skoro wciąż nie słyszę dobrych wieści.

— Starałem się, dziadku — rzekł Felix. — Ale naprawdę sądzę, że musiał to usłyszeć od ciebie.

Nestor rodu mówił tak, jakby Glynna wcale w pokoju nie było. — Szkoda. Ale daruję ci to zaniedbanie, bo dostałem znakomite raporty z posiedzenia rady miejskiej. Czy możesz uwierzyć, że podarował Bernadette szafkę medyczną? Nie umiałbym wymyślić niczego doskonalszego dla mojej najmłodszej wnuczki.

— Sam jeszcze jej nie widziałem, ale Estelle była w zachwycie i, jak słyszałeś, też takiej pragnie.

— Tak więc walnij tego doktora w czerep i niech skontaktuje się z wykonawcą. — Starzec pokręcił głową. — Nic dziwnego, że Bernadette uznała to za prezent zalotny.

Gdyby same wrota piekieł się otwarły, Glynn chętnie by

przez nie przeszedł, zamiast siedzieć tu i być tak uprzejmie obdzieranym ze skóry.

— Sąd Kanclerski — powiedział Renwick, co było błogosławioną zmianą tematu. — Marie i ja przygotowaliśmy przemowę, jeśli zajdzie potrzeba.

— Dobra robota — pochwalił lord Ferndale.

Rozmawiali jeszcze chwilę o planach i o tym, kto co mógłby powiedzieć. Zatrzymają się w londyńskim domu Renwicka i spotkają się z adwokatem, który będzie ich reprezentował przed sądem.

— Jacksonowie też spotkają się z nami w domu — dodał Renwick.

Gdy rozmowa dogasała, Glynn odważył się powiedzieć: — Jestem pewien, że nie będę potrzebny.

— Mój drogi, jesteś najważniejszy — rzekł Felix.

— Ja? — Czy oni sobie z niego żartowali?

Felix westchnął, wciąż wyglądając niezwykle pogodnie. — Moja żona jest w stanie błogosławionym. Będzie potrzebować przy sobie fachowca medycznego przez cały czas.

— Zostało jej jeszcze jakieś osiem tygodni, czyż nie? — Felix wymyślał mizerne wymówki. Przecież jadą do Londynu, a nie na odludzie. Lekarzy i akuszerek tam dostatek, nie wspominając o Bernadette, która z nimi pojedzie.

Renwick spojrzał na lorda Ferndale, a potem z powrotem na Glynna, pochylił się i przekazał dodatkowe informacje: — Trzy siostry Baxter są już mężatkami i dobrze zabezpieczone. Bernadette — nie. Nawet nie jest nikomu przyrzeczona. To ona jest w największym niebezpieczeństwie, bez ojca, który by ją reprezentował. Jak bardzo byśmy się nie przygotowywali, nie ma gwarancji sukcesu w Sądzie. Kto wie, może sędzia zechce rozwiązać sprawę, żeniąc Bernadette — czy to ze sobą, czy wydając ją za jednego ze swoich kolesiów!

— Byle nie to! — Glynn przełknął przez nagłą suchość w gardle, kiedy rzeczywistość runęła mu na głowę. Czy naprawdę mógłby stracić Bernadette na rzecz zupełnie obcego człowieka? Sama myśl odebrała mu dech.

Trzy szlachetne czoła zmarszczyły się w jego stronę, gdy pojął, jakim był głupcem.

— Ja... chyba zrobiłem z tego wszystkiego koszmarną breję, prawda?

Trzy czoła się wygładziły, po czym ich właściciele wybuchnęli śmiechem.

— Najwyższy czas, żebyś zmądrzał! — rzekł lord Ferndale.

Glynn zamyślił się na moment. — Ale... jeśli w Sądzie Kanclerskim sprawy nie pójdą po naszej myśli... wolałbym nie rozbudzać nadziei Bernadette, tylko po to, by nie móc ich spełnić z przyczyn od nas niezależnych. Pojadę z wami do Londynu, ale proszę, nie mówcie jej o tym wcześniej.

Panowie spojrzeli po sobie, a potem Felix wzruszył ramionami. — To w końcu tylko kilka dni. Dobrze. Ale przestań ją ignorować, bo robi się nieszczęśliwa, a jak jedna z sióstr jest nieszczęśliwa...

— To *wszystkie* są nieszczęśliwe! — dodał Renwick.

Felix rzekł: — A to uszczęśliwia ich mężów równie mało, więc proszę, skończ z tym!

Glynn uśmiechnął się mimo siebie. Estelle miała rację. Choć bywał nieznośny, Felix naprawdę z czasem człowiekowi przypada do serca.

ROZDZIAŁ 20

Sąd Kanclerski

Ponieważ Bernadette nie widziała jeszcze nowego domu Marie w Alston Castle, wciąż do końca do niej nie docierało, że Marie jest hrabiną. Widok jej wspaniałej londyńskiej kamienicy w sercu Mayfair jednak już nie pozostawiał wątpliwości. Bernadette aż rozdziawiła usta, wspinając się po schodach do szerokich dwuskrzydłowych drzwi, które natychmiast otworzył lokaj.

— O rety. — Estelle wsunęła ramię pod ramię Bernadette. — Toż to prawdziwa wspaniałość!

— Myślisz, że Alston Castle też jest aż tak imponujące? Marie czuje się tu zupełnie jak u siebie!

Marie właśnie ściągała rękawiczki i podawała je lokajowi, najwyraźniej przyjmując głębokie ukłony i dygnięcia służby jak coś zupełnie oczywistego.

— *Lady* Renwick — powiedziała Estelle, po czym wydała z siebie dziwny chichot. — To wciąż zbyt osobliwe, by myśleć, że pewnego dnia ja będę Lady Ferndale. Nie mogę się z tym oswoić.

Gdy tylko weszły do holu, powitał je pisk, a Louise wypadła z saloniku po lewej, próbując naraz uściskać i Estelle, i Marie. Tuż za nią, z uśmiechem na twarzy, wszedł Shaun Jackson; pochylił się, by musnąć policzek Bernadette. Spojrzał z zaciekawieniem na pana Yatesa i Bernadette uświadomiła sobie, że przecież jeszcze się nie poznali.

— Shaun, pozwól, że przedstawię ci twojego szwagra — Felixa Yatesa. Felixie, to Shaun Jackson.

— Wielka przyjemność — powiedział Felix, z zapałem potrząsając dłonią Shauna. — Co za słowo daję, mówiono mi, żeś wysoki, ale jesteś istnym olbrzymem! Jakżeż wspaniale pasujesz do naszej drogiej Louise!

Shaun wyraźnie się tym ucieszył i od razu nabrał sympatii do Felixa. Wszyscy przeszli do salonu, gdzie Estelle natychmiast opadła na kanapę z westchnieniem i rzekła: — Cały ranek spędziłam w powozie, a czemu czuję, jakbym miała tylko siedzieć dalej?

— To pytanie retoryczne? — odparła sucho Bernadette. — Czy mamy ci jeszcze raz wyłożyć, dlaczego kobieta w siódmym miesiącu ciąży powinna dużo odpoczywać?

— Uch. — Estelle uśmiechnęła się do niej, po czym skinieniem zaprosiła ją, by usiadła blisko. — Znowu wszystkie cztery razem — dodała ze szczęśliwym westchnieniem, gdy Louise i Marie też usiadły.

— I trzy z nas mężatkami! — zawołała radośnie Louise.

Małżeństwo najwyraźniej służyło Louise równie dobrze, jak i pozostałym siostrom. Bernadette stłumiła ukłucie zazdrości, zerkając na drugą stronę pokoju, gdzie panowie zebrali się przy oknie. Glynn zdawał się być teraz z Felixem w lepszych stosunkach i przynajmniej już nie ignorował Bernadette, choć też nie wydawał się jej aktywnie szukać. Był po prostu nienagannie uprzejmy, jakby byli sobie jedynie dalekimi znajomymi, a nie tak bliscy, jak zdążyła się do tego przyzwyczaić.

Nie była do końca pewna, czemu pojechał z nimi do Londynu. W tej chwili to ona była chyba bardziej zdolna zajmować się Estelle niż on, mimo głośnych zapewnień Felixa, że żona musi mieć lekarza przy boku. Glynn był zbyt rozsądny, by na to się nabrać.

Zorientowawszy się, że wpatruje się w niego, gdy ten żywo rozmawia z Shaunem, Bernadette zmusiła się, by odwrócić wzrok, zaciskając zęby. Nie odwzajemniał jej uczuć — to było aż nadto jasne. Musiała się wreszcie zmusić, by iść dalej!

— Marie, najdroższa. — Renwick podszedł i przerwał siostrzane spotkanie. — Niech pokojówki zaprowadzą wszystkich do pokoi, żebyśmy mogli się odświeżyć i przebrać na kolację. Przyjdzie mój adwokat, żebyście mogli go poznać przed jutrzejszym dniem.

— Dobrze — odparła Marie z lekkim westchnieniem. — Rozgadać się do woli będziemy mogły później.

Bernadette miała nadzieję, że tak. Miała przykrą obawę, że w Sądzie Kanclerskim wszystko ułoży się idealnie dla wszystkich — poza nią. A co, jeśli przyznają jej opiekę komuś, kogo nigdy nie spotkała, a kto okaże się istnym potworem? Bardzo możliwe, że nawet nie pozwolą jej wrócić do Hatfield. Mogłaby nie zobaczyć sióstr ani Glynna przez całe lata!

Adwokat, pan Sears, niewiele jej obawy uśmierzył. Uniżony wobec Renwicka, uprzejmy dla pozostałych panów, siostry ledwie zauważał, nawet gdy któraś z nich przypadkiem zadała pytanie.

— Cóż, nie przypadł mi zbytnio do gustu — stwierdziła wprost Louise, gdy panie przeszły po kolacji do salonu, zostawiając panów w jadalni przy porto.

— Za późno, by szukać kogoś innego, obawiam się! — Marie skrzywiła się. — Widziałam, że Renwick nie był zadowolony, kiedy pan Sears zignorował moje pytanie i Renwick musiał je powtórzyć, ale posiedzenie jest jutro. Pozostaje pozwolić mu robić swoje.

— Łatwo ci mówić — odparła Bernadette, nerwowo splatając palce i próbując sobie przypomnieć, czy spakowała rumianek. Desperacko potrzebowała czegoś, co ją uspokoi. — Ty jesteś już bezpiecznie zamężna i nie musisz się lękać, że twoja przyszłość trafi w ręce jakiegoś przypadkowego nieznajomego!

— Jestem pewna, że do tego nie dojdzie — powiedziała Marie, ale Bernadette słyszała brak przekonania w jej głosie. Hrabina przechyliła głowę i zmieniła taktykę: — Z drugiej strony, może to się będzie tak długo wlokło, że zanim się skończy, osiągniesz pełnoletniość. Wtedy cały spór przestanie mieć sens.

— Jeśli próbujesz mnie pocieszyć, to ci nie wychodzi — mruknęła Bernadette.

⁂

Bernadette trzymała Estelle za rękę, gdy jechali do dzielnicy prawniczej. To ona miała wspierać siostrę w potrzebie, a tymczasem to Estelle emanowała spokojem i dodawała otuchy jej. Bernadette było autentycznie niedobrze. Wypiła imbirową herbatę Estelle, kiedy siostra stwierdziła, że tego ranka nie czuje mdłości, ale niewiele to pomogło.

Mężczyźni w perukach przechadzali się wokół, gdy Bernadette i Felix pomagali Estelle wysiąść z powozu. Pogodna, pewna siebie postawa Felixa dawała Bernadette poczucie, że wszystko dobrze się ułoży. Ale ojej, jak jej żołądek przewracał się i kotłował z niepokoju! Przycisnęła dłonie do brzucha i w myślach nakazała sobie oddychać.

— Wszystko w porządku? — odezwał się cichy głos, a gdy spojrzała, zobaczyła stojącego nieopodal Glynna z bruzdą zmartwienia na czole.

— Tak — odrzekła odruchowo, próbując przywołać uśmiech. Wyszedł blady i mizerny, westchnęła więc i zdecydowała się na szczerość: — Denerwuję się.

Zawahał się i przez moment sądziła, że rzuci jakimś banałem, że wszystko będzie dobrze. Zamiast tego powiedział: — Masz po swojej stronie wielu życzliwych ludzi, Bernadette. Nie sądzę, by pozwolili, żeby stało ci się coś złego. A jeśli najgorsze miałoby się zdarzyć... cóż, są wyjścia. Mam plan.

— Jaki plan? — chciała zapytać, ale nie było czasu; wzywano ich do środka i rozdzielono.

Przynajmniej znów powiedział do mnie: Bernadette. To drobiazg, z którego można się cieszyć, ale jakoś samo brzmienie jej imienia w jego ustach ukoiło najgorsze mdłości. Bernadette wsunęła ramię pod ramię Estelle i podążyły za Marie i Louise do środka.

Budynek Sądu Kanclerskiego był okazały, z kamienia, z wysokimi, płycinowymi oknami. Jeśli miał sprawiać, by uczestnicy czuli się mali, spełniał to zadanie znakomicie.

Solicytor zaprowadził siostry na tył sali, gdzie mogły

zasiąść na galerii. Surowo zabroniono im się odzywać, co Bernadette nawet odpowiadało, bo i tak zamartwiała się w milczeniu.

Sędzia w czarnej todze i długiej peruce, która nie byłaby nie na miejscu za czasów kawalerów królewskich, zasiadał na ławie królewskiej po drugiej stronie sali, podczas gdy panowie usiedli przy długim stole wraz z solicytorami i adwokatem, zaczynając odczytywać szczegóły petycji. Słońce wpadało przez wysokie okna, barwiąc świat i kładąc plamy światła, gdy przeświecało przez witraże, rozświetlając unoszące się w powietrzu pyłki. Mnóstwo pyłków. Bernadette prychnęła z dezaprobatą. Czy ci niemądrzy panowie w ogóle dopuszczają tu pokojówki do sprzątania? Rosie albo Mary nigdy nie dopuściłyby, by pokój tak się zakurzył!

Podczas posiedzenia najwięcej mówił Lord Renwick i jego adwokat. Sędzia uważnie słuchał lorda, a Bernadette nigdy jeszcze nie była tak wdzięczna za takie koneksje. Myślały, że mają szczęście, iż ich protektorem jest Lord Ferndale, ale hrabia to ktoś, kogo chętnie słuchają nawet sędziowie.

Hrabia, baron i jego dziedzic, sędzia pokoju i lekarz — znamienici członkowie społeczności łączyli siły, by zapewnić opiekę jednej młodej kobiecie prowadzącej księgarnię, chroniąc dziedzictwo rodziny Baxterów dla Brutusza.

Sędzia pokręcił głową. Bernadette nadstawiła uszu, by dosłyszeć jego uwagę.

— Jesteście skłonni ręczyć za kobietę prowadzącą interes?

Adwokat Renwicka wystąpił naprzód i doprecyzował:

— To nie jest jej interes, lecz jej kuzyna, imieniem Brutus Baxter. On dziedziczy księgarnię i mieszkanie powyżej w razie śmierci pana Matthewa Baxtera i już teraz prowadzi ją jako działające przedsiębiorstwo, wspierany przez doświadczony personel zatrudniony przez jego opiekunów. Nie ma więc mowy o kobietach prowadzących firmę. Brutus Baxter jest pupilem Lorda Ferndale i pana Jacksona, sędziego pokoju. To on jest owym Baxterem z *Baxter's Fine Books*, wysoki sądzie.

Sędzia skinął głową. Bernadette uśmiechnęła się do siebie. Ów „doświadczony personel" to ona i jej siostry, ale tłumaczenie tego sędziemu w niczym by nie pomogło. Przynajmniej adwokat posłuchał... no, przynajmniej adwokata Renwicka.

— Jeśli zaś, gdy Brutus Baxter osiągnie pełnoletniość za dziewięć lat, okaże się, że Matthew Baxter nie wrócił, zwrócimy się do sądu o uznanie Matthewa za zmarłego, wysoki sądzie.

Te słowa aż zabolały Bernadette w uszy. Nie chciała słyszeć niczego, co odnosiłoby się do jej ojca jak do kogoś, kogo już na tym świecie nie ma. Ojciec musiał żyć, gdzieś tam. Po prostu musiał. Dłoń Estelle zacisnęła się na jej dłoni, a Bernadette zerknęła na twarz siostry. Estelle zawsze najlepiej z nich potrafiła trzymać dobrą minę, ale ojciec był nieobecny już ponad rok, a od ostatniej wieści minęło osiem pełnych miesięcy. Druga dłoń Estelle spoczęła na zaokrąglonym brzuchu. Bernadette domyślała się, o czym myśli. Czy Matthew kiedykolwiek pozna swoje wnuczę?

W miarę jak dzień posuwał się naprzód, światło zmieniało kąt, a głos adwokata monotonnie brzmiał dalej. Do sali weszło więcej mężczyzn w perukach i zajęło rzędy między głównym stołem a galerią z tyłu. Przez tyle ciał trudno było dojrzeć, co się dzieje.

Bernadette wysilała słuch, by ponad szemrzącym, szepczącym tłumem dosłyszeć adwokata Renwicka.

— A zatem, wysoki sądzie, nie przybyliśmy po to, by podtrzymywać petycję złożoną przez pana Joshuy Baxterą, który tymczasem na stałe opuścił Anglię, udając się do Ameryk wraz z żoną i dwoma pozostałymi synami, lecz by uznać ją za bezprzedmiotową, skoro pan Brutus Baxter jest spadkobiercą dóbr pana Matthewa Baxtera. Pragniemy jedynie, by uznać Lorda Ferndale, Lorda Renwicka, pana Jacksona i doktora Williamsa za prawomocnych opiekunów panny Bernadette Baxter aż do powrotu jej ojca do kraju lub do osiągnięcia przez nią pełnoletniości, zależnie od tego, co nastąpi wcześniej.

Przy stole coś się poruszyło. Trudno było dostrzec, o co chodzi. To mógł być Glynn, który wstał.

Ale dlaczego miałby wstawać?

— Wysoki sądzie — odezwał się. Tak, to był z pewnością głos Glynna. — Wnoszę o usunięcie mojego nazwiska z grona opiekunów panny Bernadette Baxter.

Serce Bernadette jakby stanęło z wrażenia. Czy mógłby być bardziej okrutny? Po cóż by to robił, jeśli nie planuje w ogóle opuścić Hatfield?

— Z jakiego powodu, pan... — spytał sędzia, szukając nazwiska.

— Doktor Williams — podpowiedział Glynn. — Z tego powodu, że nie jestem odpowiednim opiekunem, ponieważ chcę się z nią ożenić.

Sala zawrzała.

Bernadette siedziała w oniemieniu.

Czy on właśnie powiedział, że chce się ze mną ożenić?

Mógł mnie najpierw zapytać! A jednak uśmiech zaczął rozlewać się po jej twarzy, a policzki zalał ciepły rumieniec.

On chce się ze mną ożenić.

Na piętach pierwszego wstrząsu natychmiast nadszedł drugi, gdy sędzia walił pięścią w blat i przywoływał salę do porządku.

Od drzwi rozległ się donośny męski głos: — To może powinieneś mnie o to zapytać?

Któż to mógł być? Bernadette nie widziała nic poza plecami sióstr. Louise, wyższa od reszty, pierwsza dostrzegła mężczyznę w progu i zerwała się na równe nogi.

— *Ojcze?*

ROZDZIAŁ 21

Porządek na sali

W ybuchł chaos. Bernadette poczuła lekkie osłabienie, ale nie chciała przegapić ani sekundy. Razem z Marie zerwały się z miejsc, wychylając się za Louise, żeby sprawdzić, czy to naprawdę prawda. Estelle była odrobinę wolniejsza, ale i ona wstała.

Ich ojciec stał tam w snopie światła, cały i zdrów!

Ale też... Glynn właśnie oświadczył w sądzie, że chce się z nią ożenić. Podzielili się jednym pocałunkiem, który był piękny i dokładnie taki, o jakim zawsze marzyła, a potem on ją odrzucił. Cóż, skoro tak, to każę mu długo czekać na odpowiedź. Najpierw musi się wytłumaczyć!

Sędzia krzyknął o spokój, a mężczyzna w peruce podszedł do galerii, by przywołać kobiety do porządku. Mógłby równie dobrze prosić ptaka, żeby nie latał. Ich ojciec wrócił! Louise gwałtownie pomachała, a Matthew dostrzegł je wszystkie razem. Przyłożył dłonie do serca i skłonił się im.

Żył!

Gdy sąd wreszcie nieco ucichł, sędzia zawołał — Utrzymuje pan, że jest pan Matthew Baxter?

— To ja — odparł stanowczo ich ojciec, idąc ku przodowi sali.

Bernadette chłonęła go wzrokiem, nieprawdopodobnie ulgowana, że go widzi. Płaszcz miał znoszony podróżą, wydał się trochę wychudzony, a włosy miał dłuższe, niż zapamiętała, związane w kuc, ale był gładko ogolony, opalony i wyglądał na zdrowego.

— Czy jest na sali ktoś, kto może poświadczyć pańską tożsamość? — rzekł sędzia, zerkając na Matthew znad okularów.

Lord Ferndale wstał i odchrząknął. — Mogę to z łatwością uczynić; znamy się już trzydzieści lat. To istotnie Matthew Baxter, z Baxter's Fine Books, i jestem przeogromnie rad, że znów go widzę, krzepkiego i zdrów!

— I ja również bardzo się cieszę, Arthurze — Matthew uśmiechnął się do lorda Ferndale'a. — I nie mogę się doczekać, aż przedstawią mi tych wszystkich zacnych zięciów, których moje dziewczęta zdołały znaleźć pod moją nieobecność.

Sędzia rzekł — W takim razie, sądzę, że sąd może spocząć. Unieważniam pierwotny wniosek, jako że przyczyny jego złożenia przestały obowiązywać. Skoro ojciec Brutusa Baxtera dopełnił właściwych kroków prawnych, by wyznaczyć jego opiekunów, ta kwestia nie podlega dyskusji. Zwolnieni z posiedzenia.

Prawnicy przy stole jęknęli z rozczarowaniem. Pewnie liczyli, że to potrwa co najmniej rok.

— A teraz proszę mi natychmiast wyprowadzić te kobiety z mojej sali! — warknął sędzia.

— Zrzędliwy staruszek! — roześmiała się Estelle, ale już popychała Marie, żeby wydostać się z rzędu.

Matthew obrócił się na pięcie, ledwo sędzia umorzył sprawę, i popędził z powrotem do nich. Spotkali się w przejściu i rzucili mu się na szyję, ściskając mocno i mówiąc wszyscy naraz. Bernadette ledwie mogła uwierzyć, że jej ojciec naprawdę tu jest!

— Co się *stało*? — zaintonowała chórem z pozostałymi. — Gdzie ty byłeś?

— Obiecuję, że opowiem wam wszystko — powiedział Matthew, półśmiejąc się, gdy Louise ścisnęła go za żebra. — I wygląda na to, że wy również macie mi wiele do opowiedzenia, ale chodźmy. Wynośmy się z tego sądu, zanim sędzia oskarży nas o zakłócanie porządku publicznego. Arthurze, mieszkasz gdzieś w hotelu? — Spojrzał na lorda Ferndale'a, który do nich dołączył.

— Ależ nie, Renwick oddał do naszej dyspozycji swój miejski dom — odparł radośnie lord Ferndale. — I bardzo dobrze, przy takim tłumie!

Matthew miał konia, którego przed sądem trzymał uliczny urwis, i Bernadette zrozumiała, że podjechał prosto pod drzwi i wpadł na posiedzenie.

— Byłeś w domu, w Hatfield — powiedziała, gdy wszyscy zebrali się w dużym salonie miejskiego domu Renwicka.

— Owszem, dotarłem dziś rano, zamieniłem kilka słów z panią Poole i pojąłem, że jestem tu pilnie potrzebny. Nająłem konia i pognałem wprost do Londynu, by przybyć akurat w chwili, gdy otrzymywałaś bardzo dramatyczne oświadczyny — Matthew uśmiechnął się, obejmując ją wielkim uściskiem. — Lepiej przedstaw mi twego kawalera, 'Dette. Ktoś mówił, że jest lekarzem?

— To nie mój kawaler — odparła, choć aż po cebulki włosów oblała się rumieńcem.

— Cóż, jeszcze nie, bo nie wyraziłem zgody — Matthew przyjrzał jej się uważnie. — I nie zamierzam się z tym spieszyć, więc mamy mnóstwo czasu, by o tym porozmawiać. W przeciwieństwie do Estelle! Jak prędko zostanę dziadkiem?

— Ty już jesteś dziadkiem — roześmiała się Estelle, a Matthew'owi aż rozszerzyły się oczy.

— Co takiego? — wydyszał.

— Ona cię droczy, Papa — Marie pokręciła głową na Estelle. — Mam dwóch pasierbów, o to jej chodzi, synów Renwicka. To dzielni chłopcy; nie mogę się doczekać, aż ich poznasz!

— No proszę — Matthew się roześmiał, po czym rozejrzał się po nich wszystkich z figlarnym błyskiem w oku. — Cieszę się, że pilnie pracowaliście nad powiększaniem rodziny, a ja muszę wam wyznać, że i ja dołożyłem swoją cegiełkę.

Wszyscy wpatrywali się w niego, a on szeroko się uśmiechał, wyraźnie bawiąc się sytuacją. — Pamiętacie kuzynkę waszej mamy, Céline Fenouillart? Nigdy się nie spotkałyście, rzecz jasna, ale przez wiele lat wymieniałyśmy listy.

— Oczywiście — odparła natychmiast Marie. Przejęła korespondencję sklepu po śmierci matki. — To ona pisała do ciebie o księgach rabowanych i palonych w francuskich zamkach!

— Właśnie — uśmiech Matthew był ciepły. — Odnalazłem ją, po długich poszukiwaniach, w Limoges, pod koniec lutego. Na kilka dni przed tym, jak Napoleon wylądował w Cannes i wybuchło zamieszanie.

— Myślałyśmy, że to musi być coś takiego — skinęła głową Louise. Wszyscy wisieli mu na ustach. — I musiałeś się ukrywać?

— Tak... gdybym był sam, może bym sobie poradził. Dzięki latom rozmów po francusku z waszą matką potrafiłem uchodzić za tubylca i miałem doskonałe fałszywe papiery. Ale Céline była z dwoma synami, Philippe'em i Pierre'em, a Philippe ma szesnaście lat — werbownicy próbowali wielokrotnie zmusić go do zaciągu, wręcz siłą. Ukryliśmy się i próbowaliśmy przedostać na zachodnie wybrzeże, kiedy zrobiło się spokojniej, gdy Napoleon ruszył na północ, ale nie było żadnej łodzi — Matthew rozłożył ręce. — Nie mogłem ich zostawić. Ani książek.

— Książek? — zaintonowały chórem wszystkie cztery siostry, a tym razem dołączyli do nich Renwick i Ferndale.

Matthew się roześmiał. — Owszem. Część tego, co znalazłem, przysłałem do domu, ale niektóre księgi były tak rzadkie i cenne, że nikomu nie ufałem, by je powierzyć. Zanim odnalazłem Céline i jej chłopców, miałem już cały wóz.

— I wciąż je masz przy sobie? — zapytał z zapałem Renwick.

— Widzę, że znalazłaś sobie męża według mego serca — rzekł Matthew do Marie. A do Renwicka odparł — Tak, są bezpieczne w Hatfield, wraz z moją żoną.

— Twoją żoną!

— Poślubiłem Céline... musiałem, by móc przeprowadzić ją i chłopców przez granicę do Hiszpanii, a z Bilbao wreszcie udało nam się wypłynąć do Anglii — uśmiech Matthew był niemal zawstydzony. — Poślubiłem Céline z konieczności, ale... bardzo ją też kocham, a ona kocha mnie. Mam nadzieję, że nie jesteście na mnie złe, dziewczęta...

— Nigdy! — odparła stanowczo Bernadette, a siostry przytaknęły. — Mama odeszła już dawno, Papa. Wiem, że chciałaby, byś był szczęśliwy, i kochała Céline. Ucieszyłaby się, że znaleźliście z nią szczęście.

— A my mamy teraz braci! — zawołała Louise. — Och, nie mogę się doczekać, aż ich poznam. Co za przygoda, Papa!

— Opowiedz mi lepiej o tych książkach — rzekł Renwick, a Marie parsknęła śmiechem.

— Wybacz, Ojcze, on jest bardzo jednozadaniowy, jeśli chodzi o książki...

— I nie on jeden jest zainteresowany. Masz katalog, Matthew? — wtrącił się lord Ferndale.

Matthew się uśmiechnął. — Miałem trochę czasu na statku, by zacząć, ale chyba najprościej będzie, jeśli we dwóch przejrzymy zbiory razem ze mną, skoro już są bezpiecznie w księgarni.

— Znakomity pomysł — pochwalił lord Ferndale. Zmierzył wzrokiem Renwicka. — Domyślam się, że będziemy musieli kulturalnie wynegocjować, kto co kupi, hm?

— Przynajmniej będziemy mieli pierwszy wgląd, zanim jakiekolwiek ogłoszenia trafią do gazet — pocieszył się Renwick.

— I z przykrością zawiadamiam, że nie przewiduję zniżek dla przyjaciół ani rodziny — rzekł Matthew. — Nie przemycałem tych ksiąg przez targaną wojną Francję i nie ryzykowałem dla nich życia po kilka razy za nic! Zamierzałem je sprzedać, by zebrać dość, by sowicie wyposażyć w posag wszystkie cztery moje dziewczęta — choć z krótkiej informacji, jakiej udzieliła mi pani Poole, wynika, że tylko Bernadette może jeszcze posagu potrzebować?

Bernadette zerknęła ukradkiem na Glynna, który stał na skraju grupy, chłonąc każde słowo Matthew. Twarz Glynna stężała i spochmurniała, gdy Matthew wspomniał o jej posagu, po czym odwrócił się i odszedł sztywnym krokiem.

Matthew to zauważył i Bernadette czuła na sobie jego wzrok, ale nie mogli o tym rozmawiać w tej chwili, nie przy wszystkich, którzy zasypywali go pytaniami. Renwick, pan Yates i pan Jackson nie mogli się doczekać prywatnej rozmowy, by zapewnić Matthew, jak szczęśliwi są w małżeństwach z jego córkami i jak dobrze będą zapewniać swoim żonom, bez potrzeby jakiegokolwiek posagu. Rozmowa z Glynnem ani o Glynnnie musiała poczekać.

***

Po sowitym posiłku, wśród uciechy i wielu opowieści o wspólnych przygodach — choć mało mówili o pożarach, bo Bernadette, Louise i Marie postanowiły nie martwić biednej Estelle — Bernadette wymknęła się do tylnego ogrodu, by zaczerpnąć rześkiego, jesiennego powietrza.

Zakaszlała od sadzy i dymu, które się z nim niosły, i nie mogła się doczekać porannego powrotu do Hatfield. Cóż to był za niezwykły, pełen emocji i wyczerpujący dzień. Co za sensacyjne wejście w wykonaniu ich ojca. I macocha oraz bracia czekający w Hatfield, by ich poznać.

Nic dziwnego, że Papa wyglądał na tak szczęśliwego

i zdrowego mimo tych przejść — miał u boku miłość dobrej kobiety.

Oczywiście tęskniła za matką, ale pod wieloma względami to była dla nich wszystkich druga szansa. Może Céline też interesuje się ziołami? Może ma jakąś dodatkową wiedzę, której matka Bernadette jej nie zdążyła przekazać.

Za plecami rozległy się kroki. Gdy się odwróciła, stał tam Glynn.

— Chętnie zostawię cię w spokoju, jeśli potrzebujesz odrobiny wytchnienia. Dziś było dość hałaśliwie — powiedział z niepewnym wyrazem twarzy.

— Było, ale chodź, siadaj — przesunęła się na kamiennej ławce, robiąc mu miejsce.

Ledwie usiadł, dała wyraz swej niechęci. — Jesteś beznadziejny.

— Ja? — zabrzmiał urażony, ale jej zdaniem nie miał do tego prawa! To ona miała wszelkie powody, by być zła!

— Bardzo.

— To już dawaj, powiedz wszystko. Prawie każdy z twojej rozległej rodziny zdążył mi się już dostać do skóry, więc pewnie twoja kolej — uśmiechnął się krzywo.

— Poprosiłeś mojego ojca, zanim w ogóle zapytałeś mnie. Poprosiłeś *sąd*, zanim zapytałeś mnie! — To bolało najbardziej. A właściwie nie, było coś jeszcze. — Wiem, że podobał ci się nasz pocałunek. A potem udawałeś, że nie istnieję. Jak miałam się z tym czuć?

— No ja...

— ...A potem wstajesz w sądzie i mówisz, że chcesz się ze mną ożenić, nawet mnie wcześniej nie pytając?

— To...

— Pytałeś mojego ojca? Ledwie dzień jest z powrotem w kraju! Cieszę się, że nie dał zgody.

Cisza.

Bernadette wstała i zaczęła chodzić tam i z powrotem, usiłując trzymać nerwy na wodzy.

— Myślałem, że tego właśnie chcesz — powiedział łagodnie Glynn.

— Tego chciałam? — powtórzyła Bernadette, zdumiona. — Chcę być adorowana! — Tupnęła nogą. — Chcę być adorowana i... i kochana, a nie omawiana jak paczka do przekazania z rąk do rąk.

Wciągnął ostro powietrze, jakby go coś zszokowało, i rzekł — Masz całkowitą rację.

— Dobrze — usiadła z powrotem na ławce, zadowolona, że wreszcie jej słucha.

— Jestem beznadziejny — powiedział, powtarzając jej wcześniejsze słowa. — Beznadziejny w sprawach serca i... beznadziejnie *zakochany* w tobie.

— No widzisz? — zawołała tryumfalnie. — Czy to było takie trudne? Więcej tego poproszę.

— Właśnie o to chodzi. To jednak dość trudne. A to, co powiedział twój ojciec o posagu, tylko jeszcze bardziej wszystko komplikuje.

— To niedorzeczne. Posag bardzo pomoże!

— Utrudnia dla *mnie*. Chcę, żebyś była szczęśliwa i miała wygodne życie, ale co mogę zaoferować? Pracuję z łaski i przychylności lorda Ferndale'a, a potem, jeśli będę miał tyle szczęścia, by pozostać na posadzie, u Felixa... który jest też twoim szwagrem.

Bernadette postukała niecierpliwie stopą, ale ugryzła się

w język.

Westchnął i powiedział — Boli mnie duma, że nie mogę ofiarować ci dobrego domu i wygodnej przyszłości, którą sam zbudowałem. Wszystko, co mam, jest mniej więcej pożyczone albo nadane przez innych.

Bernadette przewróciła oczami. — Przez twoją dumę jestem teraz w sporym dyskomforcie i wielce poirytowana. Nie zauważyłeś, jak bardzo już należysz do tej rodziny?

Glynn opadł z tą świadomością. — Chcę jednak, żebyś zachowała swój posag. Nie mogę go przyjąć. Musi być sposób, żeby umieścić go w rodzinnym zaufaniu, tak by jeśli wypadnę z łask i stracę to, co mam, ciebie to nie dotknęło?

— Kocham cię — wypalił pospiesznie.

— Dobrze. Ja też cię kocham, ty głuptasie. A teraz przestań mnie unieszczęśliwiać i pocałuj mnie.

Zrobił, jak kazała, i było jeszcze lepiej niż poprzednio. Tym razem mieli prywatność, chłodną jesienną noc i żadnych przerw. Oboje poddali się pocałunkowi, dorównując sobie zapałem i czułością. Ciepło rozlało się po całym jej ciele, gdy trzymał ją w ramionach.

Gdy oderwali się, by zaczerpnąć tchu, Bernadette zachichotała — To znakomity początek. Z czasem, jestem pewna, przekonasz mnie do ślubu.

On roześmiał się cicho i obiecał — Popracuję nad dumą.

— Dobrze — pocałowała go znowu i było to czystą rozkoszą.

Chwilę później zapytała — To co miałeś na myśli pod sądem, mówiąc o planie na wypadek, gdyby sprawy potoczyły się nie po naszej myśli?

— Renwick zaoferował mi swój powóz i zamierzałem poprosić cię, żebyś uciekła ze mną do Gretna Green.

— I na pewno najpierw byś mnie zapytał, prawda? Nie wsadziłbyś mnie tak po prostu do środka?

Tym razem roześmiał się trochę głośniej, a ona dołączyła. Wkrótce znów się całowali i to było idealne.

ROZDZIAŁ 22

Powrót do Hatfield

Céline Fenouillart, obecnie Céline Baxter, była smukłą kobietą około czterdziestki, o jedwabistych czarnych włosach i śmiejących się błękitnych oczach. Obejmowała wszystkie córki Matthew tak, jakby były jej dawno zaginionymi dziećmi, a one nie mogły się nie rozgrzać do niej od razu. Jej dwaj synowie, Philippe i Pierre, byli krzepkimi, przystojnymi chłopcami, zaskakująco dobrze mówiącymi po angielsku — a może wcale nie tak zaskakująco, skoro od dobrych sześciu miesięcy podróżowali z Matthew. Na pewno ciężko pracował nad ich angielskim, by przygotować ich do nowego życia w Anglii. Philippe miał szesnaście lat, a Pierre trzynaście, i już wzięli pod swoje skrzydła Brutus oraz dwóch synów Renwicka. Księgarnia była pełna chłopców i kociąt, zgiełk ten Bernadette uznała za nader uroczy, choć zauważyła, jak Marie zakłada na uszy nauszniki i salwuje się pospieszną ucieczką.

— Mam wrażenie, jakbym już was wszystkich znała po tylu latach listów — powiedziała Céline, obejmując Bernadette — ale tak się cieszę, że wreszcie będę miała okazję poznać was naprawdę! Chcę nauczyć się wszystkiego o prowadzeniu księgarni, Pani ojciec opowiadał mi o niej wiele, i najwyższy czas, byście miały trochę wytchnienia. Tak ciężko pracowałyście!

Tak było. Naprawdę tak było, i kiedy Bernadette rozejrzała się po księgarni, wszystko nagle na nią runęło: ostatni rok pracy i trosk, jak jej siostry po kolei się zakochiwały, wychodziły za mąż i zostawiały ją samą. Jej twarz się skurczyła, oddech przyspieszył, i nagle objęły ją silne ramiona.

— Bernadette — szepnął łagodnie Glynn, a ona wtuliła się w jego ramiona, ukryła twarz na jego ramieniu i wybuchnęła płaczem.

— Jest trochę roztrzęsiona — usłyszała jak przez mgłę, jak mówi ponad jej głową, a potem poprowadził ją na zewnątrz, przez ulicę do domu pani Bell, do gabinetu, w którym spędzili tyle godzin na rozmowach.

Glynn nic nie mówił. Po prostu usiadł na kanapie, posadził Bernadette na kolanach i pozwolił jej wypłakać się do końca.

— Potrzebujesz toniku? — wyszeptał w jej włosy, gdy szlochy wreszcie ustały i zostały tylko drżące oddechy.

Parsknęła półśmiechem i pokręciła głową. — Poradzę sobie.

— Oczywiście, że tak. Jesteś jedną z genialnych, pięknych kobiet z rodu Baxterów. Ale chciałem tylko, żebyś wiedziała — musnął nosem jej ucho, aż wstrzymała oddech — że jeśli kiedyś będziesz musiała się na chwilę rozpaść na kawałki, ja tu będę, żeby cię złapać.

— No proszę — mruknęła. — Coraz lepiej ci idzie to całe zalecanie się, doktorze Williams.

Pocałował ją nader satysfakcjonująco i pół godziny później Bernadette wróciła do księgarni z uśmiechem na twarzy, o wiele bardziej zebrana. Céline rzuciła okiem na jej spuchnięte od pocałunków usta i potargane włosy z rozbawionym uśmiechem, ale nic nie powiedziała, tylko wsunęła rękę pod ramię Bernadette i rzekła: — Mam coś, co, jak sądzę, szczególnie Pani się spodoba. Czy wiedziała Pani, że Pani mama pochodziła z długiej linii zapalonych zielarek?

— Mama zawsze to powtarzała — przytaknęła Bernadette.

— Wyjechała do Anglii, zanim nasza wspólna babka zmarła, inaczej jestem pewna, że rodzinny skarb przypadłby jej, ale stało się tak, że trafił do mnie. Teraz sądzę, że powinna go Pani mieć.

— Rodzinny skarb? — zdziwiła się Bernadette, szeroko otwierając oczy. — Ale... to nie pochodziło od Pani męża?

Pierwszy mąż Céline był bardzo majętny, choć bez tytułu, i zostawił ją znakomicie zabezpieczoną po swojej śmierci dziesięć lat temu. Majątek niestety skonfiskowano, lecz Céline była niezrównanie zaradna. Zamieniła, co tylko mogła, na biżuterię i przemyciła całkiem pokaźną fortunę z Francji, wszytą w podbicia swoich sukien.

— Och, nie klejnoty — machnęła wdzięcznie ręką Céline. — To tylko pieniądze, choć jestem pewna, że znajdzie się parę drobiazgów, które Pani się spodobają — podaruję je Pani do wyprawy. Nie, to skarb przekazywany w naszej rodzinie z matki na córkę. — Prowadziła Bernadette po schodach w górę, z dala od zatłoczonej księgarni; wyglądało na to, że połowa Hatfield chce przyjść powitać Matthew w domu, choć była sobota i sklep oficjalnie nie był otwarty.

Céline przyniosła małą skórzaną torbę, położyła ją na kuchennym stole i otworzyła, wyjmując pakunek owinięty w płótno i ceratę. Rozwinęła go niemal z nabożnością i wyjęła książkę, po czym podała ją Bernadette.

Zastanawiając się, co to może być za książka, Bernadette otworzyła gładką skórzaną oprawę, marszcząc brwi, gdy zamiast drukowanej karty tytułowej znalazła śliczny rysunek gałązek lawendy. — Co... — zaczęła, przewróciła stronę i zobaczyła następną wypełnioną drobnym pismem, po francusku. — Och. Chwileczkę! — Tłumacząc w myślach pierwsze zdania, spojrzała szeroko na Céline. — To zielnik!

— Mojej babki. Pani prababki — wzruszyła ramionami Céline. — Mnie to zajmuje trochę, ale Pani o wiele bardziej. Wierzę, że to Pani jest jego prawowitą dziedziczką.

— Och, chyba zaraz znowu się popłaczę — powiedziała Bernadette, a Céline roześmiała się i objęła ją.

— Myślę, że wszyscy jeszcze trochę popłaczemy, zanim ułożymy sobie razem szczęśliwe życie, ale Pani kłopoty, Bernadette, już się skończyły. Obiecuję.

Zjedli obiad w sali zgromadzeń w The Red Lion, bo nigdzie indziej nie dało się od ręki pomieścić powiększonej rodziny Baxterów. Dołączyli do nich lord Ferndale i panna Yates, a także Riot Jones, Rosie i pani Poole. Pani Bell również przyszła i od razu zaprzyjaźniła się z nową panią Baxter. Co dwadzieścia minut lord Ferndale dzwonił małym dzwoneczkiem i ogłaszał, że wszyscy mają się pozamieniać miejscami, by inni mogli zasiąść i porozmawiać z Matthew.

Pięciu chłopców miało własny stół i hałasowali tak, jakby było ich co najmniej trzykrotnie więcej. Co chwila słychać było westchnienia, gdy Philippe i Pierre raczyli angielskich chłopców opowieściami o swoich przygodach i strachach. Serce Bernadette śpiewało, kiedy widziała rozpromienioną twarz Brutusa. Odludek, który tak długo był gnębiony przez własną rodzinę i starszego brata, teraz otoczony był ciepłem nowych przyjaciół i rodziny. George i Richard byli oczarowani śmiałością życia Pierre'a i Philippe'a i chłonęli każde słowo. Później zawołali do ojca: — Tato, czy możemy zostać w Hatfield zamiast wracać do szkoły?

— Sprytna próba — zaśmiał się lord Renwick. — Ale może da się sprawić, by Brutus oraz Philippe i Pierre dołączyli do was w Eton po Nowym Roku?

Na to rozległy się gromkie wiwaty wszystkich chłopców. Widok ich zbiorowych uśmiechów, roześmianych twarzy — i na przemian zaniepokojonych min (gdy Pierre opowiadał szczególnie straszliwą historię) — rozgrzał Bernadette aż po samą duszę.

Wieść rozniosła się po miasteczku jak gorący letni wiatr i wkrótce do Red Lion zaczęło napływać jeszcze więcej mieszkańców, by zobaczyć Matthew Baxtera na własne oczy.

Ojciec Bernadette znów stał w centrum jej świata.

No, może odrobinę obok centrum, bo uchwyciła szeroki uśmiech Glynna z drugiego końca stołu. Ostatni rok był tak trudny, ale teraz wiedziała, rozkoszując się zupą z porów i ziemniaków — którą Céline uznała za wyborną — że bez względu na to, co jeszcze przyniesie przyszłość, poradzi sobie dzięki rodzinie.

❧ ❧ ❧

Powoli życie wróciło do stałego rytmu. Marie i Renwick zostali jeszcze tydzień po tym, jak Renwick zawiózł synów do Eton, po czym wyjechali do swojego domu w Kumbrii powozem wypchanym książkami po brzegi — dość, by zadowolić nawet samego Hrabiego Wymagającego, jak śmiały się dziewczęta. Lord Ferndale też kupił stertę książek i z radością oświadczył Felixowi, że zamierza spędzić całą zimę na lekturze, a Felix będzie musiał w tym czasie zarządzać dobrami Ferndale. Felix zaprotestował, ale nie zanadto; wyglądało na to, że bardzo mu odpowiada nowa rola, zwłaszcza że rada miejska głosowała po jego myśli znacznie częściej niż nie.

Louise i Shaun Jackson urządzili się w swoim domu i choć zaprosili Brutusa, by z nimi zamieszkał, Brutus postanowił, że woli mieszkać nad księgarnią. Matthew był zachwycony, że majorat ostatecznie uczyni Brutusa jego spadkobiercą; ponieważ on i Céline nie spodziewali się już więcej dzieci, Matthew planował dokończyć wychowywanie Brutusa jak własnego syna. Céline sprzedała część klejnotów za całkiem pokaźną fortunę, wystarczającą z pewnością, by ustawić Philippe'a i Pierre'a w takich zawodach, jakie zechcą w przyszłości obrać, a cała trójka chłopców była już sobie bliska i serdeczna. Brutus wreszcie miał braci, na jakich zasługiwał, i nie mógł być szczęśliwszy.

Będą potrzebowali guwernera, by przygotować ich do Eton po Bożym Narodzeniu — uznał Matthew — i zabrał się za poszukiwania. Pan Charles miał odpowiednie kwalifikacje, ale teraz, gdy lord Ferndale na stałe powierzył mu probostwo, miał bardzo zajętą parafię. Zamiast tego pan Charles polecił swego dawnego kolegę z Cambridge i w odpowiedzi na list Matthew, zapraszający go do Hatfield, wkrótce przybył pan Eldar.

Pani Bell była zachwycona, że znów ma lokatora w wolnym pokoju, co wszystkim pasowało, a jej salon zamienił się z gabinetu w klasę.

Domek Glynna był gotów i przeprowadził się tam szczęśliwie z kociakiem, którego nazwał Byron, oraz kolejną kuzynką Rosie, która codziennie przychodziła sprzątać i gotować mu posiłki. Na razie urządził tam gabinet, choć powiedział Bernadette, że kiedy szpital zostanie ukończony, odda jej to pomieszczenie na zioła.

Glynn bardzo się starał adorować Bernadette, nie wywierając na nią żadnej presji, i rychło wrócili do znakomitej współpracy, którą zaczęli rozwijać, zanim on na chwilę zamienił się w idiotę. To Bernadette w końcu wprowadziła się do Louise i Shauna, bo mieszkanie nad księgarnią było teraz naprawdę dość zatłoczone, a do tego hałaśliwe z trzema młodymi chłopakami!

Nie tylko Bernadette wyprowadziła się z księgarni; oznajmiając, że jej zadanie dobiegło końca, skoro jest już nowa pani Baxter, pani Poole wreszcie przyjęła względy pana Thomasa, stajennego z Red Lion, i wyszła za niego miesiąc po powrocie Matthew do domu.

Kilka dni później Bernadette otrzymała list z Kumbrii, ale

nie od siostry Marie. Rozpoznając pajęcze pismo, postanowiła zanieść list do domku Glynna, żeby przeczytać go razem, i ruszyła tam zaraz po śniadaniu z Louise i Shaunem.

— Dzień dobry, kochanie — Glynn otworzył jej drzwi z pogodnym uśmiechem, zanim zdążyła zapukać. — Bez koszyka z ziołami dziś?

— Tylko to — potrząsnęła kopertą. — Od Ruth.

Po powrocie z Londynu usiedli z Shaunem Jacksonem i wyznali, że odkryli zabójcę pastora Millingsa... a potem pozwolili jej odejść wolno. Shaun wysłuchał uważnie, jego wielkie pięści zacisnęły się ze wściekłości, kiedy Glynn wyjaśnił, co wikary robił swojej córce, a na końcu skinął głową.

— Stała się sprawiedliwość — powiedział z cichą aprobatą Shaun, a Bernadette odetchnęła z ulgą. Śledztwo było zamknięte i była niemal pewna, że nikt w Hatfield nie żałował zastąpienia pastora Millingsa panem Charlesem. Nabożeństwa w niedziele były o wiele przyjemniejsze, gdy słuchało się kazań o miłości do bliźniego i przyjmowaniu przybyszy jak braci.

— Czytałaś już? — zapytał Glynn, a Bernadette pokręciła głową. Wspólnie udali się do kuchni, z krótką przerwą, gdy Bernadette o mało co nie wdepnęła w mysie wnętrzności, a Glynn skarcił Byrona za bałagan i znalazł szmaty do sprzątania.

Usiedli przy stole, a Bernadette przełamała pieczęć i rozłożyła list płasko, żeby mogli czytać razem.

— *Droga Bernadette* — pisała Ruth. — *Piszę, aby dać ci znać, że z mamą mamy się całkiem dobrze. Rodzina państwa Charles jest bardzo życzliwa, chociaż niewiele rozumiem z tego, co mówi pani Morag Charles, ale bardzo dużo mnie przytula.*

Postanowiłam, że nie chcę zatrzymać dziecka, kiedy się urodzi, i Morag wychowa je jak własne. Teraz jest tu zimno i mało kto podróżuje, więc prawie nikt nawet nie wie, że tu jesteśmy. To naprawdę najlepsze. Marie — a właściwie lady Renwick, jak powinnam ją teraz nazywać — odwiedziła mnie i po tym, jak dziecko się urodzi i będziemy gotowe wyjechać, mama i ja przeniesiemy się do zamku Alston. Mama będzie pomocnicą gospodyni, a ja zostanę towarzyszką lady Renwick, co będzie cudowne. Lady Renwick mówi, że mają w bibliotece strasznie dużo książek i będę mogła czytać, co tylko zechcę!

— Biedne dziecko — mruknął Glynn, wtórując myślom Bernadette. Ruth była wciąż tylko dzieckiem, ale Marie dobrze się nią zajmie, nawet uzupełniając jej edukację pod płaszczykiem dostarczania lektur z biblioteki Renwicka. A pani Millings znajdzie sens i spokój jako pomocnica gospodyni w Alston, odkładając swoją skromną rentę na wygodniejszą emeryturę w przyszłości.

— To dla niej najlepsze, oddać dziecko — szepnęła Bernadette, przebiegając wzrokiem resztę listu. — Będzie miała większe szanse na zamążpójście w przyszłości, bez dziecka o tak mrocznej historii, trzymającego się jej spódnicy.

— Myślisz, że kiedyś wyjdzie za mąż, po tym, co zrobił jej ojciec? — zapytał z ciekawością Glynn.

— Może. Jest bardzo młoda... a ludzie potrafią się podnieść. Wolałabym, żeby powiedziała mi prawdę, zanim zaszła w ciążę, ale przynajmniej ma szansę na jakieś życie — i pani Millings też.

— Dobrze postąpiliśmy — szturchnął ją lekko ramieniem, a ona się uśmiechnęła.

— Tworzymy dobry zespół, ty i ja.

— I to jeszcze jaki! — pochylił się po pocałunek, ale przerwało im pukanie do drzwi i Glynn westchnął. — Pierwszy pacjent dzisiaj, obawiam się. Zostaniesz i skonsultujesz ze mną? Zależy mi na twojej opinii w tej sprawie; dziecko z tajemniczą chorobą.

— Z największą przyjemnością! — skradła mu i tak szybki pocałunek i porwała Byrona — dawno już zbyt dużego, by nazywać go kociakiem — gdy przemknął jej pod nogami. — A ty co knujesz, mały potworze? — obsypała kocura pocałunkami po łbie. Wszystkie kocięta z miotu też znalazły dobre domy; Louise i Shaun wzięli jego siostrę Evelinę, Cecilia pojechała do Ferndale Hall z Estelle i Felixem, Waverly do plebanii z panem Charlesem, a Smollett do pani Poole, kiedy wyszła za pana Thomasa. Myszy w Hatfield będą terroryzowane przez potomstwo Sprytnej przez długie lata.

Byron przydawał się też w praktyce Glynna, stanowiąc świetne odwrócenie uwagi dla chłopczyka, którego matka przyprowadziła na konsultację. Po wielu pytaniach Glynn i Bernadette w końcu zdiagnozowali dietę ubogą w świeże owoce i warzywa, a Bernadette obiecała donieść syrop z dzikiej róży jako wzmacniający tonik i zwerbować kilka pań z Hatfield, by dostarczały świeże plony ze swoich ogrodów oraz pomogły strapionej młodej matce nauczyć się najlepszego ich przyrządzania.

— Dobrze jest pomagać — powiedziała Bernadette po czwartym pacjencie tego przedpołudnia.

— I to jak — odparł Glynn, posyłając jej uśmiech. Na samym uśmiechu nie poprzestał — podszedł bliżej i objął ją.

Byron skoczył na jego but i zaatakował sznurówki. Glynn

dalej ruszył do Bernadette, niosąc na stopie kota i zmieniając krok, by skrócić dystans.

Zaśmiali się razem, po czym skradli kolejny rozkoszny pocałunek, zanim Glynn ostrożnie się cofnął. Powoli uniósł stopę, podnosząc kota wyżej. — No popatrz, twoja robota to trzymać gryzonie z daleka, a nie podstawiać mi nogę. Och, prawie zapomniałem — ile zostało mi wydrukowanych arkuszy kart pacjentów?

Bernadette, nie hamowana przez szalonego futrzaka, otworzyła szufladę i szybko policzyła. — Chyba zostało tu tylko około dwudziestu kartek?

— W takim razie powinienem złożyć kolejne zamówienie u pana Blacka.

— Mogę to załatwić, jeśli chcesz? Po drodze rośnie wspaniały krzak róży, zobaczę, czy ma dojrzałe owoce.

Odwróciła się i zobaczyła, że Glynn już przewidział jej potrzebę zbiorów, bo trzymał w ręku kosz na zbiory.

To uwielbiała w Glynnnie. Często wyprzedzał jej potrzeby, nim sama je nazwała. Uszczęśliwiał ją tak, że aż bolały policzki od uśmiechu. Udowodnił, że potrafi się starać — ona zaś byłaby więcej niż szczęśliwa, gdyby poprosił ją o rękę, kiedykolwiek zechce.

Im prędzej, tym lepiej, prawdę mówiąc.

— Wrócę za chwilkę — powiedziała, biorąc od niego kosz i pustą kartę pacjenta.

Gdy otworzyła drzwi, aż wciągnęła powietrze ze zdumienia.

Jej szwagier, Felix Yates, pędził ulicą w ich stronę jakby sam diabeł deptał mu po piętach.

Włosy miał rozwiane i wilgotne od potu, a na dodatek bez kapelusza!

— Felix? — zawołała Bernadette.

Dostrzegł ją i zahamował konia. — Szybko! — krzyknął. — Czy pani Bell jest z wami?

Bernadette pokręciła głową. — Jestem pewna, że jest w domu.

Glynn wyszedł w próg, a Byron uczepił się nogawki. — Hejże!

Felix nie odpowiedział na wesołe powitanie, tylko rzucił: — Ja pojadę po panią Bell, a wy pędem do Ferndale Hall. Dziecko się rodzi!

Bernadette natychmiast przytaknęła. Odstawiła kosz i kartę pacjenta do środka i powiedziała: — Owoce dzikiej róży poczekają, moja siostra nie!

Epilog
BOŻE NARODZENIE W FERNDALE HALL

— Nie, dziękuję, nie wcisnę już ani kęsa! — powiedziała Bernadette, gdy Glynn podał jej półmisek dekadencko słodkich ciasteczek. Uśmiechnął się, wziął jeszcze jedno dla siebie, po czym podał półmisek dalej, w stronę Shauna Jacksona.

— Nigdy nie przeżyłem takiego Bożego Narodzenia — powiedział do niej Glynn miękkim, pełnym zachwytu tonem, a Bernadette uśmiechnęła się i pod stołem ujęła jego dłoń w swoją.

— Ja również, mówiąc całkiem szczerze! — Wprawdzie świętowała Boże Narodzenie w Ferndale Hall także w zeszłym roku, ale było to zgromadzenie znacznie skromniejsze. Dziś do wielkiego stołu dołożono wszystkie dostawki, a przy ścianie ustawiono drugi stół dla młodzieży. I tak siedzieli dość ściśnięci, szturchając się łokciami podczas jedzenia.

Lord Ferndale przewodniczył na czele stołu, promieniejąc nieustannie na widok domu pełnego gości. Wszystkie cztery siostry Baxter, trzy z mężami i jedna z narzeczonym, Matthew

Baxter z nowo poślubioną Céline, a także kilku drogich przyjaciół, jak Riot i Rosie Jones, dawna pani Poole z nowym mężem panem Thomasem, pan Charles, proboszcz, i pan Lennox, aptekarz, oraz oczywiście panna Yates na miejscu gospodyni. Pięciu chłopców przy drugim stole — Brutus, Philippe, Pierre, Richard i George — zjadło niemal tyle co dorośli i narobiło równie wiele hałasu, choć teraz uspokajali się już w ciche zadowolenie, z brzuchami pełnymi po brzegi.

Między daniami Glynn pochylił się i wyszeptał Bernadette do ucha: — Chodź ze mną do holu. Wypatrzyłem tam coś, co, jak sądzę, ci się spodoba.

Zaintrygowana, Bernadette przystała. Tyle tu ludzi, że z pewnością nikt przez chwilę nie zauważy ich nieobecności.

Glynn ujął ją za rękę i wymknęli się z pokoju. Był tajemniczy i romantyczny — i właśnie to w nim kochała.

Lecz gdy dotarli do holu, stanęli jak wryci. Nie zauważyli, że Shauna i Louise również nie było w jadalni. Byli tutaj, w holu, całując się pod jemiołą.

— Na miłość boską — zachichotała Bernadette. — Podebrali ci pomysł.

Louise i Shaun odsunęli się od siebie ze śmiechem.

Shaun wskazał na wątłą gałązkę zieleni nad głową, z białymi jagodami. — Możecie nas winić? W zeszłym roku nic tu nie było.

— Możemy wrócić później — zaproponował Glynn Bernadette z lekkim wzruszeniem ramion.

— Dużo później, proszę — dodała Louise z psotnym chichotem.

Bernadette przewróciła oczami i parsknęła cichym śmiechem. — Znajdę nam jemiołę, jest rząd jabłoni, gdzie...

Glynn nie czekał, aż skończy zdanie — jego usta spadły na jej usta. Bernadette była pewna, że póki żyje, nigdy nie znudzi się całowaniem Glynna Williamsa. Kiedy wreszcie się odsunęli, wrócili do jadalni, przysunęli swoje krzesła bliżej chłopców, żeby móc włączyć się w rozmowy. Miło było słuchać ich opowieści o przygodach i pokrzepiająco patrzeć, jak dobrze się ze sobą zgrywają. Z niecierpliwością czekali na nowy semestr w Eton, a Bernadette obawiała się, że dyrektorzy będą mieć ręce pełne roboty z tymi narwanymi chłopakami.

Ruch przy drzwiach przyciągnął uwagę Bernadette i zobaczyła, jak wsuwa się służąca, niosąc na rękach zawiniątko w kocu.

— Wezmę go — powiedziała szybko, wywołując jęki zazdrości kilku osób przy stole, gdy zawiniątko złożono w jej ramionach. Każdy chciał potrzymać pięknego synka Estelle! Wróciła do długiego stołu, a Glynn odsunął jej krzesło, by mogła znów usiąść.

Mały Harry Yates zamrugał do niej długimi rzęsami, gdy służąca podała go Bernadette, po czym ziewnął.

— Obudziłeś się z drzemki trochę za wcześnie? — kołysała go delikatnie Bernadette. — Już prawie kończymy obiad; twoja mama zaraz przyjdzie!

Harry nie zapłakał, tylko rozglądał się ciekawie, gdy podparła go, by mógł patrzeć na rodzinę przy stole. Miał równo dwa miesiące; urodził się po zaskakująco lekkim porodzie jak na pierworódkę. Bernadette i pani Bell ledwie zdążyły do Ferndale Hall, by pomóc, a pani Bell surowo przestrzegła Estelle, że jeśli będzie miała kolejne dzieci, ostatnie tygodnie będzie musiała spędzić z położną w domu — inaczej ryzykuje poród bez niej!

— Ekhm — odezwał się lord Ferndale na czele stołu, wstając. — Jeśli nie macie nic przeciwko, chciałbym powiedzieć kilka słów. — Obejrzał się po wszystkich i Bernadette przysięgłaby, że za szkłami okularów lśniły mu oczy.

— Nie sądzę, by Florence i ja kiedykolwiek mogli sobie wyobrazić, że nasza rodzina tak wspaniale się rozrośnie — rzekł wreszcie stary baron. — Matthew był moim dobrym przyjacielem przez długie lata i widzieć cię znów bezpiecznie w domu oraz mieć nasze rodziny połączone to błogosławieństwo i wielka radość.

— Słusznie! — zawołało kilka głosów.

Bernadette zobaczyła, jak Louise i Shaun po cichu wracają do sali; siostra wyglądała na porządnie wycałowaną. Louise spojrzała na nią i bezwstydnie się uśmiechnęła.

— Mam nadzieję, że to będzie pierwsze — i najmniejsze! — z wielu takich zgromadzeń w Ferndale Hall na Boże Narodzenie. Felixie, powierzam ci obowiązek sprowadzenia ich wszystkich tutaj co roku, kiedy mnie już zabraknie.

— Przyjmę to uroczyście, ale, dziadku — jesteś jeszcze zdrów jak ryba i pełen sił. Mam nadzieję, że minie wiele lat, nim zasiądę na twoim miejscu! — zawołał Felix.

Lord Ferndale rzeczywiście wyglądał lepiej niż od dłuższego czasu, pomyślała Bernadette, podobnie jak panna Yates. Powrót Felixa do domu i przejmowanie przezeń większej odpowiedzialności, a także to, że Estelle wzięła w swoje ręce zarządzanie Ferndale Hall, zdjęło z barków starszej pary niemały ciężar. Tej zimy nie słyszała ani razu kaszlu lorda Ferndale, a od narodzin Harry'ego spędzała z Estelle w posiadłości całkiem sporo czasu.

Lord Ferndale zakończył krótkie przemówienie toastem

za prawnuka i wszyscy wypili za zdrowie Harry'ego. Bernadette przytuliła mocniej siostrzeńca, pocałowała miękkie, jasne loczki wymykające się spod wełnianej czapeczki i wdychała słodki, noworodkowy zapach.

Obok usłyszała, jak Glynn wydaje osobliwy dźwięk, i podniosła wzrok, znajdując jego oczy utkwione w niej z najczulszym wyrazem twarzy. Rumieniec spłynął jej na policzki, gdy pomyślała, że może wyobraża sobie ją z *ich* dzieckiem. Choć mieli między sobą porozumienie, daty ślubu jeszcze nie wyznaczono; Matthew był stanowczy, że nie powinni się spieszyć.

Nadal patrząc na nią, Glynn podniósł się z miejsca, gdy lord Ferndale usiadł. — Jeśli mogę prosić o waszą wyrozumiałość, mam wiadomość, którą chciałbym się podzielić — powiedział, a wszyscy ucichli i spojrzeli na niego z zainteresowaniem.

— Myślę, że wszyscy znacie moją historię: terminowałem u ojca jako chirurg i wstąpiłem do armii — zaczął Glynn — i całkiem przypadkiem zdarzyło się, że uratowałem życie bardzo znamienitemu dżentelmenowi, opatrując rany odniesione przez niego w bitwie. Zawsze szanowałem jego prośbę o anonimowość, ale to on sfinansował mój powrót do Anglii i studia medyczne; bez jego hojności z pewnością nie byłbym w obecnym położeniu.

— Cóż, on z kolei nie byłby żywy bez twoich umiejętności, więc uczciwa wymiana — wtrąciła Louise, a wokół stołu rozległy się pomruki aprobaty i skinienia głową.

— Niestety, kilka dni temu otrzymałem list z wiadomością, że zmarł — ciągnął Glynn. — Nie z powodu żadnych następstw odniesionych obrażeń, lecz na skutek zapalenia płuc po przebytej grypie.

— Och, bardzo mi przykro! — powiedziała Bernadette, współczując Glynnowi. Zawsze mówił o swym dobroczyńcy z najwyższym szacunkiem, jednocześnie chroniąc jego tożsamość.

— Chciałbym, żeby po mnie posłał — rzekł Glynn z krzywym uśmiechem — ale przeszłości nie zmienię, a okazuje się, że mój dobroczyńca zostawił mi jeszcze jeden dar. — Spojrzał na Bernadette i uśmiechnął się. — W testamencie zapisał mi sumę pięciu tysięcy funtów.

Po stole przebiegła fala westchnień na wieść o tym zaskakującym oświadczeniu, a Glynn spojrzał na Matthew. — I choć pańska propozycja posagu dla Bernadette była nader hojna, sir, z radością mogę powiedzieć, że nie będę musiał z niej korzystać, by nam zapewnić byt. Zakończyłem już negocjacje z lordem Ferndale w sprawie wykupu mojego domku, a w prezencie dla Bernadette planuję rozpocząć budowę szklarni w ogrodzie, aby mogła hodować własny imbir!

Bernadette wydała z siebie pisk radości. Marie, siedząca po jej drugiej stronie, zręcznie przejęła małego Harry'ego, by Bernadette mogła zerwać się na równe nogi i rzucić się Glynnowi na szyję. On objął ją nader satysfakcjonująco, a potem, z szerokim uśmiechem, powiedział:

— Wyjdziesz za mnie?

— Najwyższy czas! — roześmiała się do niego. — Oczywiście, że za ciebie wyjdę, ty niemądry człowieku!

Pocałował ją, a potem wszyscy ruszyli, by im gratulować, obejmować Bernadette, ściskać dłoń Glynna i należycie przywitać go w rodzinie.

— Przynajmniej poprowadzę choć jedną z moich córek do ołtarza — powiedział Matthew, całując ją czule w policzek.

— Wszyscy tam będziemy; nie śniłoby mi się wychodzić za mąż bez sióstr u boku! — Rozejrzawszy się po nich, Bernadette wpadła nagle na cudowny pomysł. — Mógłbyś poprowadzić każdą z nas do ołtarza, tato! Może tylko ja będę się żenić, ale jestem pewna, że pan Charles nie miałby nic przeciwko temu, by włączyć do nabożeństwa błogosławieństwo dla każdej pary — i dla ciebie oraz Céline też, bo przegapiliśmy wasz ślub!

— Co za znakomity pomysł — powiedział natychmiast pan Charles.

— Nie miałabyś nic przeciwko dzieleniu dnia ślubu, Bernadette? — zapytała Marie.

— Waszego też nie widzieliśmy, bo ty i Renwick uciekliście do Gretna Green przez to, że kuzyn Joshua był okropny, a wy z Estelle przegapiłyście ślub Louise! Myślę, że to byłoby coś najwspanialszego na świecie, gdybyśmy wszyscy świętowali razem.

— A Ferndale Hall znów was wszystkich ugości! — zawołała z zachwytem panna Yates.

— Och, powiedzcie, że to będzie w czasie ferii, żebyśmy mogli przyjechać? — błagał żarliwie Brutus.

Bernadette uśmiechnęła się, ale nie roześmiała, na widok okazywanego sentymentalizmu chłopca. To był niezły zwrot u kogoś, kto kiedyś odruchowo cofał się przed okazywaniem uczuć.

— Może zaraz po Wielkanocy? — zaproponowała. — W Wielkim Poście nie możemy brać ślubu, ale można by ogłosić zapowiedzi? — Spojrzała z nadzieją na Glynna.

— Brzmi zupełnie wspaniale — odparł ugodowo — i da mi czas, bym zdążył z twoją szklarnią jako prezentem ślubnym!

— I nam da czas, by porządnie przygotować twoją wyprawę! — oznajmiła Céline, a Bernadette roześmiała się, gdy jej macocha i siostry zebrały się, by rozprawiać o jedwabiach i koronkach.

Nie obchodziły jej jedwabie i koronki. Wyszłaby za Glynna w swojej najstarszej sukni, poplamionej od parzenia naparów i mikstur, i była pewna, że nie kochałby jej ani odrobinę mniej. Mieć wokół siebie całą rodzinę i ukochanych, gdy poślubi ukochanego, prawdziwego partnera w jej życiowym powołaniu? To dar bez ceny i będzie go cenić po wsze czasy.

Po takim roku nie wyobrażała sobie, że może być aż tak szczęśliwa. Rozglądając się wokół, z ciałem sytym wyśmienitego jedzenia, otoczona rodziną, miłością i trzaskającym ogniem, pomyślała, że mogłaby się przyzwyczaić do tego poziomu spełnienia na wiele, wiele lat.

***

Mamy nadzieję, że wspaniale bawiłyście się przy romansie Estelle i Felix. Przerzućcie stronę, by przeczytać prolog drugiego tomu serii *Księgarniane Piękności, Chętna wdowa po Matthew.*

Chętna wdowa po Matthew

ROZDZIAŁ 1: LIST

Baxter's Fine Books, Hatfield, Anglia,
Połowa maja 1814 roku

Matthew Baxter uważał się w gruncie rzeczy za człowieka szczęśliwego. W wieku czterdziestu ośmiu lat był krzepki, zdrów jak ryba, miał wszystkie własne zęby i był ojcem czterech najbystrzejszych i najładniejszych panien w Hertfordshire. A może i w całej Anglii.

Matthew gwiżdżeł wesoło, krocząc raźno podczas codziennego porannego spaceru, skinieniem głowy pozdrawiając po drodze licznych znajomych, lecz nie zatrzymując się na pogawędki. Najbardziej lubił przechadzkę zaraz po śniadaniu, ale musiał wrócić na dziewiątą, by otworzyć ukochaną księgarnię, Baxter's Fine Books, i służyć mieszkańcom Hatfield oraz podróżnym przejeżdżającym przez miasteczko.

Dzwonek nad drzwiami zabrzęczał radośnie, gdy wszedł. Szybko zamknął drzwi i pochylił się, by pochwycić kotkę księgarni, Crafty, która postanowiła zdecydowanie skorzystać z okazji do ucieczki.

— Taki to już czas, co, dziewczyno? A gdzie tam. Louise, zaniesiesz ją na górę i dopilnujesz, żeby drzwi na klatkę były zamknięte?

Jego trzecia, a zarazem najwyższa córka odłożyła miotłę, którą zamiatała podłogę, i podeszła, by odebrać kotkę z jego rąk. — Oczywiście, Ojcze. Panno Wollstonecraft, jesteś niegrzeczną dziewczynką. — Louise odmaszerowała, a Matthew odprowadził ją wzrokiem z czułym uśmiechem. Crafty była wyjątkowym oryginałem i dzielną łowczynią; niemal każdego ranka musiał zeskrobywać z podłogi za ladą szczątki jakiejś nieszczęsnej ofiary z rodu gryzoni, bo właśnie tam lubiła zostawiać swoje dary.

— Wietrznie, Ojcze? — zapytała zza lady najstarsza córka, Estelle.

— Trochę, a czemu pytasz?

— Zapomniałeś kapelusza — odparła Estelle z rozbawionym uśmiechem — a twoje włosy są, hm, powiedzmy tak: gdyby w modzie był styl „potargany przez wiatr", mógłbyś pozować do ryciny.

Roześmiał się bez urazy i przeczesał włosy palcami. Prawdę mówiąc, mało dbał o wygląd poza podstawami przyzwoitości. Zmarła żona, Michelle, bez ustanku upominała go o kleksach z atramentu na mankiecie czy źle zawiązanym krawacie; na wspomnienie o matce dziewcząt, zabranej zbyt wcześnie przez gorączkę kilka lat wcześniej, uśmiech nabrał odcienia tęsknoty.

Po schodach zeszła druga córka, Marie, z księgą rachunkową w rękach, a Estelle ustąpiła jej miejsca za ladą, podnosząc porzuconą przez Louise miotłę.

— Ojcze, ile policzyłeś Lordowi Vere-Saundersowi za paczkę książek, którą wysłałeś wczoraj, i kiedy powinniśmy spodziewać się zapłaty? — zapytała Marie, podciągając okulary na nosie.

— Osiem funtów, dziewięć szylingów i osiem pensów, a co do zapłaty — jest bardzo sumienny, odsyła należność odwrotną pocztą, więc śmiem twierdzić, że najpóźniej w piątek — odparł Matthew bez wahania, podchodząc, by pomóc. Marie świetnie radziła sobie z rachunkami i prowadziła też większość korespondencji księgarni. Dzięki jej umiejętnościom Matthew i Estelle mogli zajmować się klientami.

Matthew pochylił się nad ramieniem Marie, z uznaniem zerkając na równe kolumny cyfr maszerujące w dół strony. Nie pojmował, co pocznie bez swoich dziewcząt, gdy zaczną wychodzić za mąż i opuszczać dom, a przecież to nie mogło już długo potrwać; Estelle miała dwadzieścia pięć lat. Jak to możliwe, że żaden młodzian jeszcze jej nie sprzątnął sprzed nosa?

Estelle odwróciła tabliczkę na drzwiach na „Otwarte" i po chwili dzwonek zadźwięczał. To nie był klient, tylko najmłodsza córka, Bernadette, która weszła z koszykiem na przedramieniu. Nie było jej przy śniadaniu — wyszła wcześnie, bez wątpienia z misją niesienia pomocy którejś z kobiet w Hatfield potrzebujących jej ziołowych mikstur, tak bardzo poszukiwanych.

— Dzień dobry, Ojcze. — Bernadette, ledwie osiemnastoletnia i słodka jak letnia bryza, podeszła, by pocałować go

w policzek. — Naczelnik poczty zawołał mnie, kiedy wraca-
łam; popatrz! — Wyciągnęła mocno poturbowany list. — Jest
zaadresowany do Matki!

— Wielkie nieba. — Matthew przyjął list, wpatrując się
w adres zapisany na froncie pajęczym pismem. *Mme. Michelle
Baxter.* Po raz kolejny przeszył go ból straty. Prawie pięć lat,
a on miał wrażenie, że nigdy nie przestanie za nią tęsknić.

— Z Francji! — Bernadette wskazała stempel pocztowy.
— Myślisz, że od kogoś z jej krewnych? *Naszych* krewnych?

— Od dawna nie mieliśmy żadnych wieści od rodziny
waszej matki — ostrożnie odparł Matthew, choć poczuł nagły
przypływ zainteresowania. Poznał Michelle dawno temu w jej
rodzinnym domu w Dolinie Loary; jej ojciec był zapalonym
bibliofilem, a Matthew, kiedy jego własny ojciec wciąż żył
i prowadził księgarnię, wiele podróżował po Europie, kupując
książki. Rewolucja i następujące po niej zawieruchy na konty-
nencie położyły temu kres, rzecz jasna, lecz wówczas Michelle
była już bezpieczna w Anglii u jego boku. Nigdy, za obopólną
zgodą, nie rozmawiali o tym, dlaczego od ponad dwudziestu
lat nie było żadnych wieści od jej rodziny.

Marie bez słowa podała mu nożyk do listów, a Matthew
ostrożnie rozciął kopertę, zauważając, że pieczęć była już
złamana i pospiesznie zalakowana na nowo. Urzędnicy spraw-
dzający, czy w korespondencji nie kryją się cenne tajemnice,
bez wątpienia. Uśmiechnął się pół żartem, lecz mniej wesoło,
gdy zobaczył, że list datowany był ponad miesiąc wcześniej.
Najwyraźniej długo płynął przez kanał La Manche.

Bernadette i Marie obie wyciągały szyje, by też czytać,
więc położył list płasko na ladzie, żeby wszyscy go widzieli.

Wszyscy biegle czytali i mówili po francusku; Michelle dopilnowała, by były biegłe w jej ojczystym języku.

— Céline Fenouillart? — Marie zsunęła wzrok na podpis na dole. — Kto to, Ojcze?

— Kuzynka waszej matki. — Matthew z namysłem odcyfrowywał pajęcze litery, wygładzając papier, gdy zagniecenia groziły uczynieniem niektórych słów nieczytelnymi. — Wielkie nieba — powtórzył. — Nie widziałem Céline, odkąd była dziewczynką. Miała... och, może dwanaście lat, kiedy poznałem waszą matkę? To by znaczyło, że teraz ma około... czterdziestu... Ciekawe, czemu się nigdy nie wyszła za mąż... ach, wyszła, ale owdowiała i wróciła do panieńskiego nazwiska. — Powodów mogło być wiele, ale najbardziej prawdopodobne, że jej mąż popadł w niełaskę u któregoś z francuskich reżimów.

— Wasza matka bardzo lubiła Céline — mruknął, czytając dalej. — Będę musiał odpisać i przekazać jej wieść, że Michelle odeszła.

Bernadette ścisnęła mu ramię ze współczuciem. — Ale to dobrze, że Céline żyje, prawda?

— Dobrze; cieszę się, że od niej słyszę. — Z niemal każdego słowa listu sączyła się ulga; Céline ważyła słowa, ale było oczywiste, że bardzo się cieszy z zesłania Napoleona na Elbę i wierzy, że Francja wraca do jakiej takiej stabilności. Gdy Matthew dotarł do dolnej połowy listu, jego brwi wystrzeliły w górę.

— No, to już doprawdy okropność!

Marie czytała razem z nim i wyglądało na to, że doszła do tego samego miejsca; głośno westchnęła.

— Co takiego? — zapytała niecierpliwie Estelle, stojąc po drugiej stronie lady.

Matthew przeczytał na głos, tłumacząc w locie: — „Ciebie i drogiego Matthew oburzyłyby rzeczy, które dzieją się tu z książkami; nawet najwspanialsze i najstarsze domy zostały ograbione, a księgi warte małe fortuny wrzucane są na ogień jako opał!"

Gdy czytał te słowa, brzuch wypełnił mu gniew i rozpacz. Niemal natychmiast w głowie zaczął mu się rodzić plan wyprawy do Francji i uratowania tylu książek, ile się da.

Louise chwyciła się za podstawę gardła w przerażeniu. — Co można zrobić?

Matthew pokręcił głową i mruknął: — Książki trzeba ratować.

Estelle pokręciła głową. — Ale przez kogo, Ojcze?

Zauważył, że wszystkie cztery córki patrzą na niego z surowymi minami.

— Mógłbym pojechać...

Louise dodała mu otuchy: — Mógłbyś i powinieneś.

— Ale to by znaczyło, że zostawię was same, podczas gdy mnie nie będzie.

Bernadette parsknęła i skrzyżowała ręce na piersi. — Już tak bywało, a wtedy zostawiłeś tylko trzy z nas u steru, kiedy w zeszłym roku jeździłeś na zakupowe wyprawy z Estelle. Przynajmniej teraz będzie nas cztery.

Estelle dorzuciła: — Chyba że chcesz, żebym pojechała z tobą? Byłabym zachwycona!

Pogłaskał ją po ramieniu ojcowskim gestem i rzekł: — Nie, kochanie. Jeśli palą książki, by się ogrzać, nie sposób przewidzieć, jak bardzo się tam wszystko zdziczyło. Zdecydowanie bezpieczniej, jeśli zostaniesz tutaj.

Już widział siebie, jak pakuje rzadkie i cenne księgi do kufrów i odsyła je statkami przez kanał. Bernadette, Louise, Marie i Estelle od razu rozwinęły te wizje, mówiąc o wielu zadaniach, które codziennie wykonują w księgarni, i proponując, jak najlepiej znajdować nabywców na rzadkie tomy, które mógłby im przysyłać. Miały mnóstwo bystrych pomysłów.

Marie rzekła w końcu: — Wiesz w głębi serca, że nie mógłbyś sobie darować, gdybyś nie pojechał.

To przeważyło. Skinął głową czterem zaradnym, inteligentnym córkom, które go wspierały. — Wasza matka byłaby z was taka dumna — dodał. W piersi ścisnęła go duma, zmieszana ze smutkiem.

* * *

Zanim wyjedzie, trzeba było mnóstwo zaplanować, a przede wszystkim wziąć pożyczkę, by mieć dość środków na koszty podróży, wykupienie każdej rzadkiej książki, jaka wpadnie mu w ręce, i odesłanie ich do domu. Księgarnia radziła sobie dobrze. Bieżący handel z nawiązką pokryłby raty, które przypadną do spłaty podczas jego nieobecności. Dzięki sąsiedztwu z zajazdem pocztowym nie brakowało codziennie nowych klientów.

Był jeszcze jeden krewny, z którym musiał pomówić: kuzyn Joshua. Choć ich stosunki nie należały do najcieplejszych, Matthew był pewien, że Joshua będzie miał oko na sklep i dziewczęta podczas jego wyjazdu. W końcu rodzina to rodzina, a pewnego dnia Joshua odziedziczy Baxter's Fine Books. Matthew był przekonany, że dziewczęta z radością pomogą mu nią kierować, gdy ten dzień — oby nieprędko, zważywszy na jego dobre zdrowie — w końcu nastąpi. Obecnie Joshua był sędzią pokoju w miasteczku, funkcję tę wypełniał należycie i bez trudu, bo w tych stronach przestępczość była niska.

Udał się do Red Lion, czyli zajezdnego domu pocztowego i miejscowego punktu nadawania poczty, by wysłać list do swojego banku w Londynie. Tam właśnie zastał Joshuę kończącego obiad w sali wspólnej.

— Ach, Joshua, właśnie ciebie chciałem zobaczyć! Mogę się dosiąść?

— Kuzynie — Joshua niechętnie przesunął się na ławie, robiąc odrobinę miejsca. — Jak się miewasz tego pięknego dnia?

— Zdrów jak ryba i planuję wyprawę do Francji.

— Doprawdy? — brwi Joshuy powędrowały w górę. — A cóż cię ciągnie do Francji?

— Książki, rzecz jasna — uśmiechnął się szeroko, rozkoszując się myślą o nadchodzących dniach i tytułach, jakie może odkryć. — Właściwie wyjeżdżam bardzo prędko. Chciałem tylko dać ci znać, żebyś miał oko na dziewczęta i w ogóle.

— Na jak długo wyjeżdżasz? — zapytał Joshua.

Matthew wzruszył ramionami i rzekł: — A jak długi jest kawałek sznurka?

— No to trzeba to oblać — stwierdził Joshua i skinął na kelnera, by przyniósł im dwa kufle ale. — Będę do nich zaglądał od czasu do czasu, nie martw się o to.

— Dobry z ciebie człowiek, Joshua — Matthew poczuł się od razu lżej. Szczerze mówiąc, obawiał się, że kuzyn poczuje się dotknięty dokładaniem mu kolejnego obowiązku, ale ten życzył mu powodzenia. Cóż, w interesie Joshuy leżało dopilnowanie, by budynek był w dobrym stanie.

Joshua zaproponował jeszcze jednego drinka, gdy opróżnili pierwszego, ale Matthew nie mógł już tracić czasu. Musiał jak najszybciej dotrzeć do Francji i zacząć ratować książki.

Kliknij tutaj, aby kontynuować czytanie książki *Chętna wdowa po Matthew.*

O Autorkach

Catherine Bilson i Ebony Oaten od lat współpracują, tworząc wieloautorskie antologie romansów w stylu regencji, które trafiają na listy bestsellerów.

Na konferencji Romance Writers of Australia w Adelaide w 2024 roku były pochłonięte prowadzeniem Indie Book Store, kiedy wpadły na pomysł tej serii. Księgarnia miała odegrać dużą rolę — i tak przecież spełniały swoje marzenie, sprzedając książki czytelnikom.

Dlaczego więc nie osadzić historycznej serii w samej księgarni? Z siostrami, które każda z osobna odnajdują miłość w tętniącym życiem miasteczku. Natychmiast zaczęły burzę mózgów nad komplikacjami i problemami — a co, jeśli ich ojciec pognał do Francji po wygnaniu Napoleona na Elbę, żeby zdobyć rzadkie książki? Bohaterowie przecież nie mieli skąd wiedzieć, że Napoleon już po kilku miesiącach ucieknie i sprowadzi na Francję chaos!

Na tej samej konferencji Catherine zdobyła RUBY —

nagrodę Romantic Book of the Year — za swoją nowelę *The Bride Said No*. Ta nowela, rzecz jasna, zaczynała jako część jednej z ich wspólnych antologii.

Ebony również wcześniej zdobyła Ruby — kilka lat temu, za jedną ze swoich słodkich powieści romantycznych, *The Girl and The Ghost*.

Skoro połączyły siły w romansie, na pewno mogły wymyślić coś wspaniałego.

Możesz śledzić autorki, zaglądając na ich strony i zapisując się do newsletterów.

O CATHERINE:

— Dorastałam w XIV-wiecznym dworze w północnej Walii i większość młodości spędziłam, wymyślając historie o ludziach, którzy mogli w nim kiedyś mieszkać. Kilka lat później uciekłam i poślubiłam przystojnego Australijczyka, a teraz żyję z nim i naszymi dwoma synami w nieustannym słońcu Queensland.

— Piszę oryginalne romanse w epoce regencji, wariacje inspirowane Austen oraz romanse o pionierach w Ameryce. Tworzę też współczesne romanse i romantic suspense pod pseudonimem Caitlyn Lynch.

O EBONY:

Ebony pochodzi z Melbourne w Australii i pracowała jako dziennikarka w kilku lokalnych redakcjach w mieście. Potem spróbowała sił w pisaniu romansów i już nie oglądała się za siebie. Wyszła za Walijczyka, takiego swojskiego *boyo*, i wychowują syna w Melbourne, gdzie jednego dnia potrafi być nieznośnie gorąco, a następnego leje jak z cebra.

Gorący Wielbiciel Estelle

Wesoły Dżentelmen Marii

Świąteczny Bohater Louise

Przystojny Doktor Bernadette

Chętna wdowa po Matthew

Również autorstwa Catherine Bilson

Więcej informacji o Catherine i jej książkach znajdziesz tutaj:

https://www.shenaniganspress.com/pl